LUZIE BRONDER

Amore siciliano

 aufbau taschenbuch

Luzie Bronder, geboren 1976, lebt in Hamburg und kennt sich aus eigener Erfahrung bestens mit deutsch-italienischen Konflikten aus. Ihr erster Italien-Roman »Liebe all'arrabbiata« erschien 2010 bei Aufbau Taschenbuch.

Alexandra, Vegetarierin und überzeugte Verfechterin der deutschen Biosiegel-Kultur, studiert Film in Berlin. Als sie die Chance bekommt, mit einem Dokumentarfilmteam für einige Wochen nach Sizilien zu reisen, um dort an einem Beitrag über Biobauernhöfe mitzuarbeiten, ist sie hellauf begeistert. Und das Beste: Ihr Freund Malte, ein Bilderbuch-Öko, ist als Redakteur mit von der Partie. Auf Sizilien quartiert sich das kleine Filmteam in einem Agriturismo ein und startet von dort seine Touren zum Ätna, zu den Zitronen- und Olivenplantagen und den malerischen Städten der Insel. Während Alex die rauen, aber liebenswerten Eigenheiten der Sizilianer zu lieben lernt, erweist sich Malte als dogmatischer Spielverderber. Seine Laune wird nicht besser, als Alex den jungen Olivenbauern Paolo kennenlernt. Doch verbirgt Paolo ein dunkles Geheimnis? Das mediterrane Idyll und Alexandras Herz geraten in Aufruhr, und sie ist gezwungen, ihr Leben auf den Prüfstand zu stellen. – Ein Roman über die Liebe, die herb wie schwarze Oliven und süß wie eisgekühlter Limoncello sein kann.

LUZIE BRONDER

Amore siciliano

Roman

atb aufbau taschenbuch

MIX
Papier aus verantwor-
tungsvollen Quellen
FSC® C083411

ISBN 978-3-7466-2719-9 | Aufbau Taschenbuch ist eine Marke der
Aufbau Verlag GmbH & Co. KG | 1. Auflage 2011 | © Aufbau Verlag
GmbH & Co. KG, Berlin 2011 | Umschlaggestaltung Mediabureau
Di Stefano, Berlin | unter Verwendung zweier Motive von iStockphoto:
© Sergio Bellotto und © pialhovik | Typografie Renate Stefan, Berlin |
Druck und Binden CPI Moravia, Pohořelice | Printed in Czech Republic |
www.aufbau-verlag.de

Inhalt

Kapitel 1: COME TUTTO È COMINCIATO

»Hab ich das nicht großartig hinbekommen?« Malte grinste selbstzufrieden. »Damit hab ich was bei dir gut, oder?«

»Irre, Alex, das ist DIE Chance!«, rief Charly. »Du musst unbedingt zusagen! Auf so eine Gelegenheit hast du doch nur gewartet!«

Maltes Eröffnung war eingeschlagen wie eine Bombe, und genauso verwüstet sah es in meinem leicht angetrunkenen Inneren jetzt auch aus: Dieter würde einen Dokumentarfilm in Italien drehen. Malte war bei diesem Projekt der zweite Redakteur, und er hatte durchgeboxt, dass ich ebenfalls mitkommen durfte. Die Verkündung dieser Nachricht hatte Malte sich extra für Charlys Party aufgehoben.

Charly fand als Erste die Sprache wieder: »Wochenlang Italien, essen, trinken, im Mittelmeer baden! Was würd ich dafür geben, mit dir zu tauschen!«

Ich war total perplex und zündete mir zur Beruhigung erst einmal eine Zigarette an. Während ich den Rauch in Richtung Fenster blies, versuchte ich, diese Neuigkeiten zu verarbeiten: vier Wochen Dreharbeiten in Italien, dazu Sonnenuntergänge am Mittelmeer, in Maltes Armen an den Stränden Siziliens liegen und schon morgens den Duft von Espresso in der Nase haben. Ganz zu schweigen von der Unmenge an Erfahrung, die ich sammeln würde. Das klang fast zu schön, um wahr zu sein. Ich war der glücklichste Mensch auf Erden!

An einem Dokumentarfilm hatte ich noch nie mitgewirkt. Eigentlich hatte ich noch an gar keinem richtigen Filmprojekt mitgearbeitet, obwohl ich seit zwei Jahren Teamassistentin im Studio Berlin war. Aber dieses Assistentinnendasein hatte bislang nur Aufgaben wie Kaffee kochen, Gesprächsprotokolle tippen und Drehbücher versenden mit sich gebracht. Jetzt würden sich die Dinge ändern, ab heute war ich offiziell anerkannt als – tja, als was eigentlich? Das war noch nicht ganz klar. Fest stand nur, dass Michael, der Bildassistent von Ole, sich beim letzten Dreh verletzt und Malte deshalb vorgeschlagen hatte, einer jungen, dynamischen hochmotivierten Studentin der Medienhochschule eine Chance zu geben – mir, seiner Freundin.

Ich jubelte mit Charly um die Wette, küsste meinen Freund stürmisch und warf mich ihm um den Hals, so dass ich ihn fast zu Boden riss.

»Hey, hey, ganz ruhig, Kleine!«, rief er. »Und pass mit deiner Kippe auf.« Er klopfte sich ärgerlich die Asche vom Ärmel. Ich drückte meine Zigarette aus, trank einen großen Schluck meines Caipis und umarmte, diesmal vorsichtiger, Malte dankbar. Dann zündete ich mir mit vor Aufregung zitternden Fingern die nächste Zigarette an und tanzte durch Charlys Küche, wo sich bekanntlich der harte Kern einer jeden Studentenparty versammelte.

Es war bereits nach Mitternacht. Kaum zu fassen, dass Malte mir die Neuigkeit so lange verheimlicht hatte. Er wusste nämlich schon seit Freitagmorgen Bescheid, seit Dieter die geplante Zusammensetzung seines Teams an die Produktionsleitung gegeben und diese die ganze Sache bewilligt hatte.

»Du rauchst zu viel«, rügte Charly mich und wedelte sich den Qualm aus dem Gesicht. »Das ist ungesund und verpestet die Luft!«

»Macht nichts, dafür esse ich kein Fleisch«, gab ich zurück und schüttelte meine kupferfarbenen Locken, die mir als Kind schon den Spitznamen Rote Zora eingebracht hatten. »Durch mich stoßen wenigstens keine Mastrinder tonnenweise Methangas aus!«

»Selber schuld, dir entgeht was.« Charly steckte sich demonstrativ ein Hackbällchen in den Mund und kaute genüsslich.

»Und wie läuft so was ab?«, fragte ein Kumpel von Charly, dessen Namen ich mir einfach nicht merken konnte, obwohl er seit Jahren immer einer der Letzten auf ihren Partys war. »Wie kann man sich solche Dreharbeiten vorstellen? Da fliegt ein Filmteam samt Equipment nach Italien, macht ein paar Aufnahmen von Olivenbäumen, und dann kommentiert das ein Sprecher, oder wie?«

»Ein bisschen komplizierter ist es schon«, antwortete Malte. »Für so eine Doku muss man mit möglichst wenig Leuten und Ausstattung auskommen, weil das Budget sehr beschränkt ist. Die vier Wochen, die uns für die Aufnahmen und Interviews zur Verfügung stehen, sind sogar schon ein recht langer Zeitraum. Dennoch muss vorab sehr viel Recherche betrieben werden, und hinterher werden wir zurück in Berlin sicher noch etliche Stunden Arbeit beim Cutten zubringen.«

Ich strahlte selig und konnte mir nicht vorstellen, dass das Grinsen in den nächsten Tagen von meinem Gesicht verschwinden würde. Es klang einfach perfekt. Ein ganzer Monat Italien! Das Thema der Dokumentationsreihe, für die wir einen Sechzigminüter drehen sollten, war »Biologische Landwirtschaft in Europa«, und bei Italien hatte man sich wegen der vielen sizilianischen Höfe, die Agriturismo anboten, für die Insel vor der Stiefelspitze entschieden. Darüber hatte ich in letzter Zeit einiges gelesen, weil es immer mehr Wanderer und junge Familien gab, die ihren Urlaub auf diese ländliche und authentische Weise abseits der Ferienhochburgen verbrachten. Hier bekamen sie nicht nur Kontakt zur einheimischen Bevölkerung, sondern einen Einblick in landestypische Ernährung und nachhaltige Landwirtschaft. Denn viele der Agriturismi waren gleichzeitig Biobauernhöfe, wobei Sizilien sozusagen eine Hochburg der Kombination aus Bio- und Gasthof war. Den Trend, der Globalisierung zum Trotz auf regionale Kost und umweltverträgliche Anbauweisen zu setzen, gab es in Italien schon lange, wenn auch mehr aus praktischen und traditionellen Gründen als aus ideologischen.

Das war genau das Richtige für Malte und mich. Umweltverträgliche Ernährung lag uns beiden am Herzen. Wir waren keine Ökos der Sorte, die sich nur von Früchten ernährten, die freiwillig vom Baum fielen, aber wir waren ausgesprochen umweltbewusst, liebten die Natur und hinterfragten die Herkunft unserer Lebensmittel. Deshalb waren wir auch überzeugte Vegetarier und kauften unser Gemüse gern auf dem Biomarkt. Und nun würden wir uns beide für dieses Thema starkmachen können, wir würden einen Film darüber drehen, der im Fernsehen laufen würde!

»Es gibt einen Haken«, versuchte Malte, meine Begeisterung zu drosseln. »Studio Berlin kann dir nur Unterkunft und Verpflegung stellen, für ein Gehalt reicht das Budget nicht. Es ist sozusagen ›unbezahlter Urlaub‹, aber arbeiten musst du dort trotzdem, und das locker zehn, zwölf Stunden täglich.«

»Ist doch kein Problem.« Charly war zuversichtlich. »Wenn du deinen Eltern von dieser unglaublichen Chance erzählst, werden sie dich bestimmt unterstützen. Immerhin zahlen sie dir auch hier die Wohnung, und für die machen doch die paar Kröten Taschengeld im Monat echt keinen Unterschied.«

»Studio Berlin wird für das Filmteam höchstwahrscheinlich mehrere Zimmer auf einem der Höfe anmieten, über die wir berichten wollen«, warf Malte ein. »Wir werden auch auf etlichen anderen Höfen drehen, von Messina bis Palermo. Und verhungern werden wir da sicher nicht.«

»Kost und Logis frei, das heißt, du brauchst nur die Kohle für die Freizeit«, resümierte Charly. »Super, ich wünschte, ich könnte mitkommen!«

»Ein bisschen mehr Geld wird sie schon brauchen«, widersprach Malte. »Aber wenn deine Eltern das übernehmen, umso besser.«

Ich war mir nicht so sicher, was die Freigebigkeit meiner Eltern anging, aber das war mir im Moment auch egal. Irgendwie würde ich schon über die Runden kommen. Um nichts in der Welt würde ich mir so eine Chance entgehen lassen. Das war etwas ganz anderes, als im Büro von Studio Berlin Verwaltungsarbeit zu erledigen und hin und wieder am Set zuzugucken, Kaffee für Crew und Darsteller zu reichen oder Drehbuchmanuskripte zu kopieren. Diesmal würde ich von morgens bis abends live mit dabei sein und würde dem Regisseur wie auch dem Kameramann assistieren. Dadurch bekam ich endlich Gelegenheit, praktische Erfahrung in der Kamera- und Regiearbeit zu sammeln. Vielleicht durfte ich sogar selbst ein paar Szenen drehen.

Vieles sprach dafür: Ole, der Kameramann, war unheimlich nett und hilfsbereit, er hatte mich schon manches Mal nach Feierabend ein paar Probeaufnahmen machen lassen. Dieter selbst war ein gestandener Fernsehregisseur, ein ziemlicher Haudegen, dem man in seinem Geschäft nichts mehr vormachen konnte. Er würde mir bestimmt alle Möglichkeit geben, ordentlich mitzuarbeiten, denn er schätzte Lernbereitschaft. Bei Malte als seinem Redakteur saß ich ja praktisch direkt an der Quelle. Und außerdem: Was konnte es Schöneres geben, als mit meinem Freund ein paar Wochen in Italien zu verbringen und dabei auch noch spannende berufliche Erfahrungen zu machen?

Ich war erst ein Mal in Italien gewesen, mit der gesamten Familie, am Gardasee. Damals war ich dreizehn und unsterblich in Lorenzo, den Surflehrer, verliebt. Meine

Eltern hatten für die Familienurlaube immer Orte gewählt, an denen wir Kinder eine Sportart lernen und Luna und ich uns unsterblich verlieben konnten: Beim Skifahren in St. Moritz war es unser Skilehrer Bodo, das Wildwasserrafting in Norwegen lernten wir von unserem Skipper Lasse. Dann waren wir noch Bergwandern in der französischen Schweiz (Hüttenwirt Pierre), Rudern auf der Themse (Bootsverleiher Leicester) und Tauchen in der Karibik (Tauchlehrer Emilio). Auf diese Weise waren aus uns allen einigermaßen sportliche und seelisch ausgeglichene Teenager geworden, die trotz Pommes & Co. schlank und fit waren – und jederzeit bereit, sich zu verlieben. Während mein Bruder mittlerweile Bogenschießen, Golf und Rugby praktizierte und dank seines blendenden Aussehens an jeder Hand zehn Mädchen haben konnte, spielte meine kleine Schwester Luna leidenschaftlich gern Tennis und war mit ihrem Tennislehrer Holger zusammen. Fern allen elterlichen Zwängen hatte sich meine eigene Sportlichkeit nach meinem Auszug jedoch auf die tägliche Fahrradfahrt zur Filmhochschule und einmal die Woche Schwimmen reduziert (und das, ganz ohne mich in den Bademeister zu verlieben). Die Liebe hatte mich dafür am Arbeitsplatz wie ein Blitz getroffen. Und die Vorstellung, schon bald mit Malte im Mittelmeer baden und zu den Äolischen Inseln oder zur italienischen Stiefelspitze hinüberschauen zu können, war einfach wunderbar.

Italien war in meinen Augen das perfekte Urlaubsland: Die Sprache war romantisch, das Essen aromatisch, der Wein köstlich, und den Großteil des Jahres hatte man herrliches Sonnenwetter – ein Paradies eben. Und wir würden mit dem Dokumentarfilm einen Beitrag dazu leisten, dass dies auch als solches präsentiert wurde.

Ich nahm mir vor, sofort am Montag in der Stadtbibliothek im Prenzlauer Berg einen Reiseführer über Sizilien auszuleihen, um mir die Gegend, in die es gehen würde, genauestens anzuschauen.

»In Italien kann man gar nicht genug Grappa und Prosecco trinken«, behauptete Charly. »Ich hab hier einen Grappa, damit stoßen wir jetzt auf eure Reise an!« Sie holte kleine bauchige Stielgläser aus einer Vitrine und goss den verbliebenen sieben Gästen ihrer Geburtstagsfeier einen Schluck ein.

»Das ist aber kein Grappa, sondern irgendein Traubenmostschnaps aus Portugal«, meinte Malte mit Blick auf das Etikett, und Charly verdrehte die Augen.

»Oller Pedant«, beschwerte sie sich. »Ist doch fast dasselbe!«

»Schön friedlich bleiben«, bat ich.

»Sind wir doch«, antwortete Charly. »Wir stoßen jetzt ganz friedlich auf deine Karriere an.«

»Prost!«

»Salute!«

»Cincin!«

Ich hatte noch nie Grappa getrunken. Der Schnaps, den irgendein Kommilitone Charly als Geschenk mitgebracht hatte, brannte mir in der Kehle. Mir lief ein seltsames Kribbeln durch den Körper, als ich daran nippte. Malte trank das Glas in einem Zug leer.

»Ah, gar nicht schlecht, das Gebräu«, seufzte er, und Charly schenkte ihm großzügig nach.

»Ich muss euch da unbedingt besuchen kommen, vielleicht fällt eurem Dieter dann ein, dass er noch eine Darstellerin gebrauchen könnte«, wog Charly ihre Chancen, auch noch zum Zuge zu kommen, ab.

»Ich glaube, das wird nichts«, bremste Malte sie sofort aus. »Das wird eine reine Dokumentation, die Hauptrolle werden die Familien spielen, auf deren Höfen wir drehen. Es ist eine Low-Budget-Produktion, da können wir keine bezahlten Schauspieler reinnehmen. Und schon gar keine unerfahrenen Schauspielschüler.«

So schnell gab Charly aber nicht auf: »Irgendwer muss doch die Sprechrolle übernehmen, auf die Tiere und Pflanzen deuten und die Beiträge anmoderieren, vielleicht Interviews führen.«

Malte schüttelte wieder den Kopf. »Da sehe ich keine Möglichkeit«, sagte er. »Die Stimme des Kommentators wird erst anschließend aufgenommen, wenn der Film im Studio zusammengeschnitten wird, und die Interviews werden Dieter oder ich machen. Ich wüsste nicht, wo wir da noch jemanden unterbringen sollten. Du siehst ja, selbst Lexi muss auf Bezahlung verzichten, wenn sie mitkommen will.«

Er streichelte mir zum Trost über den Kopf und ging dann auf den Balkon hinaus, um sich ein neues Bier zu holen.

»Der hat eben keine Phantasie«, raunte Charly mir zu. »Mir wird schon was einfallen, wie ich zu meinem ersten Fernsehauftritt komme.«

Sie war ein harter Brocken, meine Freundin.

»Ist doch egal, du kannst uns doch auch besuchen

kommen, ohne mit dem Film zu tun zu haben«, tröstete ich sie. »Die Flüge kosten doch heutzutage nichts mehr, und im Gegensatz zu meinen Eltern sind deine ja recht freigebig, wenn es um Taschengeld geht. Ich würde mich jedenfalls freuen, dann können wir abends nach Drehschluss schön gemütlich bei einem Wein zusammensitzen und quatschen.«

»Student müsste man sein«, meinte Robert, ein ehemaliger Klassenkamerad von uns, der in einem Versicherungsbüro arbeitete, in dem er sich acht Stunden am Tag langweilte. »Von so viel Freizeit kann unsereins nur träumen.«

»Wer hat hier Freizeit?«, protestierte ich. »Wenn ich nicht in der Schule bin, arbeite ich bei Studio Berlin, und einmal die Woche kellnere ich noch im Highway.«

Das »Highway to Hell« war das kleine Lokal am Ende meiner Straße, in dem ich jeden Sonntagabend hinterm Tresen stand, um mein kärgliches Einkommen aufzubessern. Mein Studium verlangte wegen der vielen studiengangsübergreifenden Projekte ein hohes Maß an Flexibilität, genau wie es die Arbeit beim Film später täte, und somit war der Kneipenjob neben der Arbeit für Studio Berlin meine einzige Chance auf etwas Extracash.

Bis ich meinen Abschluss im Bereich Regie endlich in den Händen hielte, würde noch einige Zeit verstreichen, denn durch die viele Arbeit neben dem Studium hatte ich schon so manche Vorlesung nur unregelmäßig besuchen können. Aber durch meinen Einsatz in Italien würde ich sicher einen gewaltigen Karrieresprung machen, davon war ich überzeugt.

Weniger überzeugt war ich davon, dass meine Eltern meine Pläne großzügig unterstützen würden – dafür war ich zu weit vom Bild der Lieblingstochter entfernt. Dennoch beschloss ich, am Sonntag zu versuchen, ihnen für mein Italienabenteuer wenigstens ein paar Euro aus der Tasche zu leiern.

Doch ich biss auf Granit.

»Ach, Lexilein«, seufzte meine Mutter. »Muss das denn immer sein? Du wirfst ja wieder alle Pläne über den Haufen.«

»Das kommt gar nicht in Frage, dass du mitten im Semester mal eben zu deinem Vergnügen eine Auslandsreise machst, hörst du«, schimpfte mein Vater.

»Was heißt denn hier ›zu meinem Vergnügen‹? Es geht doch hier um Arbeit. Seht ihr denn nicht, was das für eine unglaubliche berufliche Chance für mich ist?«

»Wir sehen nur, dass du nach deiner Lehre nun auch noch dein Studium hinschmeißen willst, um irgendwelchen Hirngespinsten nachzurennen.«

Mutter seufzte erneut und blickte mich mitleidig an.

»Kein Mensch hat gesagt, dass ich das Studium hinschmeißen will!« Ich war empört. »Also ehrlich, habt ihr denn überhaupt kein Vertrauen zu mir? Ich werde lediglich den Beginn des Sommersemesters verpassen, da passiert ohnehin nicht viel, und ich kann den Stoff locker nachholen! Und wenn es doch länger dauert mit dem Dreh, kann ich immer noch ein Urlaubssemester beantragen.«

»Das hat schon so mancher Student gesagt, dass er bloß ein Semester pausiert, und dann doch nie wieder zurückgefunden, und heute siehst du ihn am Steuer eines Taxis oder nachts in einer Bar als Kellner«, sagte meine Mutter.

»Da ist sie ja schon gelandet«, setzte Papa noch einen drauf.

»Von irgendwas muss ich ja schließlich leben, wenn ihr so knausert«, verteidigte ich meinen Zweitjob. »Außerdem ist schon einmal jemand vom Taxifahrer zum Minister geworden. Ihr seid einfach zu arrogant, um einen Lebensweg zu akzeptieren, der nicht euren Vorstellungen entspricht.«

Mit so einer Spitze verbesserte ich die Erfolgschancen dieser Unterhaltung nicht gerade, aber das war mir mittlerweile egal.

»Jedenfalls brauchst du von uns keine Unterstützung zu erwarten«, bestätigte mein Vater wie zum Beweis. »Wenn du meinst, die Semesterferien statt mit Lernen mit einem Liebesurlaub vergeuden zu müssen, dann musst du eben selbst sehen, wie du das finanzierst«, beendete er das Gespräch.

Toll, das war ja zu erwarten gewesen.

Vielleicht hätte ich ihnen verschweigen sollen, dass Malte auch nach Italien fuhr. Sie hatten ihn zwar erst zweimal getroffen, mochten ihn aber nicht sonderlich. Dennoch war es kaum zu fassen, dass meine Eltern nicht begriffen, welch einmalige Gelegenheit sich mir bot. Von dem guten Zweck einmal ganz abgesehen, den ein solcher Dokumentarfilm über Biolandwirtschaft erfüllte. Aber für Ökologie hatte man in diesem Haus ja noch nie einen Sinn gehabt.

Ich sah die beiden trotzig an: Mein Vater stand kopfschüttelnd in seinem dunklen Lodenmantel an den Tür-
rahmen gelehnt, meine Mutter saß besorgt dreinblickend
im Sessel in der Diele, in ihrer Lamafelljacke, die Pelz-
mütze auf dem Kopf. Sie waren gerade auf dem Sprung zu
einer Matinee, ich hatte sie nur zwischen Tür und Angel
erwischt.

Zugegeben, ein denkbar schlechter Zeitpunkt. Andererseits hatte ich von den beiden ohnehin nichts anderes
erwartet. Sie schwammen im Geld, aber während sie meinem Bruder Florian und dem Nesthäkchen Luna ihre
Wünsche von den Augen ablasen, ließen sie mich, das
schwarze Schaf der Familie, versauern. Als Kind hatte ich
mir manchmal vorgestellt, wie es wäre, wenn meine Eltern mir eines Tages eröffnen würden, dass ich gar nicht
ihr leibliches Kind sei, sondern adoptiert. So weit hergeholt schien mir das gar nicht, denn keiner außer mir
hatte dieses rote Haar, diese grünen Augen und diese unzähligen Sommersprossen. Außerdem war ich viel kleiner
als der Rest meiner Familie: Mein Vater war gute eins
neunzig, hatte dunkles, volles Haar und eine recht markante Nase, die mein fast ebenso großer Bruder Flo als
untrüglichen Beweis der Familienzugehörigkeit geerbt
hatte. Meine Mutter hatte blondes, glattes Haar und blaue
Augen, und beides hatte die Natur eins zu eins an Luna
weitergegeben, ebenso wie ihre schlanke Figur. Meine Erb-
anlagen passten nicht einmal zum Postboten. Einzig ein
herzförmiges Muttermal am linken Schlüsselbein konnte
eine genetische Verbindung zwischen mir und Viola Freifrau von Herzogenaurich nachweisen. Außer meiner

inneren Einstellung und der mangelnden äußeren Ähnlichkeit gab es allerdings wenig Beweise für meine Adoptionstheorie, so dass ich es als mein Schicksal betrachtete, unter Kapitalisten aufgewachsen zu sein und erst in den Zwanzigern die wahren Werte im Leben erkannt zu haben. Jetzt war ich zwar materiell gesehen arm, dafür reich an Moral.

Und ich würde trotzdem mit Malte und dem Filmteam nach Italien reisen, das wäre ja gelacht. Notfalls würde ich mir eben dort einen Nebenjob suchen, und wenn es gar nicht anders ginge, würde Malte mich sicher unterstützen. Immerhin war es ja auch in seinem Interesse, dass ich mitkam.

»Ääähem«, räusperte sich mein Vater. »Wir müssen jetzt los«, sagte er. »Du kannst natürlich noch bleiben, wenn du willst, Johanna macht dir sicher einen Kaffee oder was auch immer.«

»Nein danke, ich muss auch wieder los«, lehnte ich ab. »Ich hab ja jetzt einiges zu organisieren.«

Johanna war die Hausdame meiner Eltern. Früher war sie unser Kindermädchen gewesen, aber nachdem meine kleine Schwester Luna mit vierzehn aus dem Alter heraus war, wo sie eine Nanny brauchte, hatten meine Eltern Johanna kurzerhand zu ihrer persönlichen Sklavin gemacht. Immerhin – dank Johanna gab es im Hause Herzogenaurich seit neuestem sogar eine Biomülltonne sowie Recyclingküchenpapier.

Mein Vater hielt mir die Tür auf. Ich lief die zehn Treppenstufen hinab in den Vorhof der barocken Villa, in der ich bis zu meinem Auszug mein unverantwortliches

Öko-Sünder-Leben geführt hatte, und stieg auf mein Fahrrad, das mich zurück in mein verantwortungsvolles, ökologisch bewusstes Einzimmerküchebad-Appartement brachte.

Dort angekommen, begann ich, meine obligatorische To-do-Liste zu verfassen.

Listen waren mein heimlicher Fetisch. Sie halfen mir, einen klaren Kopf zu bewahren, egal ob es um die Organisation eines Sets ging, um den wöchentlichen Großeinkauf oder die Planung meiner gesamten Zukunft: Für alles gab es eine Excel-Datei auf meinem Laptop.

Die Liste für Italien war verhältnismäßig kurz:

1) Rausfinden, was man braucht, um ein Urlaubssemester zu beantragen. – Es war nicht unwahrscheinlich, dass ich das machen müsste, denn die Dreharbeiten oder die Postproduction konnten sich durchaus verzögern und bis weit ins Semester hineinreichen. Im Filmgeschäft wurden Zeitpläne fast nie eingehalten. Und aufgrund der vielen Außenaufnahmen war der Verlauf der Dreharbeiten extrem vom Wetter abhängig. Daher wollte ich für alle Fälle gewappnet sein.

2) Kneipenjob kündigen oder zumindest auf Eis legen.

3) Einen neuen Bikini zulegen – denn, hallo!, der Dreh begann zwar schon Mitte März, aber immerhin ging es nach Italien.

4) Meine theoretischen Kenntnisse aus dem Studium auffrischen und mich inhaltlich so vorberei-

ten, dass ich für alle praktischen Tücken gewappnet war. – Ich wollte Dieter davon überzeugen, dass er mich Aufgaben selbständig erledigen lassen konnte, und ihn dazu bringen, mich so viel wie möglich an der Produktion mitarbeiten zu lassen.

5) Jemanden für meine Wohnung organisieren, der sich um Post und Pflanzen kümmern würde, gegebenenfalls sogar über einen Untermieter nachdenken, um Geld für die Miete zu bekommen.

Ich würde meine Chance nutzen und mit dieser Reise endlich beruflich vorankommen. Wenn ich mich bewährte, war das eine ausgezeichnete Referenz, was mir vielleicht sogar für die Zeit nach dem Studium einen ersten Vollzeitvertrag einbringen würde. Meinen Eltern würde ich schon zeigen, was in dem schwarzen Schaf Alexandra steckte. Wenn ihre versnobten Freunde erst einmal im Fernsehen im Abspann meinen Namen lasen, würden sie schon sehen, dass dieser Job kein Hirngespinst war!

Kapitel 2: PREPARAZIONE

»Nanu, was soll das denn sein?«

Staunend blieb ich vor einem Gerät stehen, das laut Beschilderung »Genmanipulator« hieß und aussah wie eine riesige Zentrifuge. Hier wurde bedrohlich, wenn auch nicht sehr realistisch, die Herstellung genveränderter Pflanzensamen dargestellt. Unter dem Namen des Phantasiegerätes stand in leuchtend roten Buchstaben: »Wir wissen nicht, was sie tun.«

Direkt daneben zeigte eine Schautafel die möglichen Auswirkungen, die die Gentechnik auf Tiere, die sich von solchem Gemüse ernährten, und Menschen, die sich wiederum von diesen Tieren ernährten, haben könnte. Zur Abschreckung versteht sich.

»Hier siehst du genau, wie gefährlich das ist, was die in Frankreich mit dem Mais anstellen«, sagte Malte. »Keiner kann kontrollieren, was da wirklich passiert.«

»Es ist noch lange nicht erforscht, welche Auswirkungen diese Genveränderungen auf uns und unsere Umwelt haben«, nickte die Frau hinter dem Stand zustimmend und erläuterte Malte und mir detailliert, mit welchen Verschleierungskampagnen die Hersteller die Verbraucher über die Gefahren der Gentechnik im Unklaren ließen.

»Es gibt zahlreiche unerwartete und schlicht nicht erklär-
bare Eigenschaften bei genveränderten Organismen, und
es ist überhaupt nicht geklärt, wie sich deren Verzehr
langfristig auf die menschliche Gesundheit auswirkt. Ich
bin übrigens die Klara«, stellte sie sich vor.

»Hallo Klara, ich bin Malte, und das« – er deutete auf
mich – »ist Lexi.«

»Alex«, korrigierte ich und schüttelte Klara die Hand.

Ich mochte es nicht, wenn Malte mich Lexi nannte,
wie es meine Eltern taten. Das war in meinen Augen ein
Name für ein kleines Kind oder eine Figur aus *Hallo
Spencer*, aber doch nicht für eine erwachsene Frau.

»Ich hab mal gehört, dass in Frankreich genverändertes Futter bei Ratten ausprobiert wurde und die Tiere alle
krank geworden sind«, sagte ich zu Klara.

»Ja, von solchen Experimenten hört man immer wieder! Aber auch die Artenvielfalt ist durch solche Eingriffe
in die Ökosysteme gefährdet«, erklärte sie. »Und ob es
überhaupt Produktionsvorteile durch die Resistenzen der
Pflanzen gibt, ist längst nicht erwiesen.«

Sie versicherte uns, dass es auf das Konsumverhalten
des Einzelnen ankomme, wenn wir erfolgreich Produkte
aus genveränderten Organismen vom Markt verbannen
wollten, und wir kamen gemeinsam zu der Überzeugung,
dass wir dringend etwas gegen die Unwissenheit vieler
Bürger unternehmen müssten. Klara lud uns direkt zur
nächsten Anti-Gentechnik-Demo ein, die anlässlich der
in diesen Tagen angesetzten EU-Landwirtschaftsminis-
ter-Konferenz am Brandenburger Tor veranstaltet wurde.

Wir versprachen, zu kommen, nahmen jeder einen

auf Recyclingpapier gedruckten Flyer mit einem weinenden Maiskolben darauf mit und schlenderten Hand in Hand weiter zum nächsten Messestand.

Ich war zum ersten Mal auf der Grünen Woche. Und das, obwohl ich in Berlin lebte, wo diese große Bio- und Umweltmesse schon seit über achtzig Jahren stattfand. Aber bis vor kurzem hatte ich zu meiner Schande ein eher wenig umweltbewusstes Leben geführt. Dafür gab ich allein meinen schwerreichen Eltern die Schuld. Für sie waren andere Dinge wichtig, vor allem ihr Vermögen. Ihnen gehörten neben der Familienvilla auch drei Mietshäuser sowie eine Einkaufsladenzeile, was quasi halb Teltow entsprach. Und genauso verhielten sie sich auch.

Ich hatte eine Weile gebraucht, um zu realisieren, dass ich ganz anders leben wollte, nicht im Stile von Heinrich Freiherr und Viola Freifrau von Herzogenaurich und ihren verwöhnten Sprösslingen. Aber kurz vor meinem 21. Geburtstag war ich schließlich so weit gewesen und zu Hause ausgezogen, kurz nachdem ich die Ausbildung zur Biolaborantin abgebrochen hatte. Gegen den Willen der hohen Herrschaften hatte ich dann ein Jahr später mit meinem Studium an der Filmhochschule begonnen, und sosehr meine Eltern zuvor gegen die Ausbildung im Labor waren – immerhin hatten sie ihre älteste Tochter mit einem Abitur von 1,7 längst als Promovendin der Humboldt-Universität gesehen –, so sehr waren sie dann dagegen gewesen, dass ich die Ausbildung nicht zu Ende bringen und stattdessen den eher brotlos klingenden Studiengang Regie wählen wollte. Aber ich hatte keinen Sinn darin gesehen, weiterhin mein Leben im Labor vorm Mikroskop oder Reagenzglas zu fristen, nachdem ich endlich erkannt hatte, was ich wirklich machen wollte – Filme. Ich wollte große, wichtige Geschichten erzählen, und vor allem sollten meine Filme auch ein bisschen die Welt verändern.

Und deshalb hatte ich dem Labor Lebewohl gesagt und es nach einem langen, mühevollen Bewerbungsverfahren geschafft, mich an der Hochschule für Film und Fernsehen einzuschreiben, wo ich nun seit gut drei Jahren die Grundsätze von Kameraführung, Schnitt und Produktion und im Hauptfach Regie studierte. Nebenbei jobbte ich wie gesagt für die Filmproduktionsfirma Studio Berlin, und ohne diesen Job hätte ich Malte niemals kennengelernt. Nicht auszudenken! Dann wäre ich wahrscheinlich immer noch ein Fleisch essendes, Müll produzierendes Geschöpf, genau wie meine jüngeren Geschwister, und würde die Umwelt mit Füßen treten.

»Lexi?«

»Hm, was?«

»Ich hab gefragt, ob wir was essen wollen.« Malte grinste. »Du hast wohl gerade geträumt. Also, was ist, hast du auch Hunger?«

»Auf jeden Fall! Ich könnte ein Pferd verdrücken«, antwortete ich, und fügte sicherheitshalber hinzu: »Das war natürlich nur bildlich gemeint.«

Ich hatte nicht gefrühstückt, und mein Magen knurrte mächtig, aber deswegen würde ich natürlich nicht wieder in alte Gewohnheiten zurückfallen und Fleisch essen. Das kam nicht in Frage!

»Ich hab Lust auf ein Wrap, komm, da vorn hab ich einen Stand gesehen.«

Er zog mich zu einer Bude, und wir bestellten zwei vegetarische »Italian Wraps« mit Mozzarella, Basilikum und Tomate. Das war etwas für den hohlen Zahn, richtig satt wurde man davon nicht, aber immerhin, mein Heißhunger war gestillt. Außerdem schmeckte mir Caprese in jeder Lebenslage. Ich bestellte noch einen Cappuccino. Es war erst mein dritter an diesem Vormittag, dennoch bekam ich Ärger.

»Du trinkst zu viel von dem Zeug«, befand mein Freund, der meinem Genussmittelkonsum kritisch gegenüberstand. »Irgendwann kriegst du noch einen Herzklabaster davon. Probier doch zur Abwechslung mal entkoffeinierten.«

»Und du machst dir zu viel Sorgen um mich«, gab ich zurück. »Ich bin jung und vertrage ein paar Tassen Kaffee am Tag.« Zum Beweis seiner These rutschte mir genau in diesem Moment der Kaffeelöffel durch die Finger und klirrte auf den Boden. Die waren aber auch verflixt klein, diese Cappuccinolöffelchen.

»Siehst du, du bist schon ganz hibbelig! Ich sag doch, das ist nicht gut für dich! Und dazu noch deine ewige Raucherei.«

Malte selbst trank ein stilles Mineralwasser. Er ernährte sich wirklich ziemlich gesund, und das fand ich auch beeindruckend. Immer wieder versuchte ich, seinem guten Beispiel zu folgen. In puncto Fleischverzicht gelang mir das ja auch einigermaßen. Aber ich brauchte Kaffee und Zigaretten, und auch Malte hatte mich davon noch nicht abbringen können.

Wir waren seit mittlerweile einem halben Jahr ein

Paar. Ich war schon eine ganze Weile bei Studio Berlin, als wir uns zum ersten Mal über den Weg liefen. Ich kämpfte gerade mit dem Kopierer, während er vom gleichen Gerät ein Fax absenden wollte. Leider hatte ich beim Scannen eines handgeschriebenen Drehplans eine Tackernadel übersehen, die nun im Einzug klemmte und im Display des Geräts eine angsteinflößende Fehlermeldung aufblinken ließ. Ich war schon kurz vorm Verzweifeln, doch Malte brauchte nur ein paar Minuten, und meine Befürchtung, das zigtausend Euro teure Gerät von meinem Minigehalt ersetzen zu müssen, erwies sich als unbegründet. Ich war Malte zutiefst dankbar. Dies war der Tag, an dem ich meine erste eigene Haftpflichtversicherung abschloss – sicher war sicher. Und gleichzeitig war es mein Glückstag, denn nach Drehschluss lud Malte mich ein, mit ihm und ein paar Kollegen auf ein Glas Wein in eine Biobar zu gehen. Ich kannte das Lokal noch nicht und war überrascht, auf was man alles achten musste, wenn man Wein ökologisch korrekt produzieren und vertreiben wollte. Die Bar faszinierte mich. Sie war von diesem Tag an eines meiner Lieblingslokale, und da auch Maltes Sachkenntnis mich faszinierte – und ihn meine grünen Augen, wie er mir später gestand –, trafen wir uns dort immer öfter nach Feierabend, führten endlose Gespräche und verliebten uns schließlich. Malte hatte mein Leben von Grund auf verändert, kein Mann zuvor hatte so großen Einfluss auf mich ausgeübt. Das lag vermutlich daran, dass sie alle in meinem Alter gewesen waren. Aber mit Malte an meiner Seite hatte ich begonnen, die Welt mit anderen Augen zu sehen. Er war acht Jahre älter als ich und arbeitete schon eine ganze Weile im Medienbereich. Bei Studio Berlin war er seit drei Jahren Redakteur, bisher jedoch nur bei kleineren Produktionen.

Vor allem war Malte ein sehr bewusst lebender Mensch, der sein Handeln genau reflektierte und den Nutzen oder Schaden für die Umwelt dabei bewertete. Er ernährte sich vegetarisch, sparte Energie, wo es nur ging, und trennte natürlich seinen Müll. Ich hatte mehrfach versucht, auch meine Eltern von den Vorteilen der Müll-trennung und -vermeidung zu überzeugen, mit dem Er-folg, dass Johanna nun das Altpapier aus den Papierkörben des Hauses heraussortieren und in den Pappcontainer beim Supermarkt werfen durfte. Immerhin wurde Glas in meinem Elternhaus sogar nach Farben sortiert, aber auf saisonale Produkte oder gar vegetarische Kost wollte sich in diesem Kaviarhaushalt niemand beschränken.

Malte ließ sich indes sein Obst und Gemüse vom Bio-hof liefern. Das war zwar teurer, aber dafür, meinte er, könne er ohne schlechtes Gewissen essen. Leider konnte sich nicht jeder dieses gute Gewissen leisten, denn diese Biokisten kosteten eine ordentliche Stange Geld. Für mein Studentenbudget war das nichts.

Im Haus meiner Eltern war es vollkommen unmög-lich gewesen, sich von Biokost oder gar vegetarisch zu ernähren. Seit ich allein lebte, hatte ich meinen Fleisch-konsum schon aus Kostengründen reduziert. Mit Malte zusammen war ich nun seit ein paar Monaten überwie-gend Vegetarierin und fühlte mich damit sehr gut. Nur manchmal überkam es mich, und ich hatte Mühe, meiner Lust auf Bolognese zu widerstehen.

»Weißt du, woher der Name ›Grüne Woche‹ eigentlich kommt?«

»Na, ich nehme mal an, weil hier alles Bio ist«, tippte ich.

Malte grinste. »Ja, das hab ich auch mal gedacht, das wäre aus heutiger Sicht auch logisch«, erklärte er. »Aber tatsächlich hat das einen viel simpleren Grund: Die Grüne Woche heißt nur deshalb so, weil die Messebesucher früher fast ausschließlich aus dem Forst- und Landwirtschaftsbereich stammten und immer grüne Lodenjacken trugen.«

Ich schaute an mir herunter. Mein eigener Mantel war zwar nicht aus Loden, aber ebenfalls grün. Passte perfekt ins Klischee. Und zu meinem roten Haar. Ob ich wohl auch als Försterin durchgehen würde? Jedenfalls war es typisch Malte, dass er den Begriff gegoogelt hatte – er hinterfragte einfach alles, er nahm nichts einfach so als gegeben hin. Ich fand das toll. Meine Eltern zum Beispiel, die fragten nie, woher das Fleisch auf ihren Tellern stammte. Nun gut, immerhin kaufte Johanna seit Jahren nur beim Fleischermeister Brügge von nebenan, und der versicherte, jede Kuh, die bei ihm über den Ladentisch ging, persönlich gekannt zu haben.

Ich genoss den Tag auf der Grünen Woche. Es schien die perfekte Vorbereitung auf die Dreharbeiten: Überall wimmelte es von Biobauern, die ihre köstlichen Produkte präsentierten. Die Halle, in der Bier präsentiert wurde, begeisterte mich besonders. Ich hatte zwar gewusst, dass Deutschland das Land mit den meisten Privatbrauereien war, aber die Menge an Produkten, die es aus Bier gab, überraschte mich: Vom Schnaps bis zur Marmelade war für jeden Geschmack etwas dabei. Wir probierten ein Biobier, das nicht schlecht schmeckte. Es stieg mir aber sofort zu Kopf. Ich hätte Lust gehabt, noch weitere Sorten zu kosten, aber Malte wollte weiter, und so gingen wir weiter in Richtung »Obstanbau« – der eigentliche Grund unseres Messebesuchs, denn zwischen den deutschen, französischen und spanischen Biohöfen, die hier über ihre Anbauart und Geschichte informierten, waren auch Aussteller aus Italien dabei. Am Stand der Familie Vannini aus Sizilien stimmten wir uns bei Oliven und einer Limonade aus sizilianischen Zitronen auf die bevorstehende Reise ein.

Wir schlenderten den ganzen Tag über die Messe und probierten uns durch die Stände. Meine Papiertragetasche füllte sich mit unzähligen Flyern über Biohöfe, Schafsmilch und Vollkornprodukte, und mein Magen mit bunten Säften und nicht-genmanipulierten Snacks.

Als ich gegen sieben Uhr abends wieder zurück in meinem bescheidenen Einzimmerküchebad eintraf, blinkte mir mein Anrufbeantworter schon knallrot entgegen. »4 Anrufe in Abwesenheit« behauptete das Display. Ich fühlte mich unheimlich begehrt. Das Gefühl verblasste ein wenig beim Abhören.

Anruf Nummer eins war von Charly, meiner besten Freundin. Sie wollte sich mein Auto leihen, um die Reste ihrer Geburtstagsparty zu entsorgen, Leergut wegzubringen etc. Der zweite war von meinem Telefonanbieter, der mir bei einem Tarifwechsel unzählige Vorteile versprach.

Anruf Nummer drei war von meiner Mutter, die mir mitteilen wollte, dass sie am kommenden Sonntag meine Anwesenheit auf dem Klarinettenkonzert, bei dem meine kleine Schwester Luna die zweite Stimme spielte, erwartete – und zwar »in angemessener Kleidung«, also keine Wollpullover, keine Dr. Martens, Haare ordentlich frisiert, das sei ich der Familie schuldig. Anruf Nummer vier war wieder von Charly, die fragte, ob ich ihr nicht beim Aufräumen helfen wolle, dann könnte sie auch gleich ein paar neue Vorräte einkaufen, und anschließend könnten wir etwas trinken gehen.

Da ich den gesamten Tag über schon Appetit auf mehr hatte, rief ich sie umgehend zurück, und eine halbe Stunde später schoben wir zwei randvolle Einkaufswagen zur Supermarktkasse. Nachdem wir den Großeinkauf meiner Freundin in den dritten Stock geschleppt hatten, hatten wir uns ein Glas Wein redlich verdient.

Um mich konsequent auf Italien einzustimmen, beschlossen wir, in eine niedliche Trattoria namens »Alessandras« im Prenzlauer Berg zu gehen. Das Lokal hatte höchstens Platz für zwanzig Gäste, aber gerade das machte seinen Charme aus. Ich kam gern hierher, und wenn es nur auf einen schnellen Espresso zwischen Uni und Arbeit war. Das »Alessandra« war in eine ehemalige Wäscherei gebaut worden, daher war der Raum in der Mitte durch einen ehemaligen Wäschetresen geteilt, der zu einem Büfettisch umgebaut worden war. Die einstigen Waschmaschinenanschlüsse waren mit ein paar alten Dachpfannen und künstlichem Efeu zu einer originellen Wandbeleuchtung umgestaltet worden. Die Inhaberin, die, wie ihr Restaurant schon sagte, die italienische Variante meines Namens trug, war eine waschechte Florentinerin und kochte selbst, was dem Essen eine besondere Note gab. Charly und ich bestellten eine Ribollita, einen toskanischen Gemüseeintopf, und dazu einen passenden kräftigen Rotwein. Im Hintergrund lief romantische italienische Musik. Genau die richtige Atmosphäre, um abzuschalten und den Tag gemütlich ausklingen zu lassen.

»Nur noch drei Wochen, dann kannst du das hier jeden Tag live haben«, bemerkte Charly neidisch.

»Ich weiß«, nickte ich. »Ich kann es noch kaum fassen, so ein Glück! Ein Monat Dolce Vita, mit Malte durch Olivenhaine spazieren, Wein trinken und jederzeit leckeren Espresso. Herrlich!«

Meine Freundin verdrehte leicht die Augen.

»Na ja, dass Malte mitkommt ist natürlich ein Manko. Wie willst du denn einen romantischen Sommerflirt mit einem feurigen Italiener haben, wenn der Streber die ganze Zeit um dich herumscharwenzelt?«

»Na, hör mal!«, empörte ich mich. »Ich liebe Malte und habe überhaupt kein Interesse daran, etwas mit anderen Männern anzufangen. Was würdest du sagen, wenn ich so über deinen Freund reden würde?«

»Glücklicherweise habe ich ja keinen, aber ich wäre dir dankbar gewesen, wenn du mir die letzten drei Male etwas eher gesagt hättest, was für Pfeifen ich da am Haken hatte«, grinste meine Freundin. Sie hatte in letzter Zeit wirklich nicht viel Glück mit Männern gehabt. Die Kommilitonen an der Schauspielschule waren bisweilen ein wenig überspannt, vielleicht auch, weil der Konkurrenzkampf unter den Studenten so groß war.

Alessandra persönlich brachte uns unseren Wein, und wir stießen auf die drei wichtigsten Dinge der nächsten Wochen an: Italien, die Liebe und die Karriere.

Ich hatte mich längst daran gewöhnt, dass Charly Malte nicht sonderlich schätzte und die beiden sich bei den seltenen Gelegenheiten, bei denen wir uns zu dritt trafen, permanent anzickten. Sie fand ihn zu extrem in seiner ökologischen Einstellung und hielt ihn obendrein, was sie ihn auch spüren ließ, für einen Aufschneider und Langweiler. Dabei war Malte alles andere als langweilig. Er überraschte mich immer wieder mit spontanen Ideen und hatte vielfältige Interessen: Ob gemeinsames Kochen, ins Theater oder Kino gehen, Shopping, man konnte quasi alles mit ihm unternehmen.

Ich schob Charlys mangelnde Sympathie für Malte auf sein höheres Alter. Mit zweiunddreißig stand er mit beiden Beinen im Leben, hatte seine Erfahrungen und Überzeugungen und war nicht mehr so offen wie meine Freundin als Studentin an der Schauspielschule.

Charly und ich kannten uns seit Kindertagen, ursprünglich hatten wir beide vorgehabt, nach der Theater-AG des Bertolt-Brecht-Gymnasiums den Sprung auf die großen Bühnen dieser Stadt zu schaffen. Aber dann waren wir nach dem Abitur nicht an der Schauspielschule aufgenommen worden, so dass wir in der Luft hingen. Etwas ratlos, was ich mit meinem Leben anfangen sollte, aber überzeugt davon, nicht – wie es meine Eltern sich vorstellten – Jura oder BWL studieren zu wollen, suchte ich mir damals einen Ausbildungsplatz als Biologielaborantin. Immerhin hatte ich immer eine Eins im Biologie-Leistungskurs bei Herrn Mielke, dem Punkteschenker unter den Lehrern, gehabt. Heute wusste ich selbst nicht mehr, was ich mir dabei gedacht hatte. Es war eine klare Fehlentscheidung gewesen, die Arbeit im Labor langweilte mich schnell, und mir fehlte der Bezug zum Leben vor der Tür. Charly war da cleverer, sie entschied sich nach einigen Reisen und einer bunten Folge der unterschiedlichsten Aushilfsjobs, die Aufnahmeprüfung an der Schauspielschule zu wiederholen – und bestand sie.

Es waren die Erfahrungen dieser turbulenten Jahre, meinte sie, die ihr das nötige Gefühl für ihre Rollen gebracht hatten. Charlys Erfolg hatte bei mir im Labor große Zweifel geschürt, so dass ich zum Ärger meiner Eltern die Lehre abbrach und beschloss, mir meinen eigenen Weg in die Filmbranche zu suchen.

Schon vorher hatte das Verhältnis zu Mama und Papa bereits einen Knacks weggehabt, weil ich so gar nicht nach ihren Vorstellungen leben wollte. Aber als ich dann auch noch die Lehre schmiss, war für die beiden klar, dass sie mir meinen Weg zur Goldenen Kamera nicht finanzieren würden. Ich war also von einem Tag auf den anderen aus der Chanel-Liga in die H&M-Klasse gerutscht und musste mich fortan selbst versorgen. Immerhin zahlten meine Eltern noch die Miete für mein Kabuff im Prenzlberg. Auch die Unterhaltskosten für meinen klapprigen Seat Ibiza wurden noch von Papas Konto abgebucht. Und irgendwo schlummerte noch ein Bausparvertrag auf meinen Namen.

Ich klagte also auf hohem Niveau, wie Charly meinte, wenn ich mal wieder neidisch feststellte, dass ihre Eltern neben den Kosten für ihre Zweizimmerwohnung auch ihre Studiengebühren übernahmen und ihr überdies monatlich ein ansehnliches Sümmchen für den Lebensunterhalt überwiesen. Die Falkensteins waren wie meine Eltern recht wohlhabend und hätten Charly leicht ein eigenes Auto finanzieren können. Doch nachdem meine Freundin bereits zwei Kleinwagen vor eine Garagenwand beziehungsweise einen Betonpfeiler gesetzt hatte, hatte sie sich mit ihren Eltern darauf geeinigt, dass ihr nächstes Auto eines werde, das sie selbst bezahlen würde. Ihre Eltern waren überzeugt davon, dass sie dann sorgsamer damit ginge. Ich wertete das als optimistischen letzten Versuch einer erzieherischen Maßnahme, bezweifelte allerdings, dass ein selbstgekaufter Wagen Charlys Fahrkünste entscheidend verbessern würde.

Jedenfalls hatten Charly und ich, seit ich bei Studio Berlin jobbte, wieder ein gemeinsames Ziel: Bei ihrem ersten Kinofilm wäre ich dabei, und sei es auch nur als Assistenz der Regieassistenz, so viel stand fest. Die Hoffnung darauf schweißte uns zusammen. Unstimmigkeiten bezüglich meines Freundes ignorierte ich daher einfach. Die Wahrscheinlichkeit, dass ich eines Tages einen Mann kennenlernen würde, der den Segen meiner Eltern *und* meiner Freunde bekam, war ohnehin gering.

Hauptsache, ich war mit Malte glücklich. Und das war ich.

»Fairer Handel – für eine gerechte Welt! Sind Sie heute schon auf Weltreise gewesen? Vermutlich nicht, dafür aber haben der Kaffee oder Tee zum Frühstück, die Banane in der Mittagspause und der Orangensaft samt Schokoriegel am Nachmittag einen langen Weg hinter sich.«

So lautete der Text von einem der Flyer, die ich von der Grünen Woche mitgenommen hatte. Schon erschreckend, die Vorstellung, dass mein Kaffeekonsum die Existenz der Kaffeebauern in Südamerika bedrohen könnte oder zumindest deren Ausbeutung unterstützte, dachte ich, während ich die Tasse mechanisch an meine Lippen führte. Wenn die fair gehandelten Produkte nur nicht so teuer wären.

Hin und wieder gönnte ich mir Kakaopulver oder Kaffee aus dem Eine-Welt-Laden auf der Schönhauser Allee, aber die Welt retten und mein Gewissen beruhigen konnte ich dadurch leider kaum. Dabei war fairer Handel so eine gute Sache, mit Einsatz für bessere Lebensbedingungen für die Bauern, deren Kinder und Frauen und auf Transparenz und Nachhaltigkeit ausgerichtet. Aber diese Handelsweise und Politik kosteten eben Geld, und das hatte ich nicht. Meine Eltern, ja, die haben's en masse, die könnten sich ein politisch und ökologisch korrektes Leben leisten. Immerhin:

»In den vergangenen fünf Jahren stieg der Gesamtumsatz des fairen Handels in Deutschland um fast 170 Prozent!«, behauptete der Flyer. Das war doch mal eine schöne Nachricht. Außer Malte und mir gab es also auf jeden Fall noch mehr verantwortungsbewusste Menschen. Meinen Häkelbikini für den Italienaufenthalt zum

Beispiel hatte ich mir auf der Internetseite eines Öko-Labels ausgesucht. Er war nicht gerade ein Schnäppchen, aber das Material stammte garantiert nicht von ausgenutzten Baumwollbauern und war ohne Verwendung chemischer Stoffe hergestellt. Jaja, der richtige Weg war voller Schlaglöcher und mit Fallen gespickt, aber ich war bemüht, mein Leben täglich ein bisschen ökologisch korrekter zu führen.

Dummerweise war ausgerechnet der Bikini, den ich mir ausgesucht hatte, gerade vergriffen, und so wartete ich bereits seit zwei Wochen vergeblich darauf, dass der Postmann zweimal klingelte.

»Keine Angst, ich schick dir das gute Stück nach, wenn es zu spät ankommt«, hatte Charly mich schon getröstet. Sie würde nämlich vertrauensvoll meinen Haustürschlüssel in die Hand gedrückt bekommen, um die Blumen zu gießen und nach dem Rechten zu sehen. Auch meinen Nebenjob im »Highway« würde ich nach meiner Rückkehr wieder aufnehmen können, das hatte mein Chef Fredi mir versprochen. Es konnte also nichts mehr dazwischenkommen, ich war perfekt auf Italien vorbereitet. Bella Sicilia, ich komme!

Kapitel 3: CHE CURIOSITÀ!

Mitte März war es endlich so weit, am 22. fiel der Start-
schuss für mein Italienabenteuer: Der Flieger landete
pünktlich um neun Uhr dreizehn in Catania, und ich
konnte es kaum erwarten, in die Flughalle zu treten, unter
echte Italiener zu kommen und meinen ersten Espresso
auf sizilianischem Boden zu trinken. Im Flieger hatten
zwar schon einige Italiener gesessen, denen ich neugierig
gelauscht hatte, die meisten Passagiere waren jedoch Touristen gewesen, so dass nur hin und wieder italienische
Wortfetzen an mein Ohr gedrungen waren, von den
Durchsagen der Stewardessen einmal abgesehen. Die hatten allerdings gereicht, um meine Vorfreude ins Un-
ermessliche zu steigern. Ich hatte so viel über Sizilien gelesen und gehört, nun war ich ausgesprochen neugierig
auf Land und Leute.

Malte konnte das nicht nachvollziehen. »Hoffentlich
sprechen die auf dem Hof Englisch, sonst bin ich auf-
geschmissen«, meinte er.

»Det biste sowieso«, grummelte Dieter mit seinem un-
überhörbaren Berliner Dialekt. »Haste schon mal 'nen
Italiener Englisch sprechen gehört? Det reinste Kauder-
welsch.«

Mir war überhaupt nicht bange vor der fremden Sprache. Zwei Tage nach Charlys Party hatte ich mir »Italienisch für Anfänger«, »Italienisch für Fortgeschrittene« und mehrere Filme in Originalsprache besorgt und täglich eine Stunde Sprachkurs auf meinem MP3-Player gehört. Im Familienurlaub damals hatten wir alle bereits Grundkenntnisse erworben, denn im Hause Herzogenaurich wurde Wert darauf gelegt, im Ausland das Nötigste in der jeweiligen Landessprache sagen zu können. Da ich am Gymnasium die Italienisch-AG besucht und auch mein kleines Latinum gemacht hatte, das nun endlich mal von Nutzen war, fühlte ich mich naturalmente bestens gerüstet für alles, was da kommen sollte.

Was einem im MP3-Sprachkurs jedoch nicht erzählt wird, ist, dass sich der sizilianische Dialekt ganz anders anhört als das Italienisch meines Anfängerhörbuchs. Schon am Gepäckfließband musste ich mir eingestehen, dass ich die Anweisungen des Flughafenpersonals nicht komplett verstehen konnte. Immerhin konnte ich die Hinweise auf den Schildern ohne Blick auf die englische Übersetzung lesen. Aber für Interviews und Recherchen würde ich noch viel Übung brauchen, das war schon jetzt klar. Da halfen einzig und allein Gespräche mit Einheimischen, doch ich war mir sicher, dass die Sizilianer uns als Filmteam gegenüber sehr aufgeschlossen sein würden.

Gut gelaunt trat ich mit den anderen hinaus vor die Halle des Aeroporto Internazionale di Catania und sog die italienische Frühlingsluft ein. Es waren frische dreizehn Grad, wie die digitale Anzeigentafel verriet, die an der Bushaltestelle abwechselnd Temperatur und Uhrzeit einblendete. Etwas frisch für den sizilianischen März, aber allemal angenehmer als die grauen Wolken, die seit Wochen über Berlin hingen. Hinter einer Apotheke entdeckten wir den Mietwagenverleih, bei dem Dieter uns einen Fiat Ducato Kombi reserviert hatte. Der bot reichlich Platz für vier Mann mit Gepäck. Die Ausrüstung hatten wir sicherheitshalber per Kurier zu unserer Unterkunft vorausgeschickt, da man im Billigflieger nur eine geringe Anzahl Gepäckstücke mitführen konnte. Vom Aeroporto ging es nun also mit dem Mietwagen über Land nach Castroreale in der Nähe von Messina. Die Fahrt hätte eigentlich nur gut zwei Stunden dauern sollen, doch kurz hinter der Flughafenausfahrt gerieten wir in nel traffico di punta, die italienische Rushhour.

»Wieso sind wir eigentlich nicht nach Reggio geflogen?«, fragte Malte. »Das wäre doch viel näher gewesen!«

»Weil wir dann noch die Fähre hätten nehmen müssen, das wäre auch nicht schneller gegangen. Außerdem konnten wir so den Billigflieger buchen«, klärte Ole uns auf.

»Genau«, nickte Dieter. »Vergesst nicht, det hier wird keen Brad-Pitt-Film, det is 'ne Low-Budget-Produktion. Wir müssen sparen, wo wa können.«

Ole nickte. »Deshalb haben wir uns ja als Teamstandort auch einen der günstigeren Agriturismi ausgesucht«, erklärte er. »Es gibt Höfe, da zahlt man bis siebzig oder achtzig Euro pro Nacht, aber bei den de Vivos sind wir mit vierzig Euro für ein Einzelzimmer dabei und sechzig für ein Doppelzimmer. Frühstück inklusive.«

»Für achtzig Euro bekommt man selbst in Berlin ein

schönes Doppelzimmer. Wenn die das hier auf dem Land verlangen, möchte ich mal das Frühstück dazu sehen. Das muss ja der pure Luxus sein«, meinte Malte.

Sechzig pro Nacht und Doppelzimmer! Klar, dass Studio Berlin mir nicht noch ein Gehalt zahlte. Die Spesen läpperten sich bei einem Monat Drehzeit und sechs Mitarbeitern nämlich ganz schön. Jetzt verstand ich auch, weshalb die anderen Teammitglieder erst später nachkommen sollten.

Unseren Gastgebern, der Familie de Vivo, gehörte der Hof »I Moresani«, auf dem wir die meiste Zeit verbringen würden und von wo aus wir zu Dreharbeiten bei den Agriturismi der näheren Umgebung starten würden. Auch ein paar typische Marktszenen aus den umliegenden Städten würden wir filmen, um die Region als Ganzes darzustellen und die Vertriebswege der Agriturismi zu zeigen. Ich war schon sehr gespannt auf den Familienbetrieb der de Vivos. Wir verließen Castroreale und steuerten geradewegs auf die Küste des Tyrrhenischen Meeres zu. Um die Mittagsstunde bogen wir in die Via Porticato ein, wo wir unsere Unterkunft fanden und auf einem weiten Sandplatz hielten, von dem wir vermuteten, dass es der Gästeparkplatz sei. Eine grasende Ziege, die auf einer nebenliegenden Wiese mit einem Seil an einem Pflock angebunden war, hob kurz ihren Kopf und schaute uns unbeeindruckt an, bevor sie sich wieder ihrer Mahlzeit zuwandte. Nicht einmal ein müdes »Mäh« entlockte ihr unser Besuch. Auch sonst war kein Laut zu vernehmen.

»Siesta«, vermutete Ole.

»Wie ausgestorben!«, sagte Malte.

Ich war für's Nachsehen, nahm meinen Rollkoffer und ging auf das große Hauptgebäude zu. Es glich einem kleinen Schlösschen, das inmitten grüner Plantagen eine ideale Umgebung für entspannungssüchtige Touristen bot. Bereits seit zwanzig Jahren konnten hier Rucksackurlauber und Familien für einige Tage einchecken und es sich gut gehen lassen. Ich ging durch das Eingangstor, das weit offen stand, und betrat einen großen Raum mit steinernem Gewölbe, in dem links ein kleiner Empfangstresen und rechts eine Bar untergebracht waren. An einem Tisch saßen zwei ältere Herren bei einem Glas Wein. Sie verstummten, als sie mich sahen. Dann erhob sich der eine und kam mit ausgestreckter Hand auf mich zu. »Buongiorno Signorina, sono Michele de Vivo. Wie kann ich Ihnen helfen?«

Ich ergriff dankbar seine Hand, ließ meine kräftig durchschütteln und erklärte dem Hausherrn in sorgsam ausgewählten Vokabeln auf Italienisch, wer ich war und was ich hier wollte. Inzwischen waren mir die Männer ins Haus gefolgt, und so ging die Händeschüttelei einmal ringsherum. Dann drückte Signor de Vivo uns einen Bund Schlüssel in die Hand und rief lautstark nach seiner Tochter: »Simona! Vieni! Wir haben Gäste!«

Es dauerte ein paar Minuten, dann erschien durch die Tür mit der Aufschrift »Cucina« eine grazile schwarzhaarige Schönheit, gefolgt von einer rundlichen kleinen Signora, die ich für die Hausherrin hielt. Doch die energische Frau, die kaum älter als fünfzig wirkte, wurde uns als Nonna Margherita de Vivo vorgestellt, sie war also die Großmutter. Nach zwei weiteren Begrüßungsrunden machte sich Tochter Simona auf, uns die Zimmer zu zeigen. Ich warf einen Blick zurück zur Bar. Signor de Vivo war zu seinem Gesprächspartner an den Tisch zurückgekehrt, und die beiden tuschelten. Der ältere Herr hatte uns während der Begrüßung keine Sekunde aus den Augen gelassen. Nun erkundigte er sich offenbar danach, wer wir waren. Sicher war es für die Bewohner eines sizilianischen Bauernhofes aufregend, ein Filmteam aus Deutschland zu Besuch zu haben, selbst wenn es nur um einen Dokumentarfilm ging und keine Schauspieler dabei waren, dachte ich mir.

Die Zimmer lagen im oberen Geschoss. Ich würde das Doppelzimmer die ersten Tage allein bewohnen, da eine weitere Frau erst mit dem Rest des Teams nachkäme. Malte musste sich ein Zimmer mit Ole teilen, Dieter, als Autor und Entscheidungsträger, hatte für sich und Jakob, der ebenfalls später käme, je ein Einzelzimmer gebucht.

Ich stellte meinen Koffer ab und begutachtete den Raum. Dann entschied ich mich für das Bett an der linken Wandseite. Von dort aus konnte ich durchs Fenster hinaus auf die Olivenbäume schauen, die wunderbar silbrig schimmerten. Die Mittagssonne ließ alles in einem leuchtenden, freundlichen Licht erscheinen. Am Horizont sah man das Meer glitzern. Die strahlend blauen Wogen wurden lediglich durch ein paar kleine dunkle Flecken Land unterbrochen. Das mussten die Äolischen Inseln sein. Was für eine Aussicht! Ich griff nach dem Prospekt, der auf dem Nachttisch lag. Über sechs Hektar Land gehörten zu »I Moresani«. Neben Olivenbäumen wuchsen auf den Plantagen der Familie de Vivo diverse

Gemüsesorten, Zitronenbäume und tropische Zierpflanzen. Gekocht wurden zu siebzig Prozent mit Lebensmitteln aus hofeigenem Anbau. Lediglich Fleisch, Butter und Fisch mussten hinzugekauft werden, verriet der Text unter der Abbildung von Nonna Margherita am Herd.

Malte betrat das Zimmer. »Auch nicht größer«, stellte er mit Blick in das kleine Bad hinter der Tür fest und verzog das Gesicht. »Da stößt man sich ja beim Duschen die Ellenbogen!«

»Ja, alles recht possierlich hier«, nickte ich strahlend. »Wie in einem Puppenstübchen aus den Fünfzigern!«

»So kann man es auch nennen.« Er setzte sich zu mir auf die Bettkante und küsste mich. »Meine kleine Optimistin«, sagte er und streichelte mir die Wange. »Wir werden es uns hier schon gemütlich machen. Ich werde die ersten Nächte ja sowieso bei dir schlafen, dann hat Ole das Zimmer für sich, bis deine Mitbewohnerin ankommt.«

Meine Mitbewohnerin, wie er sie nannte, würde Paula sein, unsere Tonfrau. Sie war fünfunddreißig und nett, aber ausgesprochen ruhig, wie Malte meinte. Ich selbst hatte bislang noch nicht viel mit ihr zu tun gehabt. Meist arbeitete sie mit ihrem Bruder Jakob gemeinsam an Filmprojekten. Er war auch diesmal für die Lichtsetzung zuständig.

Jakob war ein Jahr jünger als ich. Er war ein sehr ruhiger Zeitgenosse, den man trotz seiner Größe von einem Meter neunzig am Set oft komplett übersah. Meistens wies einzig und allein sein Name im Abspann darauf hin, dass er an einem Filmprojekt beteiligt gewesen war. Genau wie Paula würde auch er erst eintreffen, wenn wir ausreichend recherchiert und den genauen Drehplan festgelegt hätten.

»Schau nur, was man hier alles unternehmen kann«, las ich begeistert aus dem Prospekt vor. »Boccia, Tischtennis, Reiten, Wandern – sogar einen Whirlpool haben die hier.«

»Dafür werden wir allerdings kaum Zeit haben«, bremste Malte meine Euphorie. »Wir können froh sein, wenn wir abends in Ruhe ein Glas Wein trinken können. Ich habe gerade den Zeitplan von Dieter bekommen, und der lässt uns verflixt wenig Luft.«

»Ach was, nun unk nicht so herum! Wir werden eine tolle Zeit haben«, war ich überzeugt.

»Erstes Treffen ist übrigens um zwei unten in dieser Hausbar. Also mach dich ein bisschen frisch, und dann komm!«

Er strich mir noch einmal über das Haar, dann ging er wieder rüber in sein offizielles Zimmer. Ich sah ihm skeptisch nach. Hoffentlich gewöhnte er sich schnell ein. Eigentlich war er ein recht offener Mensch, aber die Sprachbarriere zu den Einheimischen würde ihm sicher zu schaffen machen. Denn wenn er mit Dieter zusammen die Interviews führen sollte, wie es bislang geplant war, dann müsste er den Großteil der Zeit Englisch sprechen, in der Hoffnung, dass die Gesprächspartner dann auch alles richtig auffassten. Ach was, er bekam das schon hin. Bloß nicht verunsichern lassen, war die Devise.

Ich jedenfalls war fest entschlossen, jeden einzelnen Drehtag in Italien zu genießen!

Als wir uns pünktlich um zwei Uhr in der Bar trafen, war diese eigentlich noch geschlossen, sie öffnete erst am späten Nachmittag, erklärte uns Michele. Aber für unsere Besprechung machte er eine Ausnahme. Dann war das also eine Besprechung, als er vorhin mit dem älteren Herrn Wein getrunken hatte, dachte ich, oder der Mann gehört auch noch zur Familie.

Neben den Touristen kamen vor allem die Bauern der umliegenden Höfe abends auf ein Glas Wein in die Bar des Gutes I Moresani. Die de Vivos servierten hier zum Wein auch kleine Speisen wie Antipasti, Bruschetta und Obst. Im hinteren Bereich des Hauses lagen noch der Frühstücksraum für die Übernachtungsgäste und ein Restaurant, auf dessen Speisekarte sich neben hausgemachter Pasta viele Meeresfrüchtegerichte sowie, zu unserer Freude, vegetarische Kost fanden.

»Ihr müsst heute Abend unbedingt Nonna Margheritas pesce spada probieren«, erklärte uns Michele, als er sah, wie wir neugierig die Speisekarte durchblätterten. »Mein Bruder hatte gestern einen hervorragenden Fang. Niemand kennt Nonnas geheime Gewürzmischung, aber ihr Schwertfisch schmeckt einfach delizioso!«

Ich hatte schon gelesen, dass Sizilien eine von Agrarwirtschaft und Fischerei geprägte Insel war. Im Mittelmeer sollte es an die fünfhundert Fischarten geben. Aber als Vegetarierin wollte ich konsequent sein und würde mich daher auf die fischfreien Speisen konzentrieren. Meine Mutter würde sich die Haare raufen, wenn sie wüsste, dass ich den ach so gesunden Fisch verschmähte. Sie hatte nie Verständnis für mein neues Essverhalten gehabt, es erschien ihr zu radikal. Dabei war ich im Gegensatz zu Malte noch sehr inkonsequent. Malte aß nur selten Eier und achtete bei Milch- und Fertigprodukten streng auf Herkunft und Zutaten. Ich hingegen hatte mich schon ein paarmal dabei erwischt, auf einer Party Gummibärchen gemampft zu haben, ohne vorher zu fragen, ob sie mit Gelatine aus tierischem Knochenmark hergestellt waren. Es war schwer, gegen den Strom zu schwimmen, ohne auf Partys an einer Karotte zu knabbern, während die anderen sich die Bäuche vollschlugen. Und erst die Sprüche, die man sich anhören musste, wenn man auf einem Grillfest bei Maiskolben und Salat blieb: »Du isst den armen Tieren ja die Nahrung weg« zum Beispiel, oder: »Vegetarier haben Eisenmangel und schlechte Zähne.« Ich hatte jedoch blendend weiße Zähne und überhörte die meisten dieser Bemerkungen. An gelegentlichem Appetit auf Salamipizza änderte das leider nichts, dagegen halfen nur Disziplin und das Bild einer friedlich grasenden Kuh.

Einem alten Sizilianer würde man allerdings nur schwerlich erklären können, warum man auf den Verzehr vom Fisch der Großmutter verzichtete, darum nickte ich Michele höflich zu.

»Wir werden hier sicher sehr gutes Essen bekommen«, war auch Ole überzeugt, und unser Wirt bekräftigte: »Ma certo! Das allerbeste.«

»Vor allem ökologisch korrektes Essen«, ergänzte Malte. »Hier muss ich mir wenigstens keine Gedanken darum machen, woher das Gemüse und die Eier stammen, sondern kann sehen, wo der Salat wächst. Und den

Hahn habe ich auch schon krähen gehört: Von Hühnern, die im Freien leben, esse ich auch gern mal ein Ei.«

»Hauptsache, et schmeckt!«, meinte Dieter. »Alles andere is mir wurscht.«

Tja, so unterschiedlich gingen wir also alle an dieses Projekt heran. Während Malte und ich uns über garantiert einwandfreien Anbau und kurze Lieferwege der Lebensmittel freuten, ging es Dieter und Ole eben mehr um die kulinarischen Genüsse.

Welche Historie das Getreide für die Biscotti aus der Tüte hatte, die uns Michele zu unserem Kaffee servierte, mochte allerdings selbst Malte nicht hinterfragen. Alles kann selbst ein Vegetarier nicht überprüfen.

Die Sizilianer jedenfalls lieben ihre Küche und sind über die Maßen stolz darauf, behauptete mein Reiseführer. Angeblich liebten sie ihr Essen so sehr, dass sie regelmäßig Feste für Lebensmittel feierten: für Mais, getrocknete Tomaten, Paprika und so weiter. Und in Ragusa zelebrierte man den Fisch. Ich versuchte, mir vorzustellen, wie die Berliner eine Parade zu Ehren der Currywurst abhielten, mit dem Regierenden Bürgermeister an der Spitze. Oder vielleicht die Thüringer eine Rostbratwurstschau? Nein, wirklich, die Sizilianer waren schon ein eigenes Völkchen. Vielleicht fiel ja eines ihrer Futterfeste in unsere Aufenthaltszeit? Ich würde bei Gelegenheit danach fragen. Ich wollte in der Zeit, die wir hier verbrachten, so viele landestypische Dinge wie möglich erleben.

Nachdem Michele uns wahlweise Cappuccino oder Espresso sowie reichlich Wasser gebracht und sich wieder zurückgezogen hatte, eröffnete Dieter unser erstes offizielles Meeting. Es ging gleich zur Sache: Am nächsten Morgen wollte er die benachbarten Agriturismi Il Limoneto und Galimi bei Catania am Fuße des Ätna besuchen. Malte und er würden dabei die Gastwirte und Bauern befragen, während Ole und ich die reizvolle Aufgabe hatten, uns als Locationscouts zu betätigen. Wir würden sowohl nach Perspektiven suchen, die einen eher romantischen, atmosphärisch dichten Blick auf das Biobauernleben ermöglichten, als auch nach Orten, die informative Bilder zur Geschichte des Agrotourismus und dessen technischer Entwicklung lieferten. Hierbei kam es darauf an, nicht nur die geeigneten Kamerapositionen festzulegen, sondern auch den Zeitplan für die Aufnahmen zu bestimmen, wobei Dinge wie Verkehr, Passanten und natürlich das Licht berücksichtigt werden mussten – Morgentau oder Sonnenuntergang und so weiter. Im Rahmen meines Studiums hatte ich mich mit diesen Dingen in der Theorie schon ausgiebig beschäftigt, nun war ich heiß darauf, mein Wissen praktisch anzuwenden.

Kollege Ole war ein sehr erfahrener Kameramann, dessen Können in der Produktionsfirma hoch geschätzt wurde. Mit ihm kam ich gut klar, ich freute mich auf die Zusammenarbeit.

Malte hingegen war nicht so begeistert von der Arbeitsteilung. Nicht nur wegen seiner mangelnden italienischen Sprachkenntnisse, sondern auch, weil er meinte, er würde sich nie an Dieters Berliner Schnauze gewöhnen. Er arbeitete lieber mit anderen Leuten von Studio Berlin zusammen, die etwas weniger direkt waren. Ich hingegen mochte die ehrliche Art des Redakteurs. Natürlich hätte ich auch nichts dagegen gehabt, eng mit Malte zusammenzuarbeiten und meine Italienischkenntnisse bei den Interviews anzuwenden, aber ich konnte verstehen, dass das nicht sinnvoll wäre. Immerhin war Malte zweiter Redakteur und ich eine Art Lehrling, was nun offiziell Bild- und Regieassistenz genannt wurde.

Aber ich freute mich auf die vor uns liegende Arbeit, nicht nur wegen meines netten Kollegen, sondern auch, weil dieses Projekt so viel komplexer war als die Dinge, um die es bei Studio Berlin sonst ging. Meistens wurden dort kurze Trailer, Berichte und Werbespots produziert. Der sechzigminütige Dokumentarfilm war also, was den Arbeitsaufwand anging, fast ein Großprojekt. Nur das Budget bewegte sich leider in den üblichen Dimensionen.

Doch was machte das schon, wenn man dafür wochenlang in Italien leben durfte. Ich trank einen Schluck Cappuccino und nippte an meinem stillen Wasser, das Michele mir dazugestellt hatte. Die Luft, die durch das Fenster hereinwehte, duftete nach jungen Blüten und Frühling. Hier in Italien musste man das Leben einfach genießen, ob man wollte oder nicht.

Unsere Besprechung endete gegen fünf Uhr. Den Rest des Tages durfte jeder nach seinen Vorstellungen verbringen. Dieter zog sich auf sein Zimmer zurück, um seine Pläne für die nächsten Tage durchzugehen. Ole warf sich in seinen Jogginganzug und startete zum Erstaunen unseres Wirts eine Runde »um den Block«, wie er meinte. Sportlich, sportlich, das musste ich ihm neidlos zugestehen. Was »einmal um den Block« allerdings hier auf dem Land bedeutete – keine Ahnung. Einmal um den Olivenhain, einmal ums Haus oder einmal um die mehrere Kilometer entfernte nächste Ortschaft? Mir jedenfalls war nicht nach Joggen zumute, und Malte war ohnehin ein Sportmuffel.

Wir erkundeten stattdessen erst einmal das Anwesen. Michele zeigte uns den zum Hof gehörenden Laden. Hier konnten Touristen und Nachbarn die hofeigenen Erzeugnisse wie Marmelade, Olivenkonserven, getrocknete Tomaten und Gewürze erwerben ebenso wie Postkarten als Andenken und Spirituosen aus der Region, alles hervorragende Mitbringsel für die Daheimgebliebenen. Ich beschloss, für Charly am Abreisetag ein kleines Paket zusammenzustellen. Sonst hatte ich niemanden, dem ich etwas mitbringen wollte. Okay, meine Eltern vielleicht. Aber nachdem sie so negativ auf meinen Italienaufenthalt reagiert hatten, hatten sie aus meiner Sicht eigentlich kein Souvenir verdient. Nicht einmal eine Postkarte. Ich würde allenfalls einmal die Woche zu Hause anrufen und auf dem Anrufbeantworter eine »Ich lebe noch«-Nachricht hinterlassen.

Nachdem wir ein paar Oliven mit Ziegenkäse vom Probiertellerchen genascht hatten und Michele uns versichert hatte, dass wir sämtliche Marmeladensorten zum Frühstück würden kosten können, konnte ich Malte noch zu einem Spaziergang in der Abendsonne überreden. Nur wenige Hundert Meter vom Gut entfernt führte eine kleine gewundene Straße zum Meer hinunter. Von weitem sahen wir einen einsamen Jogger an der Landstraße entlanglaufen. Das musste Ole sein, denn ich konnte mir nicht vorstellen, dass die benachbarten Bauern hier regelmäßig ihre Runden drehten. Die Italiener setzten bekanntlich eher auf den Radsport. Auf dem Weg vom Flughafen hatten wir zahlreiche Radfahrteams überholt. Die bestanden jedoch nicht nur aus potentiellen Giro-Teilnehmern, sondern eindrucksvollerweise kämpften sich auch diverse ältere Herren mit unübersehbaren Kugelbäuchen in beängstigend engen Trikots auf ihren Rennmaschinen die Hügel hinauf.

Die Sonne senkte sich langsam am Horizont und tauchte die Landschaft in wundervolles orangerotes Licht. »Il tramonto, che bello!«, seufzte ich, stolz, dass mir sofort das Wort für den Sonnenuntergang eingefallen war.

»O nein, bitte lass mich mit diesem Italienischgequatsche in Ruhe«, klagte Malte. »Das werden wir uns die nächsten Tage noch mehr als genug anhören müssen!«

»Findest du es denn nicht schön?« Ich war enttäuscht. »Mir gefällt es so gut, es ist so klangvoll, und ich möchte zu gern richtig fließend Italienisch sprechen lernen. Diese Sprache hat ein ganz eigenes Flair, auf Italienisch klingt alles so sinnlich, lebenslustig, einfach nach Urlaub: Bella! Bellissimo! Fantastico! –«

»Stronzo, stupido, …«, fügte Malte weniger schöne Ausdrücke hinzu.

»Du bist gemein.«

»Aber nein, Lexilein«, widersprach er. »Du siehst mir dieses Land nur etwas zu verklärt. Noch haben wir ja nicht mit der Arbeit begonnen, aber ab morgen werden wir sehen, wie freundlich die Leute bleiben, wenn wir ihre Höfe unter die Lupe nehmen und mit den Kameras anrücken.«

»Ach, die werden sich schon freuen über die Chance, in einem Fernsehfilm präsentiert zu werden«, meinte ich. »Eine bessere Werbung gibt es doch kaum.«

»Vorausgesetzt, es gibt keine unangenehmen Überraschungen. Aber wenn die Bauern hier und da bei den Biostandards schummeln – was ich mir bei Italienern durchaus vorstellen kann – und wir das herausfinden, werden sie weniger erfreut sein.«

Ich konnte mir nicht vorstellen, dass es Biobauern gab, die schummelten. Vielleicht bei der Steuererklärung, aber doch nicht, wenn es darum ging, den Kunden einwandfreie Lebensmittel zu verkaufen. Aber vielleicht hatte Malte recht und ich sah die Dinge wirklich zu naiv. Die Bauern mussten ja auch Geld verdienen. Trotzdem war ich mir sicher, dass wir auf den Höfen auf Sizilien nur positive Eindrücke gewinnen würden.

Wir ließen uns auf einer Bank auf einer felsigen Anhöhe nieder und lauschten dem Rauschen des Mittelmeeres. Vor uns lagen die Äolischen Inseln, hinter uns Sizilien im Abendrot. Malte hatte seinen Arm um meine Schultern gelegt, und ich kuschelte mich an ihn. Bella Italia, dachte ich. Es war wunderschön.

Nachdem die Sonne gesunken war und der Mond für lange Schatten sorgte, begannen wir zu frösteln, und so traten wir den Rückweg an.

»Nächstes Mal nehmen wir eine Flasche Wein mit«, schlug ich vor.

»Und eine Decke!«, bibberte Malte. »Das ist ja kälter hier als in Berlin.«

Kapitel 4: NELL'OLIVETO

»Als einziges Land hat Italien seit über fünfundzwanzig Jahren ein spezielles Gesetz zur Förderung typisch regionaler Produkte und alter ländlicher Gebäude, die für den Agrotourismus genutzt werden können«, erklärte Simona uns in einem wunderbar melodisch klingenden Englisch. »Die meisten Bauern nutzen die Möglichkeit, außerhalb der Erntezeit Zimmer auf den Höfen an Touristen zu vermieten.«

»So wie ihr«, meinte Ole, und Simona schenkte ihm ein freundliches Nicken.

»Meine Familie macht das seit ein paar Jahren. Seit wir durch eine schlechte Ernte beinahe den ganzen Hof verloren haben, besteht mein Vater auf diesem zweiten Standbein. Aber unsere Haupteinnahmequelle ist und bleibt das Olivenöl, das wir in einer Mühle bei Taormina pressen lassen. Es gibt viele berühmte italienische Olivenöle. Hier auf Sizilien sind es vor allem sehr geschmacksintensive Sorten wie Biancolilla und Nocellara del Belice. Vielleicht kennt ihr die schon?«

»Das Biancolilla habe ich mal in einem Spezialitätengeschäft in Berlin gekauft«, erzählte Ole und bekam dafür wieder ein Lächeln geschenkt.

Ole hatte sich bereits vor der Reise über die Produkte der Höfe in der Region informiert. Ich war nicht so gut vorbereitet, alles, was ich über den Olivenbaum wusste, war, dass es ein Ölbaum war, der hauptsächlich in der Mittelmeerregion vorkam: Spanien, Griechenland, aber auch Nordafrika. Aus der italienischen Küche jedenfalls war das Olivenöl nicht wegzudenken, und auch Charly und ich kochten viel damit, weil wir uns einredeten, dass es gesünder war als Sonnenblumenöl. Aber die einzelnen Sorten vom Namen oder gar Geschmack zu unterscheiden, dafür war ich nicht Gourmet genug. Deshalb lauschte ich Simona gespannt bei ihren Ausführungen.

Da sie als Einzige in ihrer Familie wirklich fließend Englisch sprach, hatte die Tochter des Hauses die Aufgabe übernommen, uns einen Überblick über Land und Anbau auf I Moresani zu verschaffen. Gleich nach dem Frühstück war sie deshalb mit uns aufgebrochen und führte uns über die Olivenplantage hin zu den Zitronenbäumen und Tomatensetzlingen, die windgeschützt in einer alten Scheune ohne Dach nach Frühlingssonne gierten. Es waren ungefähr sechzehn Grad, und ich hatte mir Jeans und ein leichtes Sweatshirt übergezogen.

Malte nieste. Er hatte sich bei unserem Ausflug zum Meer offenbar verkühlt.

»Oft haben wir um diese Jahreszeit schon höhere Temperaturen«, sagte Simona beinahe entschuldigend. »Doch in diesem Jahr hatten wir einen besonders harten Winter. Wir sind gerade erst vor zwei Wochen mit der Ernte fertig geworden. Es blüht auch noch nicht viel, die Blütezeit der Olivenbäume beginnt eigentlich erst Mitte bis Ende April. Ich hoffe, ihr könnt dennoch schöne Bilder machen.«

»Keine Sorge«, winkte Ole ab. »Kaum etwas weckt mehr Begeisterung für die Schönheit der Natur als … äh …«, er suchte nach den richtigen Worten und fand sie schließlich: »… erblühende Knospen.« Er lächelte unsere Gastgeberin schüchtern an und wurde ein wenig rot, als sie den Blick erwiderte. »Die Zitronenbäume sind genau richtig!«, fügte er rasch hinzu.

Malte stieß mich grinsend in die Seite. »Erblühende Knospen«, kicherte er. »Jaja, Italien, das Land der Liebe«, raunte er mir zu, als wir weitergingen. »Sieht ganz danach aus, dass unser lieber Ole ein Auge auf die Blüte der Familie de Vivo geworfen hat.«

»Lass ihn«, meinte ich. »Simona ist doch nett.«

»Ist mir ja auch egal, solange es hier nicht noch einen Sohn des Hauses gibt, der meiner Freundin den Kopf verdreht.«

Das war kaum vorstellbar. Zum einen war ich ein treu veranlagter Mensch, zum anderen hatte ich nachgelesen, dass auf I Moresani die komplette Familie de Vivo wohnte, und die bestand aus Papa Michele, Mama Lucia, Nonna Margherita und Tochter Simona. Kein Sohn wurde in dem Hausprospekt erwähnt. Wenn, dann hätte er sicher auch dieses seidig glänzende tiefschwarze Haar und die tollen braunen Augen gehabt wie Simona.

Wir wanderten weiter durch die Reihen der mächtigen silbrig grünen Olivenbäume mit ihren stark verzweigten Blätterkronen. Die knorrigen ineinandergreifenden Äste der Bäume wirkten wie Gestalten aus *Der Herr der Ringe*.

Ich hatte in der Hofbroschüre gelesen, dass Olivenbäume bis zu zwanzig Meter hoch wachsen und Hunderte Jahre alt werden konnten, aber die Bäume hier waren offensichtlich alle noch Küken und nur wenige über fünf Meter hoch.

Simona erklärte uns, dass die Wurzeln der Olivenbäume sehr tief in den Grund wuchsen. Weil es im Sommer hier oft wochenlang keinen Tropfen regnete, war es wichtig, dass die Bäume auch an tiefer gelegene Quellen kamen.

»Die Bäume haben noch einen zweiten Trick, um sich vor dem Austrocknen zu schützen«, erklärte Simona, während Ole das gefühlt vierzigste Foto von ihr schoss. »Seht ihr die feinen Härchen auf der Rückseite der Blätter? Die fangen austretende Säfte auf und führen sie zurück ins Blatt.«

Ich war beeindruckt. Die Fauna schien für jedes Problem eine einfache Lösung parat zu haben. Ole knipste die Rückseite eines Blattes, das ich ihm unter die Linse hielt, während Malte, als niemand hinsah, eine Blüte von einem Zitronenbaum pflückte, um sie mir ins Haar zu schieben. Das war eine süße Geste, aber leider rutschte die Blüte schon nach wenigen Schritten zwischen meinen Strähnen hindurch und fiel zu Boden. Wer sich aber offenbar an meinem Haar festgehalten hatte, war eine kleine Spinne, die sich nun vor meinen Augen abseilte. Ich bekam einen mittelhysterischen Anfall und sprang zappelnd zwischen den Bäumen umher: »Iiihhh, was zum Teufel ist das? Mach sie weg, mach sie weg!«, schrie ich Malte an, und der beeilte sich, das Ungetüm von meiner Nase zu nehmen und unter einem Baum abzusetzen.

»Hab dich doch nicht so«, meinte er grinsend. »Die war doch ganz niedlich. Ich denke, du magst Tiere?«

»Mögen heißt noch lange nicht, mein Gesicht mit ihnen teilen zu wollen!« Natürlich mochte ich Spinnen, auf eine rein theoretische Art allerdings. Sie waren geschickt und nützlich, und ich hatte auch aufgehört, sie den Tod im Staubsauger finden zu lassen, wenn sie sich in meine Wohnung verirrten, sondern fing sie immer vorsichtig ein und setzte sie raus. Aber allein bei dem Gedanken an die acht Beinchen, die mir eben noch über die Augenbraue gekrabbelt waren, lief mir ein Schauer den Rücken herunter. Brrr.

Dieter und Ole sahen mich irritiert an, einzig Simona hatte sich von meinem Auftritt, der mir nun doch etwas unangenehm war, nicht ablenken lassen. Sie führte uns bis zum Rand der Plantage, wo sich hinter einem kleinen Steinwall ein sonnenbeschienener Hang erstreckte.

»Wir haben große Pläne für die Zukunft unseres Familienbetriebes«, fuhr sie fort. »Zu dem alten Castello gehört neben diesen vier Hektar Land, das wir, wie ihr sehen konntet, hauptsächlich für den Olivenanbau nutzen, noch dieser ehemalige Weinberg. Mein Urgroßvater Giuliano hat dort viele Jahrzehnte eine wunderbare Rebsorte angepflanzt, die er auf einem Weingut bei Catania zu unserem Hauswein verarbeiten ließ. Doch nach seinem Tod geriet der Wein in Vergessenheit, und das Land am Weinberg liegt seitdem brach. Doch nun haben Papa und ich beschlossen, diesen Hügel wieder zum Leben zu erwecken, um einen eigenen, ganz besonderen Prosecco herzustellen. In diesem Frühjahr werden wir zum ersten Mal wieder Rebstöcke auspflanzen. Und in ein paar Jahren können wir unseren Gästen dann unseren eigenen Prosecco servieren.«

Der Stolz in Simonas Stimme war nicht zu überhören. Zu Recht: In meiner Familie wäre es undenkbar, dass alle unter einem Dach lebten, gemeinsam arbeiteten und dabei noch etwas so Angenehmes herauskäme. Ein selbst produzierter Prosecco verkaufte sich sicher gut an die Feriengäste.

»Gehören die Felder dort auch noch zu eurem Hof?«, fragte Dieter und wies mit ausgestreckter Hand auf eine weitere angrenzende Olivenplantage.

Die junge Italienerin schüttelte den Kopf. »Nein, das sind die Bäume unseres Nachbarn, Signor Paolo di Gioia.«

»Betreibt er auch einen Agriturismo?«, fragte ich und hielt nach einem Wohngebäude Ausschau. Doch die Olivenbäume verdeckten die Sicht.

»Nein, keine Vermietung, nur Anbau. Paolo hat nur einen Erntehelfer, ansonsten macht er alles allein. Er beliefert Märkte und kleinere Geschäfte in der Umgebung. Eigentlich ist er gar kein Landwirt, sondern Geologe. Aber er hat seinem Vater versprochen, den Hof der Familie weiterzuführen, und so hat er seinen Beruf erst einmal hintangestellt.«

Täuschte ich mich, oder huschte ein leichtes Lächeln über Simonas Gesicht, als sie von ihrem Nachbarn sprach?

»Also könnten wir dort vielleicht auch drehen? Es sei

denn, der Typ macht keinen biologischen Anbau«, fragte Malte.

»Muss er doch, oder?«, meinte Dieter. »Wenn die Höfe so dicht beieinanderliegen, darf er doch zumindest kein genverändertes Saatgut oder Insektenschutzmittel oder so verwenden.«

»Das stimmt«, nickte Simona. »Zwischen normaler Landwirtschaft und von der AIAB ausgezeichneten Biohöfen sollte ein Mindestabstand eingehalten werden. Zum Glück ist das in unserer Region nicht nötig, weil alle sich um Bioanbau bemühen – allerdings wurde nicht jeder Hof zertifiziert. Aber hier brauchen wir uns nicht zu sorgen, Paolo ist ein absolutes Vorbild, was ökologisch einwandfreien Anbau und ebensolche Tierhaltung angeht. Er würde nie Chemie benutzen.«

»Was für Tiere hat er denn?«, fragte ich.

»Oh, ich kenne das englische Wort dafür nicht. Sie heißen quaglia. Sehen aus wie ganz kleine Hühner.«

»Zwerghühner?«, vermutete Malte.

»Oder Wachteln«, warf Dieter ein.

»Das können wir uns ja mal anschauen«, schlug Ole vor.

»Ich glaube nicht, dass er das möchte«, meinte Simona. »Er ist lieber für sich und hat es nicht so gern, wenn Fremde auf seinen Hof kommen. Aber ihr könnt ihn ja einmal fragen, er ist häufig bei uns zu Besuch.« Wieder lächelte Simona leicht. Nachtigall, ick hör dir trapsen, da lief doch was zwischen den Nachbarn, war ich mir sicher.

»Fragen kostet nüscht«, fand Dieter. »Mehr als nein sagen kann er ja nich.«

Ich überlegte, was das wohl für ein seltsamer Mann sein musste, der seinen Beruf für die Fortführung der Familientradition hintangestellt hatte, mit irgendwelchem Federvieh allein auf einem riesigen Bauernhof lebte und arbeitete und keine Fremden mochte. Das musste ein verschrobener Typ sein.

Ich dachte an meine eigene Familie: Papa war Jurist und hatte mit einem Studienfreund zusammen die Immobilienfirma »Herzogenaurich & Partner« gegründet, womit er den Grundstock für das Familienvermögen gelegt hatte. Mutter war reich geboren und hatte zwar ihr Diplom in Pädagogik gemacht, im Großen und Ganzen ihr Leben jedoch mit Kindergebären und Personaldirigieren verbracht. Wenn sie gekonnt hätte, hätte sie auch das Kinderkriegen jemand anderem überlassen, aber Papa wollte seine Gene mit ihr fortpflanzen, und sie hatte ihm schließlich, nach dem »Fehlversuch« mit mir, den ersehnten Erben und Nachfolger, Florian, geboren. Dass mein Bruder ins Immobiliengeschäft einsteigen würde, war praktisch Gesetz.

Ich hätte mir nicht vorstellen können, meine Träume für das Familiengeschäft aufzugeben, obwohl ich als Erstgeborene ebenso gut bei »Herzogenaurich & Partner« hätte einsteigen können. Freilich nur nach einem entsprechenden Studium. Aber ich wollte meinen eigenen Weg gehen. Und der hatte mich nun nach Italien geführt. Das war doch keine schlechte Ausgangslage.

Simona erklärte uns, dass Olivenbäume von April bis Juni in weißer und gelber Pracht blühen. Die Ernte beginnt im Spätherbst und geht oft bis weit in den Februar hinein. Anschließend werden die Bäume beschnitten, um ihr Wachstum zu beschränken und eine ertragreiche Ernte im Folgejahr zu ermöglichen. Während unserer Führung durch die Plantage der de Vivos sahen wir einige Arbeiter mit Äxten und Sägen, die die Bäume in einem abgelegeneren Teil beschnitten. Ein Knochenjob.

Die grünen Oliven, die mir persönlich besser schmeckten, waren eigentlich unreife Früchte, erklärte Simona. Vollständig gereift, haben Oliven nämlich dunkelviolette, braune und schwarze Farbtöne.

Ole bedauerte, dass die Ernte auf dem Hof bereits vorüber war, er hätte gern die Bauern bei der Arbeit gefilmt. »Solche Szenen machen einen Dokumentarfilm viel lebendiger, wenn man sieht, wie die einzelnen Arbeitsschritte von Menschen erledigt werden – und nicht nur in einem Interview erklärt werden«, bedauerte er.

»Wir könnten die Ernte ja nachspielen lassen«, schlug ich vor, und Malte tippte sich mit dem Finger an die Stirn: »Klar, an frisch beschnittenen Bäumen, die keine Früchte tragen!«

»Okay«, gab ich zu, »aber dann filmen wir eben einfach andere Arbeitssituationen, wie das Zurückschneiden der Bäume oder die Aussaat von Gemüse. Die Bauern haben ja außer der Ernte noch mehr zu tun.«

»Das werden wir auch«, meinte Malte. »Dieter hat vor, die Herstellung von Olivenöl genau zu dokumentieren, denn das ist ja nun mal eines der Hauptprodukte dieser Insel.«

Wir tauschten bei einer Tasse Espresso unsere ersten Eindrücke aus. Ole war total begeistert von Simonas

Fachwissen und ihrem Einsatz für den Familienbesitz, ich war total begeistert von der Schönheit der Natur, dem Duft der Pflanzen und der Naturverbundenheit der Menschen auf dieser Insel. Malte war total genervt, weil er den ganzen Tag Englisch sprechen musste. Ich hoffte, dass sich seine Ablehnung in den nächsten Tagen legen würde.

Am späten Vormittag brachen wir Richtung Catania auf und nahmen unterwegs einen kleinen Imbiss in einer Tavola calda bei Acireale ein. Dann suchten wir den ersten der beiden Agriturismi am Fuße des Vulkans auf. Der Biohof Il Limoneto in der Via D'Amico lag direkt an der ionischen Küste und umfasste mehrere Hektar Land. Dem Reisenden das Gefühl vom Landleben, von der Natur, den einheimischen Speisen und Traditionen zu vermitteln war Ziel dieser Agriturismo-Bewegung, die längst auch in anderen europäischen Ländern betrieben wurde. Selbst im Berliner Umland gibt es solche Urlaubsbauernhöfe. Sizilien aber ist die Hochburg der Kombination von Bio- und Gasthof. Der optimale Stützpunkt für unsere Dokumentation.

Der Hofeigner Fabrizio Lapi war vorab über unseren Besuch informiert worden und schien sich über die kostenlose Werbung im deutschen Fernsehen zu freuen.

»Hab ich dir doch gesagt«, raunte ich Malte zu. »Die sind hier froh, wenn sich ein Fernsehteam aus Deutschland für sie interessiert.«

»Abwarten«, murmelte mein Freund.

Signor Lapi belegte Dieter und Malte sofort mit Beschlag, so dass Ole und ich ein wenig uns selbst überlassen durch die Felder wanderten, um nach guten Spots zu suchen. Das war nicht weiter schwierig, denn von jedem einzelnen Flecken hatte man sowohl auf den Ätna als auch auf das Meer eine phantastische Aussicht. Obwohl der Vulkan noch gute fünfundzwanzig Kilometer entfernt lag, schien er zum Greifen nah.

»Ist das nicht ein tolles Land?«, fragte ich Ole und blickte verträumt Richtung Krater. »Diese Aussicht und die Düfte, die hier in der Luft liegen. Wenn man hier lebt und arbeitet, was hat man dann überhaupt für Sorgen?«

»Na ja«, meinte Ole, »ich finde es hier auch wunderschön, aber die Arbeit auf den Feldern verlangt einem sicherlich viel ab. Und so ein Besitz bringt viel Verantwortung mit sich, für die Umwelt, für die Arbeiter. Man lebt immer mit einer gewissen Unsicherheit, ob die Ernte gut wird, ob das Wetter mitspielt und so weiter. Ob die Profite all diese Mühen wert sind? Schließlich versteht sich nicht jeder so gut mit seiner Familie, wie das bei den de Vivos der Fall zu sein scheint.«

»Stimmt«, nickte ich und dachte an meine Eltern. »Für eine schöne junge Frau wie Simona gibt es bestimmt auch Reizvolleres als ein Leben in so einem ruhigen kleinen Kaff. Ein aufregendes Nachtleben wird man hier wohl eher nicht geboten bekommen.«

»Meinst du, sie würde lieber in der Stadt wohnen, vielleicht studieren, ausgehen und so?«, fragte Ole, und ihm war anzumerken, dass die schöne Tochter des Hauses ihn interessierte.

»Immerhin, sie ist sehr jung. Und in Castroreale gibt es ja noch nicht einmal ein Kino, geschweige denn einen

Club oder Ähnliches«, gab ich zu bedenken. »Ich frage mich, was die jungen Leute hier in ihrer Freizeit machen.« So reizvoll die Landschaft und das Leben in dieser Idylle mir auf den ersten Blick schienen – wäre es für mich überhaupt denkbar, auf das kulturelle Angebot Berlins, auf Dinge wie mein Lieblingsprogrammkino oder den 24-Stunden-Falafel zu verzichten?

»Keine Ahnung, wir können Simona ja mal fragen, womit sie sich so beschäftigt«, meinte Ole.

»Ich zumindest denke, es kann nicht schaden, wenn man ein bisschen was von der Welt gesehen hat«, sinnierte ich weiter. »Man kann sich später, wenn man verheiratet ist und Kinder hat, doch immer noch aufs Land zurückziehen. Wenn man seine Erfahrungen gesammelt hat und sich sicher ist, dass es das richtige Leben für einen ist.«

»Ne, das wäre nichts für mich«, meinte Ole. »Ich würde Berlin vermissen, meine Arbeit, meine Freunde und das ganze Drumherum in der Stadt. Aber für einen Urlaub ist diese Gegend echt nicht schlecht!«

»Ich hab keine Ahnung, ob ich es mir für mich vorstellen könnte«, überlegte ich laut. »Aber toll ist es, so im Einklang mit der Natur zu leben, genau zu wissen, woher die Lebensmittel stammen, die man isst …« »Doch«, fügte ich nach einer kurzen Denkpause hinzu. »Doch, ich glaube, ich könnte es mir schon vorstellen, hier zu leben.«

Wir schlenderten von Baum zu Baum, schauten durch die kleine Digicam, die Ole dabeihatte, machten Schnappschüsse und besprachen die Aufnahmen. Ich kam mir dabei unheimlich professionell vor. Ole nahm meine Vorschläge und Einwände ernst, das war ein ganz neues

Arbeitsgefühl. Ich konnte kaum fassen, wie viel Glück ich hatte, an diesem Projekt beteiligt zu sein. Das verdankte ich nur Malte!

Als Ole und ich gut gelaunt anderthalb Stunden später wieder am Hauptgebäude eintrafen, saßen Dieter und Malte immer noch im Gespräch mit Signor Lapi. So warteten wir zunächst noch eine ganze Weile im Hof, tranken Espresso und Acqua minerale, rauchten ein paar Zigaretten und beobachteten ein Vogelpärchen beim Nestbau in einer großen Pinie, bevor wir beschlossen, nachzuschauen, wo die anderen blieben.

Wir betraten das Hauptgebäude und sahen uns um. Eine Gruppe junger Leute in Wanderkleidung saß an einem runden Tisch, trank Wein und unterhielt sich wild durcheinander. Neben sich hatten sie große schwere Treckingrucksäcke stehen.

»Holländer«, zischte ich Ole zu, als ich das Stimmengewirr gefiltert hatte. »Die machen sicher nur einen Zwischenstopp und wandern noch auf den Ätna oder so.«

»Logisch, wo sollen die zu Hause auch wandern gehen«, lästerte Ole. »Ist ja alles flach im Käseland.«

»Siehst du die anderen irgendwo?«

»Nein, aber wir können ja fragen.«

Die Holländer konnten fast fließend Deutsch und wiesen uns freundlich den Weg zu Dieter und Malte. Signor Lapi hatte die beiden in das hinterste Hinterzimmer zu einem gemütlichen Plausch und caffè eingeladen. Die beiden schienen sichtlich erleichtert, als wir nach kurzem Klopfen eintraten. Sie nutzten unser Auftauchen, um mit einem demonstrativen Blick auf die Armbanduhr zu signalisieren, dass wir nun weiterfahren mussten.

Signor Lapi verabschiedete sich überschwänglich und betonte, dass er sich auf den Drehtag freue und seine ganze Familie dabei sein würde.

»Puh, was für ein Schwätzer«, stöhnte Malte, als wir wieder im Mietwagen saßen. »Es wollte und wollte kein Ende nehmen. Mann, ich glaube, das waren die längsten Stunden meines Lebens!«

»Wieso, was war denn so schlimm?«, fragte ich verwundert. »Er schien zwar recht redselig, aber wir brauchen ja auch viele Informationen von den Betreibern der Höfe. Ist doch besser, als wenn die Leute uns gegenüber verschlossen wären.«

Dieter lachte kurz auf. »Verschlossen, det is gut! Da ist der gute Mann meilenweit von entfernt.«

»Dieser Typ hat uns nicht nur vom Hof und von den Traditionen seiner Familie erzählt, sondern angefangen bei den Abenteuern von Opas Hund bis zum Einsatz seines Onkels im Zweiten Weltkrieg von allem, was wir nicht wissen wollten«, brach es aus Malte heraus. »Offenbar war er dermaßen glücklich darüber, dass sich jemand für seine Geschichte interessierte, dass er gar nicht mehr aufhören konnte.«

Er nieste wie zur Bekräftigung seines Leids.

Ich strich ihm mitleidig über die Wange: »Hast du dich erkältet, du Armer?«

»Nee, das ist eine Palaver-Allergie!«

»Mal schauen, wie die Galimis drauf sind, vielleicht sind wir da ja schneller wieder raus«, tröstete Ole.

So fuhren wir von Il Limoneto aus die Landstraße entlang nach Calatabiano zum Agriturismo Galimi. Von dort aus sah man den Ätna aus einer anderen, aber nicht weniger schönen Perspektive. Der Boden in Vulkannähe verhalf nahezu jeder Pflanze dieser Erde zu gutem Gedeihen, hieß es. Egal, was von anderen Völkern im Laufe der Jahrtausende in Sizilien eingeführt worden war – es hatte begonnen, Wurzeln zu schlagen und Früchte zu tragen. Auf dem Gut Galimi gab es in erster Linie Obstbäume und einen großen Zitronenhain, zudem Gemüsebeete und Kräuter für den Hausgebrauch.

Wir bogen von der Via Pasteria ab und blickten auf sechs Hektar blühende Landschaft. Das Meer lag nur anderthalb Kilometer entfernt, man konnte es zwar nicht sehen, wohl aber erahnen.

Der Betreiber dieses Agriturismo war das genaue Gegenteil von Fabrizio Lapi. Er war ein großer, schlanker Mann und hatte volles, graumeliertes Haar. Seine Füße steckten in hohen Feldstiefeln und unter seiner Latzcordhose trug er ein Karohemd. Er sah aus, als käme er geradewegs von der Plantagenarbeit.

In wenigen Worten erklärte er uns, was es zu seinem Gut zu sagen gab: Gaetano Galimis Spezialität war die Herstellung von Limoncello, dem klebrig-süßen gelben Zitronenlikör, den man zumeist als Aperitif trank. Mit dessen Verkauf verdiente er den Großteil seines Lebensunterhalts. Seine Frau war bereits verstorben, aber seine drei Töchter kümmerten sich um die Gäste und die Biotouristen, machten die Zimmer und versorgten die Tiere. Malte und Dieter brauchten keine halbe Stunde, um alle wichtigen Informationen zu bekommen und einen weiteren Drehtermin mit Signor Galimi zu vereinbaren. Auch ein Blick auf den recht strukturiert angebauten Zitronenhain machte klar, dass wir hier nur wenige Außenaufnahmen zu machen brauchten. Interessanter war der Blick in den Keller, in dem das Getränk des Hauses hergestellt wurde. Hier hielten wir uns etwas länger auf und durften sogar eine Kostprobe nehmen.

»Trink«, sagte Ole aufmunternd zu Malte, »hilft bestimmt gegen den Schnupfen.«

»Det tötet alles ab«, nickte Dieter.

Mir schmeckte der Likör. »Wer fährt?«, fragte ich und ließ mir ein zweites Glas einschenken.

»Non ti preoccupare! Keine Sorge, mein Limoncello hat nur siebzehn Prozent«, erklärte Galimi, der langsam aufzutauen schien. »Ich gebe euch gern Rabatt, schaut euch nur um in meinem Geschäft.«

Aber dafür waren wir ja nun auch nicht hier, wie Dieter uns dezent erinnerte: »Vielen Dank, Signor, wir werden es in Betracht ziehen. Auf jeden Fall würden wir hier gern wie besprochen die Aufnahmen von Produktion und Anbau machen.«

»Aber mein Rezept bekommt ihr nicht«, betonte der Likörmeister. »Nur Bilder.«

»Wir melden uns dann, ein paar Tage bevor wir drehen möchten, bei Ihnen«, schloss Malte, und mit einem bedauernden Blick auf die angebrochene Flasche, die zurückblieb, verabschiedeten wir uns vom Agriturismo Galimi.

Rund um den Ätna gab es noch wesentlich mehr Höfe,

die man sich anschauen konnte, doch mehr als zwei wären an diesem Tag nicht zu schaffen gewesen. So machten wir uns nach Sonnenuntergang auf den Rückweg nach I Moresani und erreichten den Hof gegen neun. Es nieselte.

Nichts mit Wein und Kuschelei am Strand, dachte ich bedauernd.

»Ich dachte, Italien sei das Land der Sonne«, murmelte Malte verdrossen und nieste zum geschätzt hundertsten Mal.

»Macht nicht zu lang«, mahnte Dieter. »Wir brechen morgen früh gleich wieder auf Richtung Ätna, drei Höfe warten auf unsere Fragen.« Dann verabschiedete er sich.

»Ich bin sofort weg, muss mich auskurieren«, erklärte mein Freund.

Er war mittlerweile richtig verschnupft und verschwand tatsächlich gleich in meinem Zimmer, aus dem ich ihn nur mit Müh und Not wieder rauswerfen konnte. Aber schließlich wollte ich mich nicht unnötigerweise anstecken, weil er mir nachts ins Gesicht nieste, und das sah er auch ein. Außerdem fand ich es ganz angenehm, das Zimmer für mich zu haben. Ich warf mich aufs Bett und kramte mein Laptop samt Web'n'walk-Stick hervor. Keine Neuigkeiten auf Facebook, dafür aber eine Mail von Charly:

From: charlottedieerste@movieschool-berlin.com
To: alex1986@studio-berlin.com
Date: March 23rd, 20:13h

Subject: Ohne Dich

Alex,

jetzt bist Du schon zwei Tage fort, und ich vermisse Dich stündlich mehr. Während ich hier für die »Mimikprüfung« büffele und vor dem Spiegel Grimassen schneide, liegst Du wahrscheinlich bei Mondschein am Strand und ein gutgebauter italienischer Obstbauer legt Dir seinen grauen Strickpullover um die Schultern. Vergiss mich nicht in diesem Augenblicke höchsten Glücks,

Deine C.

Darling – schrieb ich zurück – nix Strand und nix Obstbauer, stattdessen Regen und ein niesender, schlechtgelaunter Freund. Außerdem sieht das hier nach mächtig viel Arbeit aus. Ich vermisse Dich und Deine Grimassen auch. Und den ganzen Tag wird nur Englisch gesprochen, dabei hab ich doch extra wochenlang Italienisch gelernt. Werde jetzt noch ein Glas Wein an der Bar trinken gehen, vielleicht findet sich dort ein geeigneter Gesprächspartner zum Üben.

Saluti e buonanotte,

Deine A.

Kapitel 5: INGENUITÀ

An der Bar saßen Ole und der ältere Herr, der schon bei unserer Ankunft dort gesessen hatte. Michele stand selbst hinterm Tresen. Simona, die Führungen und Freizeitplanung der Gäste betreute, war am Nachmittag mit einer Gruppe Belgierinnen zu einem dreitägigen Ausflug zu Pferd aufgebrochen, wie Michele uns erzählte. Nonna Margherita de Vivo war eindeutig die Köchin des Hauses. Was aber trieb eigentlich die Hausherrin, die Mutter von Simona, den ganzen Tag, dass man sie gar nicht zu Gesicht bekam?

Ich bestellte ein Glas Rotwein und ließ mich neben Ole nieder. Der war frustriert, weil er versucht hatte, mit den beiden Italienern ins Gespräch zu kommen, aber an den Sprachbarrieren gescheitert war. Zumindest hatten sie ihm nicht geantwortet.

»Ein bisschen blöd ist das schon«, meinte er. »Mein Italienisch lässt sehr zu wünschen übrig, und die Leute hier können kein Deutsch und nur wenig Englisch. Ich hätte nicht gedacht, dass es so schwer wird, Kontakte zu knüpfen. Zum Glück bin ich nur für die Bilder zuständig und nicht für die Recherchen.«

»Ich glaube, wenn wir erst einmal ein paar Tage hier

sind, werden wir schon das Wichtigste verstehen. Und Simona spricht doch ziemlich gut Englisch, die kann einem doch zur Not weiterhelfen«, tröstete ich. Beim Namen der schönen De-Vivo-Tochter leuchtete Oles Gesicht kurz auf.

»Ja, sie ist wirklich nett«, bekräftigte er. »Schade, dass sie jetzt weg ist.«

»Aber doch nur für ein paar Tage.«

Michele stellte ein Glas vor mich und goss mir aus der bereits geöffneten Flasche ein. Dann ließ er die Flasche vor mir stehen. Ich prostete Ole und dem älteren Herrn zu. »Cin cin!«

Der Herr nickte kurz und hob sein Glas unmerklich an, ohne jedoch einen Schluck zu nehmen. Und ohne mein freundliches Lächeln zu erwidern.

»Ich dachte immer, die Italiener wären so kontaktfreudig«, raunte Ole mir zu. »Der scheint aber eher von der unnahbaren Sorte zu sein.«

»Vielleicht erwartet er, dass wir uns vorstellen?«, riet ich und probierte meine Italienischkenntnisse aus: »Buongiorno, sono Alexandra. Und das ist mein Kollege Ole. Wir sind aus Berlin und drehen hier einen Dokumentarfilm. Sind Sie auch zu Gast auf Sizilien?«, fragte ich.

Der Signore sah mich an, als käme ich von einem anderen Stern. Dann sagte er etwas zu Michele, was ich so schnell nicht verstand, und beide lachten.

»Dunque dunque, nicht ganz, Giuseppe ist so etwas wie ein Familienmitglied«, erklärte Michele. »Seine Hütte steht nicht weit von hier am Meer. Er arbeitet auf einem

Nachbargut. Dies hier«, Michele machte eine ausladende Geste, »ist quasi sein Wohnzimmer.«

Der ältere Herr nickte höflich und prostete uns zu, jedoch erneut ohne einen Schluck zu trinken. Er sah ganz so aus, wie man sich einen alten Sizilianer vorstellte, ein Urgestein mit von Sonne und Leben gegerbter Haut. Nun gut, vielleicht hätte ich mir denken können, dass er kein Gast war.

Ich kannte diese Art Wohnzimmergäste aus dem »Highway« und mochte sie. Meist waren es alleinstehende ältere Herren, die sich zu Hause langweilten und, statt fernzusehen, lieber in einer gemütlichen Eckkneipe dem Treiben der Nachbarschaft zuschauten. Allerdings gab es hier eigentlich nicht besonders viele Nachbarn, I Moresani lag ziemlich weit ab vom Schuss, wie ich auf der Herfahrt festgestellt hatte.

»I hope this will become our living room in the next weeks as well«, versuchte Ole sich auf Englisch, was Michele für Giuseppe übersetzte.

»Vedremo, wir werden sehen«, antwortete der, und darauf wussten wir erst einmal nichts zu antworten.

»Ich hätte gedacht, dass die Leute sich mehr dafür interessieren würden, dass wir vom Film sind«, raunte Ole mir zu. »Aber denen hier scheint das eher wurscht zu sein.«

»Schscht , nicht so laut – wer weiß, nachher verstehen die doch ein paar Worte Deutsch.«

Aber Giuseppe und Michele hatten offenbar Wichtigeres zu tun, als uns zu belauschen. So plauderte ich ein wenig mit Ole über das Wetter, den Ätna, Dieter, und wir waren gerade beim Thema Limoncello angekommen, als ein weiterer Gast den Raum betrat.

Michele hatte sich mittlerweile zu Giuseppe an den Tresen gesetzt. Offenbar erwartete er keinen Besuch mehr um diese Uhrzeit. Es war mitten in der Woche, und wir waren auf dem Land. Wer sollte jetzt noch seinen Weg hierher finden? Aber der junge Mann, der nun durch die Tür kam, verschlug mir für einen Augenblick die Sprache. Donnerwetter, der sah ja umwerfend aus: ungefähr Ende zwanzig, groß, dunkle volle Locken, die ihm verwegen in die Stirn fielen. Unter seinem zausigen Pony blitzte ein Paar faszinierend grüner Augen hervor. Er trug einen Dreitagebart, und am Kinn hatte er ein Grübchen, das seinen sehr maskulinen Gesichtszügen etwas unerwartet Weiches gab. An seiner schlanken Figur sah man, dass er entweder körperlich arbeitete oder viel Sport trieb. Ich musste mich zusammenreißen, um meinen Blick von seinen sehnigen Unterarmen abzuwenden.

Wo um alles in der Welt kam denn hier so ein Mann her? Vom Laufsteg in Mailand? Aus dem Olympiatrainingslager? Aus einem Werbeplakat für ärmellose Karohemden?

»To', chi si vede! Paolo, come stai?«, rief Michele dem Fremden entgegen. »Komm, setz dich zu uns!«

Paolo? Den Namen hatte ich doch schon einmal gehört!

»Ich wette, das ist der einsame Olivenbauer von nebenan, von dem Simona erzählt hat«, sagte Ole. »Der mit den Wachteln.«

Richtig: Der Biobauer und Geologe vom Nachbarhof

hieß Paolo. Das war sicher kein Zufall, das musste er sein. Ich betrachtete ihn neugierig.

Er bedachte uns mit einem flüchtigen Nicken, ging hinter den Tresen, holte sich ein Glas und setzte sich dann neben Giuseppe, um sich Wein einzuschenken. Im Nu waren die drei Männer in ein Gespräch verwickelt, von dem ich nur wenige Brocken verstand. Offenbar ging es um Oliven. Nun, das war hier nicht weiter außergewöhnlich. Um Ole und mich scherte sich indes keiner. Ratlos schauten wir uns an. »Italiener = kommunikativ und aufgeschlossen«, diese Formel schien auf Sizilien nicht zu gelten. Oder lag es womöglich an uns? Machten wir etwas falsch?

Ole hauchte in seine offene Hand. »Hab ich Mundgeruch oder was? Das geht schon den ganzen Abend so, dass sich keiner mit mir unterhält.«

»Ich bin doch da«, meinte ich tröstend, aber so richtig wohl fühlte ich mich auch nicht. Paolo hatte uns den Rücken zugewandt, nur Michele warf hin und wieder einen Blick auf unsere Gläser, um sicherzugehen, dass wir versorgt waren.

Als wir gerade zahlen und gehen wollten, schien unser Wirt sich jedoch an uns zu erinnern, denn er deutete uns an, sitzen zu bleiben, und schenkte uns ungefragt nach. »Die Rechnung zahlt ihr am Ende, ihr werdet ja sicher noch das ein oder andere Glas bei uns trinken«, meinte er. Dann deutete er auf uns und erklärte Paolo, dass wir aus Deutschland und vom Film seien – zumindest verstand ich die Wörter »Vengono dalla Germania« und »lavorano a un film« und schlussfolgerte, dass er uns seinem

Gast vorstellen wollte. Paolo erwiderte etwas wie »ficca-naso«.

»Ich glaube, er hält uns für Schnüffler«, flüsterte Ole. »Ficcanaso hab ich schon mal in einem Krimi gehört, ich glaub sogar, es war im Paten.«

Ficcanaso! Das war ja nun nicht gerade nett, uns so ein-zuordnen. Wir führten schließlich nur Gutes im Schilde, wir wollten keinen Weinpanscherskandal aufdecken, wir wollten im Grunde Werbung für die Agriturismi machen. Schade. Statt als charmante Träumer entpuppten sich die Sizilianer als eigenbrötlerisch und misstrauisch.

Dennoch war es an der Zeit, uns vorzustellen, wenn wir vorhatten, Kontakt zu diesen Einheimischen aufzuneh-men. Und ich zumindest wollte mir das nicht entgehen lassen, wenn alle Einheimischen so eine interessante, wenn auch unnahbare Ausstrahlung hatten wie dieser Paolo.

»Piacere, mi chiamo Alexandra«, sagte ich daher freundlich zu ihm und winkte leicht.

»Ole«, sagte Ole, und es klang wie »Olé!«.

Paolo drehte sich zu uns herum und betrachtete uns prüfend. Ole räusperte sich verlegen, dann hob er sein Glas, und Paolo erwiderte: »Cin Cin.« Ab sofort band er uns in das Gespräch mit ein, oder besser gesagt, er be-gann, uns auszufragen: Che cosa girate? Was das für ein Film sei – un documentario. Warum wir den ausgerech-net hier drehen wollten – Perché la Sicilia è famosa per l'agricoltura e gli agriturismi. Wie lange wir bleiben wür-den – un mese, einen Monat.

Ich war irritiert ob der plötzlichen Neugier, die so gar nicht zu der abwehrenden Haltung der ersten Minuten passte. Meine Antworten fielen entsprechend knapp aus. Paolo di Gioia bemühte sich wohl, freundlich zu klingen, doch seine Fragen ließen mich davon ausgehen, dass er nicht viel davon hielt, dass ein deutsches Filmteam hier »herumschnüffelte«. Ein seltsamer Mann.

Ich stellte ein paar Gegenfragen, die uns Simona zwar schon beantwortet hatte, doch das konnte Paolo ja nicht wissen. Ich erwähnte daher nur, dass die Tochter des Hauses uns bereits einen Teil seiner Plantagen gezeigt habe, ob er den Hof tatsächlich ganz ohne Hilfe bewirtschafte und ob wir vielleicht bei ihm auch ein paar Aufnahmen machen könnten.

An seinem Gesicht war weder Erstaunen noch sonst eine Regung erkennbar, die verriet, in welchem Verhältnis die beiden Nachbarskinder zueinander standen, daher versuchte ich es durch weiteres Erwähnen von Simonas Namen – dass es bewundernswert sei, dass zwei junge Leute wie er und Simona nicht in die Städte abwanderten wie viele andere, sondern Landwirtschaft betrieben und Familientraditionen pflegten, und dass Simona ja eine sehr naturverbundene Person sein musste, wenn sie sogar tagelange Reitausflüge mit Gästen unternahm.

Zwischendurch fiel ich immer wieder ins Englische, zum einen, weil mein Italienisch doch noch etwas begrenzt war, zum anderen, weil ich Ole nicht in den Wahnsinn treiben wollte, der schon ganz nervös war, weil ich den Namen seiner neuen Traumfrau so oft erwähnte. Ihm war das sichtlich unangenehm.

»Nachher denken die noch, dass einer von uns sich für sie interessiert!«

»Tust du doch auch«, gab ich zurück. »Oder nicht?«

Ole wurde rot. »Quatsch, ich fand sie nett, sonst gar nichts!«

»Ich versuch doch auch nur, ein paar Informationen zu sammeln«, beruhigte ich ihn. »Damit man weiß, woran man bei den Leuten hier ist.«

Vor allem wollte ich herausfinden, woran man bei Paolo war. Lief da etwas zwischen unserer Gastgebertochter und dem interessanten Nachbarn? Und was hatte er nur gegen Fremde? Immerhin lebte halb Italien vom Tourismus, da war es doch angebracht, sich Ausländern gegenüber offen und freundlich zu geben.

»Voi non capite … Deutsche verstehen oft nicht, welchen Stellenwert die Familie in Italien hat«, meinte Paolo auf meine Fragen hin. »In Italien ist die Familie sehr wichtig, und wenn jemand Probleme hat oder Hilfe braucht, wird das in der Familie geregelt. Das ist hier nicht wie bei euch, dass Kinder vom Amt leben oder die alten Leute in Pflegeheimen untergebracht werden. Hier kümmert man sich noch umeinander.«

Das war natürlich Quatsch. In Italien gab es sicherlich genauso viel Kinderarmut und Pflegeheime wie in Deutschland. Ich beschloss, das zu googeln. Noch bevor ich vorsorglich gegen Paolos Vorurteile protestieren konnte, wechselte Michele das Thema und kam auf den zu erwartenden Temperaturaufschwung zu sprechen. La pioggia, der Regen, so hätten sie im Wetterbericht gesagt, würde am nächsten Tag aufhören, und wir sollten unbedingt einen Tag für einen Ausflug zum Ätna einplanen.

»Come no! Jeder, der nach Sizilien kam, hat einmal am Fuße des Ätna gestanden«, behauptete auch Giuseppe, der sich bislang noch gar nicht zu Wort gemeldet hatte.

Paolo fügte hinzu: »Man sagt, dass angesichts eines so mächtigen Vulkans jedem Menschen klar wird, dass er nur ein winziger Teil dieser Welt ist, und sich besser entsprechend verhalten sollte. Die meisten Menschen nehmen sich selbst doch viel zu wichtig. Also, fahrt ruhig mal hin.«

Joi, wie war das denn wieder zu verstehen? Dieses Gespräch war wirklich durch und durch unentspannt. Ich wurde das Gefühl nicht los, dass Paolo nicht viel von uns hielt. Das weckte jedoch meinen Ehrgeiz. Ich würde ihm schon zeigen, dass wir nicht nur sehr nett waren, sondern vor allem mit unserem Filmprojekt eine gute Sache unterstützten.

»Viele Leute in Deutschland wissen gar nicht, was für einen schönen Urlaub man auf den Agriturismi machen kann«, brachte ich das Gespräch zurück auf unsere Arbeit. »Das ist für Großstädter eine tolle Erfahrung, und schon allein, um das zu veranschaulichen, ist unser Film wichtig. Ich selbst bin immer froh, wenn ich Lebensmittel aus kontrolliert biologischem Anbau kaufen kann.«

Bei den Worten »kontrolliert biologisch« grinste Paolo spöttisch.

»Was ist?«, fragte ich.

»Si sa, il controllo. Kontrolle – das Lieblingswort der Deutschen, oder?«

»Wie soll ich das verstehen?«

»Ma sì, insomma … Na ja, religiös seid ihr Deutschen

zwar nicht gerade, obwohl ihr den Papst stellt, aber wenn ihr an etwas glaubt, dann an Kontrolle.«

Ich schnappte nach Luft. So etwas von Klischeedenken hätte ich nicht erwartet. Wie unhöflich!

»Non esagerare! Jetzt reicht's aber, Paolo. Du beleidigst unsere Gäste.« Michele wirkte besorgt. »Bitte entschuldigt, er hat es nicht so gemeint«, fügte er an uns gewandt hinzu.

»Ich denke, wir ziehen uns jetzt besser zurück«, meinte Ole. »Wir müssen morgen früh raus.«

»Du hast recht.« Ich war ein wenig enttäuscht von diesem ersten Abend unter Einheimischen. Ich hatte mich so darauf gefreut, die Menschen hier kennenzulernen, aber offensichtlich beruhte das Interesse nicht auf Gegenseitigkeit. Zumindest schien die Kommunikation schwieriger als gedacht, und das lag nicht nur daran, dass ich den Fortgeschrittenenkurs Italienisch vor der Abreise nicht mehr ganz beendet hatte.

Doch kaum erhoben wir uns, schien unser unfreundlicher Nachbar aufzuwachen, denn er entschuldigte sich bei uns für seine Unhöflichkeit, drückte Ole mit sanfter Gewalt auf den Barhocker zurück und schenkte uns Wein auf seine Rechnung nach. Dann lenkte er das Thema zurück auf unsere Arbeit, und wir diskutierten noch eine ganze Weile über die Wirkung von Dokumentarfilmen auf den Zuschauer, was in der Dreisprachigkeit recht mühsam war, da ständig jemand für Ole beziehungsweise Giuseppe übersetzen musste oder ich mit meinem Vokabular an meine Grenzen stieß. Dabei erfuhren wir auch, dass der grummelige alte Giuseppe der von Simona erwähnte Erntehelfer auf dem Nachbarhof war. Er war der beste Freund von Paolos Vater gewesen, und daher war es eine Selbstverständlichkeit für ihn, nach dem Tod seines Freundes dessen Sohn zu unterstützen, damit die Oliven- haine im Familienbesitz bleiben konnten. Die Haupt- arbeit aber verrichtete Paolo.

Ich ertappte mich dabei, wie mein Blick nicht nur be- wundernd seine kräftigen Schultern und Arme entlang- wanderte, sondern bald schon das Gesamtpaket musterte. Bislang hatte ich immer ein weniger sportliches Bild vom italienischen Mann gehabt. Italiener waren in meiner Vor- stellung Genussmenschen mit einem außerordentlichen Charme, die gern lachten und feierten. Sie strahlten eine gewisse Grundentspanntheit aus, die im Gegensatz zur deutschen Gründlichkeit stand, einem dafür aber eine Art Urlaubsgefühl vermittelte.

Paolo aber schien hart zu arbeiten, sich oft zurückzu- ziehen und der Welt mit Skepsis und Ironie zu begegnen. Das entsprach so gar nicht meinem Klischee. Immerhin: Das Glas Wein am Abend ließ Paolo sicher auch nie aus- fallen.

Wäre ich Singlefrau, wie zum Beispiel Simona, und hätte diesen Mann als Nachbarn – ich wäre sicher längst schwach geworden. Aber zum Glück hatte ich ja Malte.

Oles Räuspern riss mich aus meinen Gedanken.

»Alex?«

»Hm, was?«

»Träumst du? Ich habe gefragt, ob wir Dieter nicht vorschlagen sollten, für das Intro Aufnahmen vom Gipfel des Ätna zu machen, vorausgesetzt, das Wetter spielt mit.

Immerhin ist er über dreitausend Meter hoch, da kann man, je nachdem, wie weit man raufkommt, einen Kameraschwenk über die halbe Insel machen.«

»Ja, äh, klar, wenn du meinst.«

Ole beschrieb seine Intro-Idee in mühsamem Englisch unserem Gastgeber, während ich meinen Blick in meinem Weinglas versenkte. Hoffentlich hatte keiner bemerkt, wie ich Paolo gerade gemustert hatte – das war ja mehr als peinlich. Ich war erst zwei Tage hier und schon im Begriff, mich danebenzubenehmen. Ich kramte nach meinen Zigaretten und ging vor die Tür, denn im Gegensatz zu einigen deutschen Bundesländern wurde das Rauchverbot in Italien schon seit 2005 streng durchgesetzt, hatte ich gelesen. Da brauchte ich gar nicht erst nach einem Aschenbecher zu fragen.

Der Regen hatte aufgehört, und die Nacht roch nach Meer, Blüten und Davidoff Gold. Ich blies den Rauch in die italienische Nacht und sah ihm nach, wie er zwischen den Zweigen eines Olivenbaumes emporstieg. Was für eine Romantik lag hier in der Luft. Ich war dabei, mich in diese Insel zu verlieben, und lächelte beim Gedanken an die vor mir liegenden Wochen. Kein wortkarger Giuseppe und kein misstrauischer Paolo würden mir meine Laune verderben können. Hoffentlich würde nun auch Malte bald merken, wie schön wir es hier hatten.

Gegen ein Uhr nachts verabschiedeten sich die beiden Nachbarn, und Michele schloss die Bar. So blieb auch Ole und mir nichts anderes übrig, als uns auf unsere Zimmer zurückzuziehen. Dabei hätte ich gern noch mehr von dem köstlichen Wein getrunken. Aber immerhin hatte sich die Stimmung zwischen uns und den Sizilianern noch gebessert. Paolo verabschiedete sich mit einem freundlichen »A presto!«, und ich hoffte, dass das Wiedersehen nicht allzu lange auf sich warten lassen würde.

Nun war ich mir sicher, dass ich die harten Schalen dieser Einsiedler schon knacken und nach Ende des Filmdrehs wesentlich mehr über Sizilien und die Sizilianer wissen würde als eine Touristin nach ihrem Badeurlaub.

Auf der Treppe zu den Zimmern stellte auch Ole fest: »Mann, das sind ja richtiggehende Aufnahmeprozesse, die man hier am Tresen durchmacht. Zuerst dachte ich, die würden sich nie mit uns unterhalten.«

»Ja«, nickte ich, »all'inizio è dura – aller Anfang ist schwer. Aber ich glaube, wir sind nun als Schnüffler anerkannt. Das dürfte die Recherche um einiges erleichtern.«

Kapitel 6: SUPERSTIZIONE

Am nächsten Morgen war Maltes Erkältung noch stärker geworden, zudem war er schlecht gelaunt, weil er von Ole gehört hatte, dass wir noch bis ein Uhr an der Bar gesessen hatten. Wir saßen beim Frühstück, ich genoss gerade meinen Espresso, als ich seine Stimmung zu spüren bekam.

»Ich weiß gar nicht, warum die Italiener den Ruf genießen, so gastfreundlich zu sein«, nörgelte Malte. »Mein Bett ist jedenfalls total unbequem, die Matratze muss jahrhundertealt sein.«

»Also, ich hab gut geschlafen«, sagte ich.

»Mit so viel Wein im Kopf, kein Wunder, das sollte ich mir mal erlauben, gleich am zweiten Abend allein zechen gehen.«

Ich schaute Malte besorgt an. Er war total gereizt. Seit wir hier angekommen waren, schien ihm nichts recht zu sein.

»Ich war nur mit Ole an der Bar«, verteidigte ich mich. »Wir haben ein paar Gläser Wein getrunken und die Nachbarn kennengelernt, weiter nichts. Das kann man nun wirklich nicht ›zechen‹ nennen.«

»Ach ja, der Geologe, der sein Einsiedlerleben im Olivenhain fristet und keine Lust auf Feriengäste hat. War ja sicher eine höchst interessante Begegnung«, höhnte Malte. »Na, dann muss ich ja fast Mitleid mit dir haben.«

»So uninteressant war das gar nicht«, entgegnete Ole. »Paolo hat erzählt, wie zu Lebzeiten seines Vaters nach einem Erdbeben in der Region Apulien kaum ein Olivenhain das Unglück schadlos überstanden hatte. Da wurden sogar die Kinder aus den Schulen geholt, um bei der Ernte zu helfen, und die wenigen Vorräte selbst erzeugten Olivenöls auf den sizilianischen Höfen wurden zur unbezahlbaren Delikatesse.«

Dieter nickte interessiert. »Vielleicht sollten wa det Ganze mehr vor dem Hintergrund von Agrarkatastrophen her aufziehen, die Sache etwas mehr dramatisieren und den Überlebenskampf der Familienbetriebe aufzeigen. Mir is det Thema ohnehin noch zu unspektakulär, aber der Sender wollte det ja unbedingt haben – Biohöfe in Europa. Und ich darf sehn, wie ich da interessante sechzich Minuten draus mache.«

Das war mir neu, ich hatte gedacht, dass sich Dieter freiwillig für dieses Projekt in der Biolandwirtschaftsreihe entschieden hatte. Und Malte hatte in Berlin auch viel euphorischer von dem Projekt gesprochen. Jetzt aber sah es so aus, als wäre ich die Einzige, die sich richtig darüber freute, hier zu sein.

Statt wieder Richtung Ätna zu fahren, brachen wir heute Richtung Messina auf. Die Sonne strahlte vom sizilianischen Himmel, die Regenwolken des Vorabends waren, wie von Michele angekündigt, restlos verschwunden, und

so hatte Ole Dieter überreden können, zwecks anschlie-
ßender Auszeit am Strand die drei N-Agriturismi am Meer
bei Messina zu besuchen: Nuciara, Nasita und Nascia.

Der erste wurde von Familie Riganello geführt, die
azienda war sieben Hektar groß und bepflanzt mit Oliven, Zitrusfrüchten und einem riesigen Gemüsegarten.
Im Hofladen gab es dementsprechend selbstproduziertes
Olivenöl, hausgemachten Limoncello, Marmelade, Obst
und mehrere Sorten Tomaten. Eine Besonderheit dieses
Hofes war, dass, wie uns der Hausherr berichtete, seit Jahren ausschließlich europäische Gäste hier beherbergt
wurden. Im Gegensatz dazu führe sein Freund einen Hof
ganz in der Nähe, und der habe überwiegend Gäste aus
Übersee. Das fing vor einigen Jahren mit ein paar Stamm-
gästen an, und seitdem kamen hauptsächlich Gäste auf
deren Empfehlung, so dass sich daran wohl auch nichts
mehr ändern würde. Daher sprachen auf dem Hof seines
Freundes viele Familienmitglieder Englisch, während er,
Riganello, das nicht nötig hatte. Seine europäischen Gäste
waren alle so gut erzogen, dass sie zumindest ein paar
Brocken Italienisch gelernt hatten und sich irgendwie verständigen konnten. »Das ist ja auch ein schöner Anlass für
eine Reise: die eigenen Sprachkenntnisse zu erweitern«,
sagte ich.

Ich fand es toll, zu merken, dass mir bereits nach so
kurzer Zeit einige italienische Wörter ganz leicht von der
Zunge gingen: allen voran buongiorno, cincin und ciao
natürlich – wobei ich festgestellt hatte, dass in Deutschland wesentlich mehr Leute »ciao« sagten als hier auf
Sizilien. Vor allem verwendeten die Deutschen es als Ab-

schiedswort, während die Italiener es eher zur Begrüßung sagten.

Aber auch praktische Orientierungsfragen wie: Come si arriva al mare?, Wo geht's zum Meer?, Dov'è il bagno?, Wo sind Ihre Toiletten?, Quanto costa qui una camera?, Wie teuer sind die Zimmer bei Ihnen?, oder: Gli ospiti possono dare una mano nei campi?, Dürfen Gäste bei der Landarbeit helfen?, stellten längst kein Problem mehr für mich dar.

Dieter und Ole schlugen sich mehr schlecht als recht mit einem Deutsch-Italienisch-Englisch-Mix durch, hin und wieder versuchte Dieter es auch mit Französisch. Einzig Malte blieb stur bei Englisch – und selbst das nur unter Protest.

»Bevor ich mich hier lächerlich mache, spreche ich lieber in einer Sprache, die ich beherrsche«, begründete er seine Haltung. »Und die Italiener können übrigens auch alle Englisch, die haben nur keine Lust, es zu sprechen. Dabei ist es eine Weltsprache.«

Unser Besuch bei den Riganellos war nur kurz. Dieter hatte entschieden, von der Mehrzahl der Höfe nur kurze Impressionen zu zeigen und einen oder zwei herauszusuchen, die eine spannende Geschichte oder Besonderheit zu bieten hatten. Diese sollten dann ausführlicher erzählt werden und den roten Faden des Films bilden.

»Warum nehmen wir dafür nicht den Hof der de Vivos, immerhin wohnen wir dort?«, schlug Ole vor, während wir auf den nächsten Hof, Nasita, zurollten.

»Und was soll an unserem Hof das Besondere sein, das den Rahmen bildet? Oliven sind nicht gerade außergewöhnlich, und ihn zu nehmen, nur weil das Gebäude früher einmal der Landsitz einer adligen Familie war, ist nicht gerade originell«, kritisierte Malte.

»Ich dachte, wir wollten auch Porträts von den Familien machen, die auf den Agriturismi leben, und ihre jeweiligen Traditionen vergleichen?«, wunderte ich mich. »Dabei können wir uns doch nicht auf einen oder zwei Höfe beschränken?«

»Wie wa det Ganze aufziehen, is meine Sache«, meinte Dieter. »Konzeptionelle Änderungen behalt ich mir vor.«

Na, das konnte ja heiter werden. Offenbar stand noch gar nicht genau fest, wie das Thema präsentiert werden sollte. Ich war gespannt, wie es mit unserem Projekt weitergehen würde.

Der Agriturimo Nasita unterschied sich kaum von Nuciara. Der Hof war einen Hektar kleiner und lag in der Via Cesare Battisti, nur einen Kilometer vom Meer entfernt.

»Die Küste Siziliens soll nicht überall so schön sein wie hier im Osten«, meinte Ole. »Badestrände sind an der Westküste sogar rar gesät.«

»Ist sowieso zu kalt zum Baden«, erwiderte Malte. »Weiß gar nicht, wieso immer behauptet wird, in Italien sei es so sonnig. Ich könnte schwören, dass heute Morgen Reif auf den Bäumen lag.«

»Das liegt daran, dass das Mittelmeer nach den Wintermonaten so lange braucht, um sich wieder zu erwärmen«, widersprach ich. »Ab Juli oder August kann man dann locker bis Weihnachten schwimmen gehen.«

Das hatte Paolo uns gestern erzählt. Er hatte auch erzählt, dass aus einigen Großstädten immer noch Abwässer direkt in die Flüsse und damit ins Meer geleitet würden, doch das erzählte ich lieber nicht. Malte war irgendwie nicht gut auf dieses Land zu sprechen. Er brauchte wohl noch ein bisschen Zeit, um sich an Klima und Leute zu gewöhnen. Ich hingegen war von Stunde zu Stunde begeisterter. Natürlich war ich als Kind schon einmal in Italien gewesen, aber als Erwachsener sah man ein Land dann doch mit ganz anderen Augen.

Auf Nasita wurde vor allem Marmelade produziert. Außerdem gab es eine kleine Keramikmanufaktur und neben den üblichen Olivenbäumen einen riesigen Gemüsegarten. Nasita und Nuciara teilten sich mit mehreren Nachbarhöfen eine große Ölmühle.

In den Gemüsegärten sahen wir Gäste bei der Ernte der frühen Erdbeeren, andere säten gegenüber Karotten aus. Ole machte einige Fotos von dieser idyllischen Szenerie, während Dieter den Hofeigner nach Problemen im Anbau, Naturkatastrophen und Nachbarschaftsstreits ausfragte.

Es war ein schöner Hof, das Hauptgebäude stammte aus dem 9. Jahrhundert und stand unter tutela dei monumenti, Denkmalschutz, aber eine Katastrophe hatte hier nie stattgefunden. Und selbst in Krisen- und Kriegszeiten hatte die Familie, die den Betrieb seit Jahrhunderten führte, nie Hunger gelitten. Nasita barg keine dunkle Vergangenheit. Der Frust bei Dieter wuchs sichtbar. Er suchte mittlerweile intensiv nach Anhaltspunkten, um seinen Film spannender aufziehen zu können. Ich verstand nicht, warum; ich erwartete mir von einem Dokumentarfilm nicht in erster Linie Spannung. Für mich wäre das Wichtigste die sachliche Herausarbeitung der Kernthese, nämlich: dass der ökologische Anbau nicht nur aus ökologischen und moralischen Gründen die Technologie der Zukunft war, sondern nicht zuletzt aus wirtschaftlicher Sicht. Denn die Eigner der Agriturismi verdienten gutes Geld mit dem, was sie taten.

Ich bemühte mich um bessere Stimmung, indem ich die anderen überredete, noch nach Messina hineinzufahren. Wir parkten in der Nähe des Hafens in der Viale della Libertà und gingen von dort durch die Via Giuseppe Garibaldi in die Stadt hinein. Nach einem langen Bummel durch die Gassen nahmen wir in einer gemütlichen Pasticceria in der Via Loggia dei Mercanti Platz und bestellten Espresso und cassata, eine sizilianische Spezialität, wie man uns sagte. Dieser Kuchen war mit Ricotta, Schokolade, kandierten Früchten und Likör gebacken und schmeckte genial. Ich ließ mir jeden Bissen auf der Zunge zergehen.

Gegenüber der Pasticceria an der Piazza Immacolata lag ein riesiger Neubau, der aussah wie ein Amtsgebäude. Der architektonische Stil harmonierte auf seltsame Weise mit den älteren Häusern der umgebenden Restaurants und Läden.

»Dass Messina überhaupt noch über Gebäude verfügt, die älter als vierzig Jahre sind, ist ein Wunder«, erklärte Ole, der meinem Blick folgte. »Diese Stadt ist Anfang des letzten Jahrhunderts vollkommen von einem Erdbeben zerstört worden, und kaum hatten die Überlebenden sich ihre Häuser einigermaßen wieder aufgebaut, da kam der

Zweite Weltkrieg, und wieder ging alles zu Bruch. Ich glaube, die Santissima Annunziata dei Catalani, an der wir vorhin vorbeigegangen sind, ist die einzige Kirche aus dem Mittelalter, die die Zeit überstanden hat. Vieles wurde zwar in ähnlichem Stil wieder aufgebaut, aber die Ursprünglichkeit ist natürlich dahin.«

»Da hat einer aber brav seinen Reiseführer studiert«, lästerte Malte, doch diesmal ging mir sein Genörgel zu weit, und ich wies ihn in die Schranken:

»Also, ich finde es interessant und würde gern noch mehr über die Stadt und überhaupt über Sizilien erfahren. Wenn man die Geschichte einer Gegend kennt, kann man auch ihre Bewohner besser einschätzen. Ich wusste zum Beispiel gar nicht, dass Sizilien so viel vom Krieg abbekommen hat!«

»Mäuschen, das war ein Weltkrieg, da haben alle ihr Fett weggekriegt, nicht nur Berlin. Vielleicht sollte ich dir ein Buch über Italien kaufen, dann kannst du das ganz genau nachlesen, wer hier was zerbombt und wieder aufgebaut hat.«

»Danke«, pflaumte ich ihn an. »Mir reicht es im Moment, so viel wie möglich erzählt zu bekommen oder selbst zu sehen, und im Gegensatz zu dir bin ich nämlich offen und interessiert und sehe nicht alles nur negativ so wie du. Und was ich nicht weiß, das schaue ich eben später im Internet nach.«

»Du machst dich viel zu abhängig von Google und Wikipedia und diesem ganzen Zeug«, stänkerte Malte weiter, aber ich beschloss, nicht mehr zu antworten. Es war offenbar grad zwecklos, er war auf Krawall aus.

»Das schadet deiner Objektivität, dich immer nur auf das Internet zu verlassen«, setzte er nach, doch meine Aufmerksamkeit war nun auf die Straße gelenkt, und ich hörte ihm nicht mehr richtig zu. Etwas anderes hatte mein Interesse geweckt:

Vor dem Tor des Amtsgebäudes standen zwei Männer und diskutierten mit weit ausladenden Gesten. Die Diskussion schien sich zu einem handfesten Streit zu entwickeln, und ihre Gestik wurde so aggressiv, dass ich damit rechnete, gleich eine Prügelei zu sehen. Doch Passanten blieben stehen und mischten sich in die Diskussion ein. Nun winkte der Ältere ab, dafür traten zwei weitere Männer hinzu und schienen dem Jüngeren zu drohen. Huch, war das etwa ein Messer, was der eine in der Hand hielt? Ich starrte wie gebannt auf den jüngeren Mann. Der lachte nur kurz auf, stieß die Männer zur Seite und stieg in einen vor dem Gebäude geparkten Geländewagen. Auch die anderen drei Männer verließen den Eingangsbereich des Gebäudes, stiegen in eine wartende Limousine und fuhren davon, während die Passanten noch kurz weiterdiskutierten und sich dann wieder zerstreuten.

Das war ja wie eine Szene aus einem Mafiafilm! Ein Beinahekampf auf offener Straße! Und immerhin war ich hier auf Sizilien, es war also durchaus möglich, dass die Männer zur Cosa Nostra gehörten.

Der Jeep fuhr mit quietschenden Reifen an, und kam die Via Santa Cecilia hinauf. Als er an uns vorüberfuhr, starrte ich ungläubig auf den Fahrer: Das war ja Paolo! Hundertprozentig! Dieses markante Gesicht war so unverkennbar, das hätte ich im Schlaf wiedererkannt, obwohl ich ihn erst einmal gesehen hatte. Seltsam. Was machte der denn hier in Messina? Und wer waren die Männer, mit denen er gestritten hatte, konnten das wirklich Mafiosi sein? Auf jeden Fall schien Paolo in Schwierigkeiten zu stecken.

Ich sah dem Wagen nach, der kurz hinter der Tabaccheria auf die Hauptstraße abbog, und versuchte, mir das Kennzeichen zu merken: BE 807 irgendwas. Ob das in dem Wagen wirklich unser Nachbar gewesen war? Ob die de Vivos etwas über diese Angelegenheit wussten? Simona? Ach, wahrscheinlich spielte mir meine Phantasie nur einen Streich. Es war bestimmt nur jemand, der Paolo sehr ähnlich sah. Ich sollte nicht zu viel über diesen Mann nachdenken.

»Was ist denn mit dir, Maus, träumst du?«, fragte Malte, der sich wieder abgeregt hatte. »Du siehst aus, als hättest du einen Geist gesehen.«

Ich fühlte mich ertappt, also sagte ich die Wahrheit: »Nein, ich habe keinen Geist gesehen, aber ich glaube, ein paar Mafiosi – habt ihr das nicht gesehen, wie sich die Männer da auf der anderen Straßenseite gerade fast geprügelt haben? Der eine war sogar bewaffnet!«

»Welche Männer?«, fragte Ole.

»Ich glaub, du träumst«, sagte Dieter. »Wir sind zwar auf Sizilien, aber auf offener Straße werden die hier wohl kaum ihre Konflikte austragen.«

»Lexi hat eine blühende Phantasie«, lachte Malte. »Passt auf, bald meint sie noch, die Männer hätten Pistolen gehabt und es auf deutsche Filmleute abgesehen.«

»Quatsch, die haben sich gestritten, drei gegen einen,

dann hat einer ein Messer gezückt, und dann sind alle in ihre Autos gestiegen und weggefahren. Habt ihr denn das Reifengequietsche gar nicht gehört?«

Es konnte doch nicht sein, dass ich als Einzige diese filmreife Szene gesehen hatte?

Doch offensichtlich hatten nicht einmal die Frauen am Nachbartisch, die mit dem Gesicht zur Straße gewandt saßen, etwas mitbekommen. Also beschloss ich, der Sache nicht zu viel Bedeutung beizumessen und vorerst für mich zu behalten, dass einer der Männer Paolo gewesen sein könnte. Ich wollte nicht unnötig Gerüchte über ihn verbreiten. Immerhin konnte es auch sein, dass es hier um einen ganz harmlosen Streit ging oder ich ihn verwechselt hatte.

»Was ist los mit dir Lexi, du starrst ja immer noch auf die Straße? Suchst du nach deinen Mafiosi?« Malte lachte mich aus. Das war gemein. Nur weil er es nicht gesehen hatte, war ich doch nicht gleich meschugge. Aber es hatte wohl keinen Sinn, weiter darüber zu sprechen.

»Nein, ich war nur in Gedanken«, wiegelte ich deshalb ab. Mir glaubte hier ja offenbar sowieso keiner.

»Das ist sie in letzter Zeit öfter«, grinste Ole. »So wie gestern Abend: Da war Alex auf einmal total weggetreten und hat gar nicht gemerkt, dass ich mit ihr geredet hab.«

Malte sah mich fragend an. »Muss ich mir Sorgen machen?«

»Ach, Quatsch.«

»Ich hab ja nüscht dagegen, wenn du in Tagträume abdriftest, solange du darüber deine Arbeit nicht vergisst«, brummte Dieter. »Und wir sind hier, um über Biolandwirtschaft zu berichten, nicht über die Mafia – auch wenn det wesentlich spektakulärer wäre«, fügte er hinzu.

»Da pass ich schon auf«, meinte Malte und legte beschützend den Arm um mich. »Die Lexi macht das schon. Und außerdem kann es ja gut sein, dass auf einem der Agriturismi auch die Mafia ihre Finger im Spiel hat, wer weiß.« Er zwinkerte in die Runde, und so langsam wurde ich sauer, dass sich alle über mich lustig machten. Ich wollte gerade zum Protest ansetzen, in diesem Moment kam die Kellnerin mit der zweiten Runde caffè. Wir wechselten das Thema. Aber das seltsame Wiedersehen mit unserem Nachbarn ging mir noch eine Weile im Kopf herum.

Dieser Paolo hat irgendetwas zu verbergen, schrieb ich um halb sieben morgens an Charly, die ich über alles auf dem Laufenden hielt. Er hat irgendwie Ärger mit ein paar Mafiosi, glaube ich. Vielleicht ist er deswegen so verschlossen Fremden gegenüber. Ich werde auf jeden Fall versuchen, dahinterzukommen, was er verbirgt. Malte und den anderen habe ich nicht erzählt, dass es Paolo war, den ich heute in Messina gesehen habe. Die glauben mir sowieso nicht. Außerdem ist Malte unglaublich gereizt in diesen Tagen, ich erkenne ihn kaum wieder. Liegt wohl am Schnupfen.

So, ich muss los, du siehst, wir fangen früh an und hören spät auf, das ist ein etwas anderes Leben als in Berlin.

Ciao bella!

Um sieben musste ich beim Frühstück sein, denn wir wollten heute zeitig aufbrechen. Es war unser dritter Recherchetag. Am Wochenende würde der Rest der Crew zu uns stoßen, und dann musste alles so weit vorbereitet sein, dass wir direkt mit den Dreharbeiten beginnen könnten. Als wir am Abend ins Hotel zurückgekehrt waren, hatten Paolo, Giuseppe und Michele wie am Abend zuvor gemeinsam an der Bar gesessen. Ich hätte mich gern dazugesetzt, doch Malte wollte direkt ins Bett, und ich konnte ihm schlecht erzählen, dass mich die persönlichen Angelegenheiten eines italienischen Olivenbauern mehr interessierten als sein Schnarchen. Ja, Malte schnarchte. Und da seine Erkältung ein wenig nachgelassen hatte, hatten wir gemeinsam in meinem Zimmer geschlafen, was ich unter normalen Umständen genossen hätte: ein bisschen kuscheln, plaudern und den Tag Revue passieren lassen. Aber seit mein Freund den Fuß auf italienischen Boden gesetzt hatte, konnte man ihm nichts mehr recht machen. So hatten wir uns noch kurz gestritten und die Nacht Rücken an Rücken verbracht. Und er hatte mich fast aus dem engen Bett geschubst. Was war nur mit ihm los, brauchte er etwa das schlechte Berliner Wetter, um nett zu sein?

Taormina hieß der idyllische Ort in den Peloritani-Bergen, der uns laut Paolo und Michele den besten Blick auf den Ätna bieten sollte. Hier gab es nicht nur das beste Lokal für Meeresfrüchte Siziliens, La grotta azzurra, wie mein Reiseführer behauptete, sondern auch ein wunderschönes antikes Freilichttheater, das Teatro Greco. Auf dem Corso Umberto gab es die schicksten Läden, und auf dem Domplatz trafen sich bei Abenddämmerung die Jugendlichen der Stadt zum Plausch. Dichter Nebel verdarb uns zwar den Blick auf den Vulkan, dennoch lohnte der Ausflug. Wir schlenderten durch die malerischen Gassen der Altstadt, besichtigten den Dom, und als es zu regnen anfing, lud Dieter uns großzügig zu Gelato und Espresso ein. Das war Italien, so hatte ich es mir vorgestellt. Also, von dem Regen einmal abgesehen.

Womit ich nicht gerechnet hatte, war, dass ich beinahe Hausverbot in einem Eiscafé bekommen würde, bloß weil ich meinen Regenschirm zum Trocknen aufspannen und in die Ecke stellen wollte.

»Porta sfortuna! Bringt Unglück!« Die Ladenbesitzerin funkelte mich wütend an, und warf meinen Schirm in Windeseile auf die Straße, wo ich ihn nur knapp davor retten konnte, von einer Vespa überfahren zu werden. Dann richtete sie ihre Hand mit gespreiztem kleinem Finger und Zeigefinger gegen meinen Schirm und mich. Ich war verwirrt – warum deutete diese ältere italienische Dame mit so einer unhöflichen Geste auf mich?

Die anderen lachten sich schlapp über mein verdutztes Gesicht.

»La superstizione, das hab ja sogar ich gewusst«, neckte Malte. »Alles bringt hier Unglück: schwarze Katzen, Leitern, Hagelkörner von links und so weiter. Die haben hier einen ganzen Haufen seltsamer Theorien, woher das Pech kommt.«

»Mit dem Handzeichen mano cornuta will sie nur das Pech von sich abhalten, das du ihr gerade bringen wolltest«, erklärte Ole. »Ein bisschen missverständlich vielleicht, aber angeblich wirksam.«

»Aber was hab ich denn falsch gemacht? Was hat sie gegen meinen Regenschirm?« Ich schaute ratlos der aufgebrachten Signorina und ihrer gehörnten Hand hinterher.

»Non lo sai cosa si dice? Ein aufgespannter Schirm bringt einen Toten in der Familie mit sich«, erklärte mir eine Frau vom Nachbartisch, die Mitleid mit mir hatte. »Zumindest glauben das die Leute hier.«

Kleinlaut stellte ich meinen zusammengefalteten Schirm in die Ecke zu den anderen. Am Tod eines Eisverkäufers wollte ich nun wirklich keine Schuld tragen. Ich hatte zwar eifrig italienische Vokabeln gepaukt, doch mit so etwas wie Aberglauben hatte ich mich überhaupt nicht beschäftigt. Das sollte ich besser nachholen, es gab doch nichts Peinlicheres, als so offensichtlich gegen die Gewohnheiten des Gastlandes zu verstoßen.

»So«, meinte Dieter, nachdem wir genüsslich gespeist hatten. »Und nun wolln wa mal die Arbeitsteilung der nächsten Tage besprechen. Ich hab mir Gedanken gemacht, wie wa am effektivsten arbeiten können. Und das bedeutet in diesem Zusammenhang ohne Rücksicht auf private Vorlieben.« Bei dieser Bemerkung sah er Malte streng an, und wir verstanden sofort, was das hieß: keine Pärchenausflüge.

In der Nähe von Taormina lag eine alte Mühle mit einer Olivenpresse, von der Dieter ein paar Aufnahmen haben wollte. Daher hatte er beschlossen, dass Malte und Ole die Mühle besichtigen und sich die Arbeit dort detailliert beschreiben lassen sollten. Malte empfand diese Aufgabe als Affront, warum auch immer.

»Ich glaube, Dieter hat mich aufm Kieker«, meinte er, als wir einen Augenblick allein waren. »Wahrscheinlich haben sich die anderen beschwert, dass ich meine Freundin mitbringen darf, und nun versucht er absichtlich, uns zu trennen, damit es von Anfang an so aussieht, als hätten wir dich aus rein beruflichen Gründen mitgenommen.«

»Was soll das denn heißen? Aus welchen Gründen sollte ich denn sonst hier sein? Ein romantischer Urlaub auf Firmenkosten sähe schließlich anders aus.«

»Jaja, war ja nicht so gemeint«, wiegelte Malte ab und strich mir eine Strähne aus der Stirn. Aber insgeheim, dachte ich, denkt er wahrscheinlich wirklich, dass ich ohne seine Fürsprache niemals zu so einer Filmproduktion mitgenommen worden wäre. Und es stimmte mich nachdenklich, dass Malte mich nur als seinen kleinen Schützling sah, auch wenn ich ihm andererseits natürlich dankbar war, dass er mich vorgeschlagen hatte. Aber ich würde ihm und meinen Eltern und allen anderen schon beweisen, was in mir steckte und dass ich zu Recht hier war. Langsam hatte ich die Nase voll davon, dass alle mich ständig unterschätzten.

Nur Dieter traute mir offenbar etwas zu: Ich sollte nämlich in den nächsten zwei Tagen auf eigene Faust Taormina und die Höfe der Umgebung erkunden, das war der Plan. Dafür bekam ich das ganze Wochenende Zeit und einen Leihwagen obendrauf. Dieter erwartete von mir im Gegenzug am Sonntagabend einen ausführlichen Bericht mit Insidertipps von den Einheimischen und konkreten Empfehlungen für Aufnahmen in der Stadt, inklusive detailliertem Drehplan.

Ich war begeistert. Auf eigene Faust eine Stadt erkunden, recherchieren und Interviews führen und die Informationen so aufbereiten, dass sich daraus ein Drehplan für unseren Film ergäbe! So etwas hatte ich im Studium erst ein einziges Mal gemacht und das in einer Gruppenübung, die reine Theorie blieb. Mit dieser Aufgabe war ich richtig gefordert, und Dieter versprach mir darüber hinaus, dass ich, wenn ich meine Sache gut machte und wir meine Vorschläge verwenden würden, den Drehplan anschließend als Semesterarbeit an der Hochschule einreichen könnte. Außerdem würde damit definitiv mein Name im Abspann auftauchen und meine Regieassistenz wäre offiziell dokumentiert. Da würde selbst Mama stolz auf mich sein müssen.

Taormina böte reichlich Material für unser Thema, da war ich sicher. Hier gab es genug zu sehen, und die Stadt war ausgesprochen touristisch geprägt. Die Agriturismi der Umgebung profitierten von den Events und Veranstaltungen, die in Taormina stattfanden und viele Touristen anzogen. Wanderurlauber liebten Ausflüge ins nahegelegene Castelmola und kosteten nur zu gern die regionalen Spezialitäten.

Dieter selbst würde am Samstag zum Flughafen fahren, den Rest der Crew abholen und zwei Kleinbusse mieten, in denen Equipment und Crew ausreichend Platz hatten. Am Sonntagabend war die entscheidende Teambesprechung angesetzt, bis dahin sollten auch Ole und Malte den Drehplan für die Mühle fertig haben, wo am

Montag die ersten Aufnahmen gemacht werden sollten. Somit gab es für Malte und mich am Wochenende wohl kaum eine Gelegenheit, ein wenig Romantik auf- und schlechte Laune abzubauen.

Es war mir ein Rätsel, warum mein Freund so gereizt war. Klar, dieser Film war auch für seine weitere Laufbahn bei Studio Berlin wichtig, und es wartete eine Menge Arbeit auf ihn. Dieter wollte Ergebnisse sehen, das spürte man. Andererseits war das ja logisch, dafür waren wir schließlich hier. Die Dreharbeiten würden uns kaum Freizeit lassen, von einem Italienurlaub war das hier weit entfernt. Meine Eltern hatten ja keine Ahnung. Heute war schon Tag vier, und ich hatte meinen Bikini noch nicht einmal ausgepackt. Zugegeben, die Temperaturen waren auch noch nicht geeignet dafür. Aber warum schlechte Laune verbreiten? Es war immer noch Italien!

Wenigstens eine war bereit, meine Freude mit mir zu teilen:

From: alex1986@studio-berlin.com
To: charlottedieerste@movieschool-berlin.com
Date: March 26th, 00:53h
Subject: Taormina

Charly,
es ist so weit: Ich darf meine eigenen Ideen zu einer echten Filmproduktion beitragen! Morgen fahre ich allein nach Taormina und recherchiere. Bin schon gespannt, wie ich mich mit meinem Italienisch durchschlage. Werde auf jeden Fall noch mal in

diese Eisdiele zurückkehren, in die Dieter uns heute eingeladen hat – das Feigensorbet war einfach himmlisch. Ich wünschte, Du wärst hier, wir hätten bestimmt eine Menge Spaß.

Auf jeden Fall mehr als Malte, denn er weiß die Besonderheiten dieser Gegend leider noch nicht zu schätzen, nicht einmal die kulinarischen. Mit verstopfter Nase schmeckt er eh nicht viel, deshalb ernährt er sich derzeit nur von Pizza Margherita. Aber ich hab gestern zum ersten Mal Muscheln bestellt – ich weiß, eigentlich wollte ich hauptsächlich vegetarisch essen, aber die haben hier alles ganz frisch und aus schonender Zucht, und ich habe Muscheln immer schon gern gegessen. Na ja, Malte fand das natürlich nicht so gut, aber ich habe schließlich nie behauptet, eine Vollblutvegetarierin zu sein.

Diesen Paolo hab ich seit Messina übrigens noch nicht wieder gesprochen. Würde echt gern wissen, was das für Typen waren, mit denen er sich da gestritten hat, sah ernst aus. Aber wahrscheinlich würde er mir das gar nicht auf die Nase binden.

So weit bisher, a presto, Du hörst von mir,

Deine A.

From: charlottedieerste@movieschool-berlin.com
To: alex1986@studio-berlin.com
Date: March 26th, 07:15h
Subject: Re: Taormina

Schätze mal, den Namen Paolo muss ich mir merken, hm? ;-) Oder bist Du nur auf der Jagd nach Mafiosi?

Du machst mich übrigens neidisch! Habe sofort Taormina gegoogelt, die Aussicht muss ja traumhaft sein! Freut mich sehr für Dich, dass die endlich merken, was in Dir steckt. Du wirst Deine Sache bestimmt mehr als gut machen. Bin schon gespannt auf Euren Film!

Sind Muscheln überhaupt Tiere? Ich würde sagen, die gehen auch als Wasserpflanzen durch. Und überhaupt: Deine Essensregeln bestimmst immer noch Du selbst, da hat Malte seine Nase nicht reinzustecken. Wenn Du auf Fleisch verzichten willst, gut, aber wenn Du Appetit drauf hast, iss.

Hmmm, das Gequatsche übers Essen macht mir Appetit – schätze, ich werde heute mal bei Alessandra vorbeischauen und mir eine Brotzeit mit italienischer Salami und Mortadella gönnen. Trinke einen Prosecco auf Dich!

Ciao, bella!

Kapitel 7: INVESTIGAZIONE

Gleich am Samstagmorgen holte ich den kleinen Punto vom Autoverleih ab, der meinen Recherchetrip an diesem Tag erleichtern sollte. Michele war so nett, mich mit in die Stadt zu nehmen und beim Autonoleggio abzusetzen. Die Frühlingssonne schien hell und freundlich, es waren gute achtzehn Grad – perfekte Rahmenbedingungen für einen Tag im schönen Taormina. Nach fünfzig Kilometern parkte ich den Punto in einer Seitenstraße der Via Teatro Greco und begann, die Stadt zu Fuß zu besichtigen. Zuerst lief ich zum Freilichttheater hinauf, dann ging ich durch die Via Giardinazzo und die Via Fratelli Bandiera, um in den einzelnen Geschäften nach Bioprodukten von den Agriturismi der Umgebung zu fragen. Tatsächlich kauften viele Gemüsehändler ihre Produkte bei einem Hof namens Bella Ragazza ganz in der Nähe der Stadt. In unserem Film könnten wir zum Beispiel den Weg einer Feige vom Samen zum Baum über den Ladentisch bis zum Endverbraucher zeigen, um die kurzen und somit umweltfreundlichen Lieferwege zu veranschaulichen, und ich zückte mein Notizbuch und machte mir Stichworte, während ich weiter Richtung Domplatz ging.

Lautes Reifenquietschen ließ mich hochschrecken,

und mit einem Ruck wurde ich plötzlich zurück auf den Gehweg gezogen, so dass ich rücklings stolperte und mich mit den Händen abfangen musste. Mein Stift rollte geradewegs unter den Vorderreifen eines kleinen Lieferwagens. Ich hatte das Auto nicht kommen hören und war, ohne hochzuschauen, auf die Straße getreten. Dabei wusste doch jedes Kind, dass man in Italien auf den unberechenbaren Verkehr achtgeben musste. Als ich mich nach der rettenden Hand umsah, erblickte ich eine junge Frau mit blondgefärbter Wallemähne. Ein Schwall italienischer Worte prasselte auf mich nieder, von denen ich dank Tempo und Akzent nur wenig verstand. Aus dem Fahrzeug stieg ein Mann mittleren Alters, der ebenfalls begann, auf mich einzureden.

»Veicolo elettrico« stand in großen grünen Lettern auf der Seite des Autos, und so langsam begriff ich, weshalb ich den Wagen nicht gehört hatte: Das Ding fuhr mit Strom und somit nahezu geräuschlos. Das war knapp gewesen, beinahe hätte mich das Fahrzeug erwischt. Das war mal wieder typisch für mich, warum musste ich eigentlich immer wie ein Blindfisch durchs Leben stolpern?

Mein blondierter Schutzengel ging dazu über, den Autofahrer anzuschreien, was dem solchen Respekt abnötigte, dass er sich zurück hinters Steuer setzte und erstaunlich lautlos davonbrauste.

Die rabiate Lebensretterin half mir auf die Beine. Ich hatte mittlerweile meine Sprache wiedergefunden und stellte mich ihr etwas umständlich vor.

»Ah, capisco, deshalb!«, nickte sie. »Du bist Deutsche. Sonst hättest du gewusst, dass hier in Taormina viele amtliche Dienstfahrzeuge mit Elektromotor fahren. Da ist es ziemlich gefährlich, ohne zu schauen, auf die Straße zu treten.«

»Das kann man wohl sagen«, meinte ich und rieb mir die aufgeschlagenen Hände. Dann reichte ich ihr die rechte. »Mille grazie!«

»Machst du Urlaub hier? Ganz allein?«

»Nein, nein, ich bin beruflich hier auf Sizilien«, antwortete ich und kam mir plötzlich mächtig wichtig vor. »Wir drehen einen Film.«

»Un film?«, schrie sie begeistert. »Du bist vom Film? Das ist ja interessant! Komm, ich lad dich auf den Schreck auf einen Espresso ein. Du musst mir unbedingt von deiner Arbeit erzählen, für Film hab ich mich schon immer interessiert. Ich bin übrigens Carla.«

Während Carla mich hinter sich her in ein Café zog, bombardierte sie mich mit Fragen: »Un film d'amore? D'avventura? Poliziesco?« Sie war geradezu außer sich. Das legte sich ein wenig, als sie begriff, dass ich nicht aus Hollywood kam und der Film nicht fürs Kino, sondern für das deutsche Fernsehen produziert wurde.

»Nur ein documentario«, erklärte ich ihr. »Gli agriturismi e la bioagricoltura.«

Dennoch hatte Carla große Lust, mich auf meiner Recherchetour zu begleiten. Überhaupt war sie begeistert, meine Bekanntschaft gemacht zu haben, wie ich feststellte. Sie fand meinen Beruf spannend, war fasziniert von meinen roten Haaren und begeistert von meinem Outfit, schwarzen Leggings und einem knallgelben Longtop.

»Piacere di averti conosciuta! Freue mich, dass wir uns

getroffen haben. Und wie nett, mal eine Ökofrau kennenzulernen, die statt Batikzeug und Dreadlocks mal normal gekleidet ist. Dein Stil gefällt mir«, machte sie mir ein etwas fragwürdiges Kompliment.

»Du bist der erste wirklich aufgeschlossene Mensch, den ich hier auf Sizilien kennenlerne«, lobte ich zurück. »Und außerdem hast du mir das Leben gerettet.«

Carla winkte ab. »Das war doch selbstverständlich.«

Ich war irritiert. War mein Italienisch so schlecht oder diese Frau so ungewöhnlich? Ich hatte Lust, sie näher kennenzulernen, zumal sie ganz anders war als die Leute, denen ich bislang begegnet war. Carla wollte mich ebenfalls wiedersehen und noch mehr über unsere Arbeit erfahren. »Endlich ist mal was los hier«, meinte sie.

Wir verabredeten uns für den Abend, da sie vorher noch einen Friseurtermin und ich einiges zu erledigen hatte. Dann machte ich mich wieder allein auf den Weg durch die Straßen dieser Stadt und füllte mein Büchlein mit Notizen.

Nach zwei Stunden Marsch quer durch Taormina und mehr oder weniger fruchtbaren Gesprächen mit Lebensmittelverkäufern und Restaurantbesitzern nahm ich, zurück am Domplatz, auf einer Bank am Brunnen Platz und kühlte mir die Hände. Es war schön warm geworden. Ich schob die Ärmel hoch. Mir gegenüber saß ein Liebespaar Arm in Arm, beide lachten fröhlich. Ich musste an Malte denken. Was er wohl gerade trieb? Ob er endlich einmal Spaß an der Arbeit hatte? Zumindest über das schöne Wetter heute musste er sich doch freuen. Ich fand es zurzeit ausgesprochen schwierig mit ihm, seit wir in Italien gelandet waren, hatte ich ihn kaum noch lachen sehen. In der neuen Umgebung erlebte ich Seiten an ihm, die mir bisher verborgen geblieben waren, und das, obwohl wir doch schon eine ganze Weile zusammen waren. Vielleicht machte ihm die Verantwortung, die er trug, zu schaffen? Oder die Zusammenarbeit mit Dieter? Am Thema des Films konnte es auf keinen Fall liegen. Wenn irgendjemand sich mit Bioanbau auskannte, dann war das doch er.

Mein Handy piepte. Wenn man vom Teufel spricht!, dachte ich, doch die SMS war nicht von ihm, sondern von meiner Mutter:

Luna 1 in mathe! Flo führerschein bestanden. Papa auf dienstreise in paris. Und wie geht es meiner großen? Denke an dich. Kuss, mami

Typisch Mama, mit den Erfolgen meiner Geschwister loszulegen. Aber immerhin fragte sie, wie es mir ging. Selbst wenn sie von meinem bisherigen Werdegang nichts hielt, lag ich ihr offenbar trotzdem am Herzen. Es tat gut, das zu sehen. Und immerhin konnte sie ihren Freundinnen im Tennisclub jetzt erzählen: »Unsere Alexandra, ja, die dreht zurzeit auf Sizilien einen Film fürs Fernsehen.« Vielleicht klang das für das schwarze Schaf der Familie gar nicht so schlecht und versöhnte sie ein wenig damit, dass ich mich gegen den Weg entschieden hatte, den sie für mich vorgesehen hatten: Dr. jur. Alexandra von Herzogenaurich war natürlich ein klangvoller Traum.

»Sonne, Strand und laues Leben«, wollte ich ihr am liebsten zurückschreiben, aber sicher würde Mama die

Ironie nicht verstehen und vor Schreck aus ihren lila Seidenpumps kippen, also schrieb ich kurz und knapp:

Spannendes projekt, lerne unheimlich viel. Recherchiere gerade in taormina. LG an die fam. A

Schon ulkig, wie sich der Sprachgebrauch in Zeiten neuer Medien geändert hatte; selbst meine Mutter, die immer eine Freundin von Schachtelsätzen und umständlichen Umschreibungen gewesen war, beschränkte sich in SMS mittlerweile auf verbfreie Sätze und Steno. Da ich das Handy schon mal in der Hand hatte, schrieb ich auch gleich eine SMS an meinen Freund:

Taormina hat viel zu bieten, freu mich auf den drehtag hier. Was macht die mühle?

Drehen und pressen, kam es zurück.

Wurde beinahe überfahren, schrieb ich in Erwartung von etwas Anteilnahme.

Das passt zu dir, war seine Antwort. Man kann dich wirklich nicht allein lassen.

Also wirklich. Ich seufzte. Das klang nicht so, als habe sich die Stimmung bei ihm sonderlich gebessert.

Ich schnallte meinen Rucksack wieder um und suchte nach meinem Leihwagen. Wie hieß noch gleich die Seitenstraße, wo ich ihn geparkt hatte? Der Unfall mit dem

Elektroauto hatte mich wohl mehr mitgenommen als gedacht, ich hatte die Orientierung verloren und mein Kopf dröhnte. Vielleicht lag es auch daran, dass ich so wenig getrunken hatte? Bei den zahlreichen Espressi, die ich zwischendurch bestellt hatte, hatte stets ein Glas Wasser neben der Tasse gestanden. Vielleicht wäre es gescheit gewesen, auch mal eins davon zu trinken. Ich stoppte an einer Tabaccheria, kaufte mir eine Halbliterflasche Wasser und trank sie in drei Zügen leer. Hatte mir ein einfaches Mineralwasser schon einmal so gut getan? Ich ruhte mich noch ein wenig auf der Bank vor dem Geschäft aus und blickte den Autos auf der Via Lallia Bassia hinterher. Einer der vorbeifahrenden Wagen war ein grüner Jeep. Sofort fiel mir Paolo wieder ein und die Sache in Messina. Worum es wohl gegangen war? Vielleicht sollte ich es einfach beiläufig ansprechen, wenn ich ihn wiedersah. Sicherlich saß er heute Abend wie gewohnt am Tresen der de Vivos. Vielleicht hatte Malte ja ausnahmsweise Lust, sich dazuzugesellen, dann könnte er Paolo kennenlernen. Ole jedenfalls würde sich bestimmt mit mir auf einen Wein an der Bar treffen, er brannte nämlich darauf, Simona wiederzusehen, die heute von der Reittour mit den Belgierinnen zurückkehren würde.

Die Mutter von Simona hatte ich immer noch nicht kennengelernt. So langsam bezweifelte ich, dass es sie überhaupt gab. Dafür war Nonna Margherita präsenter. Sie war eine richtige Vorzeigegroßmutter, wie aus dem Bilderbuch: klein, rund, herzlich und energisch. Und eindeutig das Oberhaupt der Familie. Wenn sie etwas sagte, spurte selbst Michele. Solche hierarchischen Ordnungen waren sicherlich in einigen italienischen Großfamilien nicht unüblich, vermutete ich. Wahrscheinlich auch nicht bei den Forchiellis, zu denen ich mich nun auf den Weg machte.

Der Agriturismo der Familie Forchielli war auf dem Grundstück eines ehemaligen Klosters aus dem 17. Jahrhundert gebaut. Die Via Andronico, auf der ich fuhr, führte durch eine hübsche Hügellandschaft, die mit Obst- und Olivenbäumen übersät war. Die Plantage wirkte ein wenig chaotisch, die Bäume standen in unregelmäßigen Abständen statt in leicht zu bewirtschaftenden Reihen, wie zum Beispiel auf I Moresani. Man sah sofort, dass Olivenanbau hier nicht professionell betrieben wurde. Auch Zimmervermietung war auf Casa Perrotta die Ausnahme, nur gelegentlich nahm die Familie in Zimmern in einem Nebengebäude Touristen auf, wenn die Nachbarhöfe ausgebucht waren, so hatte ich mich auf der Webseite des Gutes informiert. Sowohl den Ätna als auch das Meer und Taormina sollte man von den Hügeln aus sehen können.

Auf Casa Perrotta lebte das Ehepaar Forchielli mit seinen sechs Kindern. Zwei davon kamen mir schon in der Einfahrt entgegengelaufen. Sie zeigten reges Interesse an meiner Kamera, die sie mir sofort abknöpften, und schossen eifrig Fotos, während sie mich hinters Haus brachten. Hier jätete ihre Mutter mit den älteren Geschwistern gerade ein Blumenbeet.

»Das werden Narzissen für Ostern«, erklärte mir die Frau und wies auf Tausende von Zwiebelsprösslingen. Ich war beeindruckt. Wer brauchte denn so viele Blumen? Mit dem, was dort auf den Beeten heranwuchs, konnte man eine ganze Kleinstadt versorgen. »Die Abnehmer der Tulpen und Narzissen sind Festveranstalter und Kirchen der Umgebung«, sagte Signora Forchielli. Sie versicherte mir, dass ihre Lieferung nur ein Bruchteil dessen wäre, was an Blumen zu Ostern gebraucht würde.

»Werden Sie über die Feiertage auf Sizilien bleiben?«, fragte sie, während sie noch rasch ein paar Gräser zwischen den Blumen auszupfte.

»Wahrscheinlich nicht«, antwortete ich. »Es ist geplant, dass unser Filmprojekt dann schon abgeschlossen ist. Wahrscheinlich werden wir kurz vorher zurückfliegen.«

»Bleiben Sie länger, wenn Sie können«, empfahl Signora Forchielli. »Dann können Sie die Prozessionen in den Städten sehen, die sind wunderbar.« Ostern war das wichtigste Fest auf der Insel, da konnte ich mir schon vorstellen, dass es bunt zuging. Prachtvolle Prozessionen in Trachten und mit reichlich Blumenschmuck, Aufführungen biblischer Schauspiele und ein opulentes Angebot besonderer Festspeisen wie Frittelle, leckerer kleiner Teigstücke, sowohl in süßer als auch in pikanter Variante, gäbe es dann in allen Ortschaften Siziliens.

Signora Forchielli erhob sich und bot mir einen Espresso an, wozu ich natürlich nicht nein sagte. Ich folgte ihr in die Küche, wo es nach Thymian und Lavendel duftete, und während sie eine kleine Edelstahlkanne aufsetzte, erzählte sie mir, wie sie zum Bioanbau gekommen war.

Allzu lange betrieb die Familie Forchielli die Biolandwirtschaft noch gar nicht. Eine wirtschaftliche Notsituation und der Tod des Großvaters hatten sie dazu gezwungen, sich etwas Neues auszudenken, um in der Region konkurrenzfähig zu bleiben. So hatten sie mit der Zucht einer fast ausgestorbenen Rasse von Kaninchen begonnen und bauten dazu nicht genmanipulierte Salatsorten wie Rucola, Kopfsalat und Feldsalat an. Auf dem Gut wurde vollständig auf den Einsatz von Schädlingsbekämpfungsmitteln verzichtet.

»Und wie schützen Sie Ihren Salat vor Schädlingen wie zum Beispiel Schnecken, Maden oder Feldmäusen?«, fragte ich, weil ich keine Schutzmaßnahmen auf den Beeten gesehen hatte.

»In modo naturale! Auf absolut natürlichem Wege«, bekräftigte Signora Forchielli. »Gegen die Mäuse haben wir sechs Katzen und gegen die Käfer und Schnecken – sehen Sie selbst.«

Sie deutete aus dem Fenster auf ein Gehege, in dem sich gut ein Dutzend Laufenten samt Küken tummelte.

»Una volta al giorno, einmal am Tag werden die Enten zur Schneckenjagd durch die Salatbeete geschickt, das funktioniert ganz ausgezeichnet. Den Trick hab ich mir übrigens von einem Kollegen aus Süddeutschland abgeschaut. Alle paar Jahre treffen wir europäischen Biobauern uns zum Austausch, das ist sehr hilfreich, vor allem, weil die Deutschen es sehr genau nehmen mit ihren Regelungen und genau Bescheid wissen, wie man sie einhalten kann und dabei gleichzeitig wirtschaftlich arbeitet – die Kollegen hier unten können einen eher beraten, wie man die Regeln am besten umgeht.« Sie zwinkerte bei dem letzten Satz, aber ich war nicht sicher, ob sie es nicht doch ernst meinte. Von der Idee mit den Laufenten war ich begeistert. Diese Tiere sahen herrlich neugierig aus mit ihren langen Hälsen, die sie nun nach mir ausstreckten, als wir wieder in den Hof gingen.

»Darf ich sie mal streicheln?«, fragte ich Signora Forchielli.

Die Bäuerin blickte mich irritiert an. »Accarezzarli? Na, wenn Sie meinen.« Sie ging voran zu dem Gehege und öffnete das Gatter einen Spalt, so dass ich hineinhuschen konnte. Dann schloss sie das Gatter hinter mir, und ich sah mich inmitten einer aufgeregt schnatternden Schar von Enten, die augenblicklich begannen, mich heftig in die Beine zu zwicken.

»Aua, au!«, schrie ich und beeilte mich, den Angreifern mit einem Sprung über den Zaun zu entkommen.

»Was ist denn mit denen los, haben die was gegen Fremde?«, fragte ich und rieb mir die schmerzenden Waden.

Signora Forchielli lachte. »Cosa hai pensato?! Ja, was haben Sie denn gedacht? Die Enten verteidigen natürlich ihre Küken. Ich hab mich schon gewundert, dass Sie unbedingt hineingehen wollten, aber ich wollte nicht unhöflich sein.«

Ich kam mir sehr dumm vor. Vor lauter Begeisterung hatte ich völlig aus den Augen verloren, dass man bei Muttertieren Abstand halten sollte. Trotz ihres niedlichen Aussehens hatten die Enten eine beeindruckende Kraft in ihren Schnäbeln, meine Waden konnten ein Lied davon singen. Aus sicherer Entfernung beobachtete ich später, wie Signora Forchielli die ausgewachsenen Tiere durch ein kleines Tor in die Salatbeete trieb. Die Küken fing sie dabei ab. »Die sind noch zu klein für Schnecken, die bekommen Streufutter«, erklärte sie.

Die eben noch so aggressiven Elterntiere standen nur einen Augenblick hinter der Pforte und schauten verdutzt hinter ihren zurückgebliebenen Küken her, die nun aufgeregt am Zaun entlangliefen. Dann machten sie sich auf die Jagd und durchforsteten die Beete nach Schnecken.

Ich musste sehr traurig ausgesehen haben, denn plötzlich bekam die Bäuerin Mitleid und griff ein Küken für mich zum Streicheln aus dem Gehege.

»Sie werden rasch groß«, erklärte sie, während ich dem quakenden, zappelnden Entlein den Kopf tätschelte. »Dann fressen sie das Jahr über Schnecken und Käfer, und am Ende des Jahres werden sie selbst gegessen.«

Armes Entlein, dachte ich und setzte es rasch wieder zurück zu seinen Geschwistern. Wenn es nur so kurz zu leben hatte, sollte es wenigstens keinen Streichelstress durch mich ertragen müssen. Die Franzosen haben mit Schnecken im Salat sicher kein Problem, schoss es mir noch durch den Kopf, und ich musste über meinen eigenen Scherz schmunzeln. Obwohl – Weinbergschnecken waren auch in Italien auf den Speisekarten zu finden, allerdings weniger im Salat. Nun ja.

Der Nachmittag bei Signora Forchielli war sehr aufschlussreich, auch was das Thema Lebensplanung anging: Die Informationen aus dem Internet waren nämlich nicht mehr aktuell – auf Casa Perrotta lebten nicht mehr alle Mitglieder der Familie Forchielli, sondern nur noch Mutter und Kinder.

»Mein Mann hat mich vor einem halben Jahr wegen einer anderen Frau verlassen«, sagte Regina Forchielli fast beiläufig, als sie mit mir vor dem Haus stand und eine Zigarette rauchte. »Seitdem muss ich sehen, dass ich den Hof am Laufen halte. Meine älteren Kinder sind mir dabei eine große Hilfe, und auch meine Mutter arbeitet noch mit. Es geht auch ohne Mann«, schlussfolgerte sie. Ich war beeindruckt: Allein mit sechs Kindern und dann dieser große Hof. Alle Achtung.

Regina schien nicht sonderlich unter der Trennung zu leiden. »Es stimmte schon eine ganze Weile nicht mehr zwischen uns, und dann hat er diese Frau kennengelernt. Die beiden wohnen jetzt zusammen in Palermo und führen ein kleines Geschäft. Das ist ganz praktisch, wir beliefern sie mit Fleisch und Gemüse. So bleibt das Geld wenigstens in der Familie.«

Das war mal eine Trennung im Guten. Ich konnte mir nicht vorstellen, mit einem Mann, der mich mit sechs Kindern sitzenließ, noch Geschäftsbeziehungen aufrechtzuhalten. Zum Glück waren solche Themen weit weg. Malte und mich konnte ich mir mit Kindern noch gar nicht vorstellen. Wir waren jung und wollten unsere Freiheit genießen.

Signora Forchielli und ich verabschiedeten uns herzlich, und ich sah im Geiste schon die ersten Filmszenen mit Enten bei der Schneckenjagd.

Als ich mich am Abend wieder mit Carla traf, war aus ihrer langen blonden Mähne ein knallroter Haarschopf geworden.

»Ich fand deine Haare so schön«, erklärte sie. »Außerdem war ich jetzt schon ganze acht Wochen blond, und ich langweile mich schnell.« Das galt nicht nur für Carlas Frisur, auch ihrer Männer war sie schnell überdrüssig, wie ich bei einem Espresso erfuhr. Deshalb waren ihre Beziehungen in der Regel kurz, und im Moment war sie mal wieder Single.

»Die Sizilianer sind unheimlich stur und eingefahren in ihren Gewohnheiten«, klagte sie. »Verwandtschaft hab ich kaum noch, nur einen alten Onkel, der weit weg lebt. Und die meisten meiner Freunde sind entweder in die Betriebe ihrer Familien eingestiegen oder zum Studium nach Palermo oder Messina gegangen.«

Das war mir ja bereits bei Simona und Paolo aufgefallen, dass Tradition und Familie für die Menschen hier einen anderen Stellenwert hatten als bei uns – wenn man mal von dem untreuen Gatten von Casa Perotta absah. Hatte man hingegen keine Familie mehr, war man zwar freier in seinen Entscheidungen, musste sich aber neue Wurzeln suchen. Ich fragte mich, wovon Carla wohl lebte. Arm schien sie jedenfalls nicht zu sein, als ich sie jedoch nach ihrem Beruf fragte, lachte sie nur und sagte etwas wie »nessun lavoro, è solo fortuna, no need for work«. Ich verstand nicht, wollte aber nicht weiter nachfragen.

»Ti spiego: Hier in Taormina ist nur im Sommer richtig was los, wenn die Touristen da sind«, erklärte Carla. »Deshalb bin ich dankbar für jede Abwechslung, die sich mir bietet! Ich würde gern mal einen Drehtag miterleben und sehen, wie so eine Produktion abläuft. Meinst du, das wäre möglich?«

»Ich weiß nicht, ich muss erst meinen Chef fragen«, antwortete ich vorsichtig. Auch wenn sie mein Leben gerettet hatte – ich kannte sie schließlich kaum. Und Fremde waren am Set eigentlich ein Störfaktor, vor allem, wenn sie an fremden Männern Interesse hatten. Ich hatte zwar keine Zweifel an Maltes Treue, aber man konnte ja nie wissen, vielleicht war Carla ja sein Typ? Wo sie jetzt wie ich rote Haare hatte, war das nicht ganz unwahrscheinlich. Und mir gegenüber war er im Moment so streitbar. Unsere Beziehung hatte sicher schon bessere Tage gesehen.

»Mi è venuta un'idea: Vielleicht hilft es, wenn deine Kollegen mich mal kennenlernen, wir könnten uns ja auf ein Glas Wein treffen, dann ergibt sich alles Weitere schon von allein«, schlug Carla vor. »Womöglich könntet ihr mich auch filmen oder zu irgendetwas befragen.« Sie erinnerte mich ein wenig an Charly mit ihrer Hartnäckigkeit und ihrem Drang, vor die Kameralinse zu kommen.

»Ja, sicher, das geht bestimmt«, sagte ich der Einfachheit halber.

Wir plauderten noch eine Weile über Bioanbau im Allgemeinen und Taormina im Besonderen und verabredeten, dass wir in den nächsten Tagen einmal telefonieren würden. Gegen halb neun brach ich Richtung I Moresani auf, stellte den Punto vor dem Autoverleih ab und nahm für den Rest der Strecke ein Taxi.

Als ich am Gut eintraf, saß das gesamte Team gemeinsam an der Bar: Ole, Dieter, Malte, Jakob und Paula, daneben drei Frauen der belgischen Reisegruppe. Simona stand hinterm Tresen, und Giuseppe hockte auf seinem angestammten Platz. Von Paolo keine Spur, aber es war ja noch früh, vielleicht kam er später vorbei.

Wir tranken gemeinsam ein paar Gläser Wein, und ich fragte Simona über die Bräuche und Feste der Sizilianer aus.

»Das Mandelblütenfest von Agrigent habt ihr ja leider verpasst«, fuhr Simona fort. »Das war Anfang Februar. Es hat eine lange Tradition und wird seit 1934 gefeiert. Und das tagelang.« Sie erzählte uns begeistert von lokalen Spezialitäten und Keramik, von Tänzen und Umzügen und zeigte uns Fotos von festlich gekleideten Sizilianern auf dem Festzug der heiligen Agathe, die eine überdimensionale Statue und ebenso große Kerzen, die Candelore, durch die Straßen von Catania schleppten. Ole hörte ihr begeistert zu und machte ständig Notizen. Dafür bekam er von Simona hin und wieder ein Lächeln geschenkt. Malte spottete darüber, doch das störte unseren eindeutig verliebten Kameramann nicht. So langsam verstand ich auch, warum Simona ihr Leben unbedingt hier verbringen wollte: Sie liebte ihre Heimat, das war nicht zu überhören. »Am Ende des Festes gibt es dann ein ganz tolles Feuerwerk!«, schloss sie ihre Erzählungen und schenkte uns Wein nach.

Ich stand nicht besonders auf Feuerwerk. Schon als Kind hatte ich die Böllerei nicht sonderlich gemocht. Meine Cousine Emma, die seit kurzem in Hamburg lebte, hatte erzählt, dass es dort beinahe jedes Wochenende aus irgendeinem Grund ein Feuerwerk gab: dreimal im Jahr anlässlich des Hamburger Doms, dann zum Hafengeburtstag, zum Kirschblütenfest und Alstervergnügen, wenn ein Schiff einlief, wenn ein Schiff auslief … Ich war vor einem guten Jahr bei den Cruising Days bei Emma zu Besuch gewesen, und hatte mich selbst davon überzeugen können: So romantisch die zerplatzenden Lichtkörper am Nachthimmel auch aussehen mochten, gehörten sie doch zu den unnötigsten Bräuchen auf Erden, dachte ich damals. Über der als Umweltstadt profilierten Hansestadt jedenfalls lag an diesem Abend ein dicker Schwefelnebel. Mir war diese unnütze Umweltverschmutzung inklusive Vögelverschreckung seitdem ein Graus. Zum Glück gab es in Berlin nicht so viele Knallspektakel. Um jedoch die Santuzza zu ehren, wie man die heilige Agathe auf Sizilien nannte, war das Feuerwerk hier seit Jahrzehnten nicht wegzudenken.

Ole hing den ganzen Abend wie gebannt an Simonas Lippen, doch ich hatte nicht den Eindruck, dass sein Interesse erwidert wurde. Simona war nett zu ihm und genoss seine Aufmerksamkeit sichtlich, aber sie war genauso nett zu uns anderen, und auch Jakob bekam einige ihrer Zahnpastalächeln geschenkt. Malte zog Ole immer wieder wegen seiner Schwärmerei auf, zum Glück verstand Simona kein Deutsch.

Dieter fand das gar nicht lustig: »Denkt daran, det hier is kein Urlaub, sondern Arbeit. Um eure Flirts könnt ihr euch in eurer Freizeit kümmern.«

Davon sollten wir zumindest am Sonntag ein wenig haben.

»Wie gut, dass wir morgen ein nicht ganz so straffes Programm haben«, meinte Jakob.

»Wenn uns noch Zeit bleibt, hätte ich Lust, auch einen Reitausflug zu machen«, meinte Paula, die sich ausgiebig mit den belgischen Damen unterhalten hatte. »Vom Rücken der Pferde lernt man die Gegend doch noch einmal ganz anders kennen.«

»Dazu hätte ich auch Lust«, pflichtete ich ihr bei.

»Kannst du überhaupt reiten?«, fragte Malte.

»Na klar, was denkst denn du?«

Offensichtlich traute mir Malte nicht zu, mich im Sattel zu halten. Ich war vielleicht keine Meredith Michaels-Beerbaum, aber seit einem Familienurlaub in Peru, bei dem Wanderreitlehrer Perez mein Herz hatte höher schlagen lassen, wusste ich zumindest ein wenig, wie man sich auf dem Rücken eines Pferdes verhielt. Vielleicht war ich das ein oder andere Mal unfreiwillig abgestiegen, aber davon musste Malte ja nichts erfahren. Seine häufige Kritik fing langsam an, mir gewaltig auf die Nerven zu gehen.

Simona jedenfalls hatte nichts dagegen, mit uns bei nächster Gelegenheit einen Tagesritt zu unternehmen, und so war es abgemacht. Von den Männern hatte außer Ole keiner Lust, mitzukommen – und dessen Motivation hatte eher wenig mit Begeisterung für die Bardigiona-Pferde zu tun. Er gab offenbar nicht so schnell auf.

Den Sonntagvormittag verbrachte ich am Laptop und arbeitete an meinem Drehplan für Taormina und den Forchielli-Hof. Malte murrte ein wenig, weil ich keine Zeit für ihn hatte, aber ich wollte die Chance, die Dieter mir gab, unbedingt nutzen und ein astreines Ergebnis abliefern. Deshalb schickte ich ihn mit den anderen zum Ausspannen und Krafttanken ins Spa nach Messina. Seiner Erkältung konnte das nur guttun. Und ich kam ohne ihn viel schneller voran, so dass ich schon am frühen Nachmittag den Laptop am Drucker in Micheles Büro anschloss und meinen zehnseitigen Plan fünfmal ausdruckte. Ich war zufrieden mit meinem Werk. Aber letztlich zählte natürlich Dieters Meinung, ich konnte es kaum erwarten zu erfahren, was er davon hielt.

Als ich den Plan säuberlich in Mappen geheftet hatte, war von den anderen noch keine Spur zu sehen, und so beschloss ich, einen kleinen Spaziergang zu machen. Das Wetter war herrlich, knapp zwanzig Grad und strahlender Sonnenschein. Ich wanderte durch den Olivenhain zur Küstenstraße, machte einen Schlenker zum Strand, badete meine Füße in der Brandung und genoss den Ausblick. Als ich wieder zurück zur Strada Acquaviole ging, zog es mich nicht auf direktem Wege zurück zu de Vivos. Ich wollte die Gelegenheit nutzen und einen Blick auf den Hof von Paolo werfen. So bog ich statt nach links nach rechts ab und spazierte unter blühenden Eschen entlang geradewegs auf das Gut di Gioia zu.

»Attenti al cane« stand auf einem kleinen Schild, das mit zwei Nägeln am hölzernen Zaun angebracht war, »Vorsicht vor dem Hund«. Ich warf einen vorsichtigen Blick über den Zaun in den Hof, doch weit und breit war kein zähnefletschender Dobermann zu sehen. Ein weiteres Schild am Tor trug die Aufschrift »Vietato l'ingresso«, Zugang verboten. Das galt sicher nicht für nette Gäste der Nachbarn, sagte ich mir. Und außerdem war ja ganz offensichtlich niemand zu Hause, wen sollte es also stören, wenn ich mich hier ein wenig umsah?

Ich öffnete den Riegel des Tores und betrat den Hof. An der Mauer des Haupthauses hing ein weiteres Schild, es sah aus, als hätte ein Kind es geschrieben: »Attenti al cagnone!« Hier musste ich in meinem Taschenwörterbuch nachschlagen, wovor genau ich mich in Acht nehmen sollte. »Cagnone, großer Hund«. Mein Gott, was sollten denn diese ganzen Warnungen? Hier meinte es jemand beziehungsweise sein Hund offenbar ernst. Oder sollten die Schilder nur Angst machen und Neugierige wie mich vertreiben? Doch nun war ich so weit gegangen, jetzt wollte ich mich auch in Ruhe umsehen.

Das Haupthaus war im Gegensatz zu dem großzügigen Heim der de Vivos etwas kleiner und bestand nur aus Erdgeschoss und Dachboden – zumindest war von außen keine zweite Etage zu erkennen. Für einen allein war es dennoch ein großes Haus. Ich würde mich darin schrecklich einsam fühlen. Mir hatte es schon gereicht, als meine Eltern einmal mit meinen jüngeren Geschwistern für ein paar Tage zu den Großeltern gereist waren und ich allein in der Villa Herzogenaurich zurückgelassen wurde, weil ich fürs Abitur lernen musste. Vor lauter Einsamkeit in dem großen stillen Gebäude wusste ich mir nicht anders zu helfen, als mit Charly und dem Rest unserer Abschlussklasse eine große Silvesterparty zu schmeißen. Die Party lief unter dem Motto »Ice Age«, weil Berlin seit Jahren das erste Mal wieder einen richtigen Winter erlebte. Das überdimensionale Iglu, das ein paar Jungs aus unserem Jahrgang vor der Garage hochzogen, war noch lange

Gesprächsstoff in Teltow. Ich hatte die ganze Sache für einen Spitzenidee gehalten, doch leider blieb die Party auch innerfamiliär noch länger ein Thema, als mir lieb war. Brandflecke im Teppich, die geschröpften Weinvorräte meines Vaters, dazu ein unangenehmer Geruch, der unser Gästebad erst nach drei Tagen Chlorreinigereinsatz verließ, waren für meine Eltern Anlass genug, mich hart zu bestrafen – quasi auch als Abschreckung für meine jüngeren Geschwister. Fünf lange Monate durfte ich das Auto nicht nutzen, den Teppich musste ich von meinem Taschengeld ersetzen und das Iglu ganz allein abtauen. Zudem hatte ich meinen Ruf als Chaotin und schwarzes Schaf der Familie weg, und das sollte wohl bis in alle Ewigkeit so bleiben. Wenigstens war ich seitdem nie wieder einsam. Die Party hatte mir viele neue Freunde beschert.

Was Paolo wohl machte, wenn er sich einsam fühlte? Wahrscheinlich zu Michele an die Bar gehen. Nachdem ich mich nun davon überzeugt hatte, dass weit und breit niemand zu sehen oder zu hören war und Paolo zum Glück wirklich nicht zu Hause zu sein schien, setzte ich meine Erkundungstour fort. Vorsichtig warf ich einen Blick durch das erste Fenster. Paolo hatte keine Vorhänge oder Gardinen. Vielleicht weil er nichts zu verbergen hatte, vielleicht aber auch, weil ohnehin alles, was man zu verbergen versuchte, in diesem Land spätestens durch die Mafia ans Tageslicht gezerrt wurde?

Es sah jedenfalls erstaunlich ordentlich aus im Innern von Paolos Haus, fast ein wenig karg. Na ja, Männern fehlte ja oft der Hang zu Dekoration. Malte bildete da eine

Ausnahme, seine Wohnung war regelrecht gepflastert mit Plakaten der Filme, an denen er mitgearbeitet hatte, Auszeichnungen von der Filmhochschule, Fotos von diversen Sets – alles in unlackierten Holzrahmen zu einer kleinen Galerie aufgehängt. Seine Holzmöbel stammten fast ausnahmslos von einem Biolabel aus Schwerin, und im Wohnzimmer hatte er eine ganze Kiste voller Wolldecken und Kissen, weil er so leicht fror und im Winter nur ein Zimmer in der Wohnung heizte. Er war eben sehr dünn, da fror man schnell, aber das war für ihn noch lange kein Grund, mit ständig laufenden Heizkörpern Energie zu verschwenden, meinte er.

Paolo schien nicht so viel für Bilder oder andere Einrichtungsgegenstände übrig zu haben. In dem Raum, den ich für das Wohnzimmer hielt, standen ein mittelalterlich anmutendes Sofa, ein Ohrensessel und davor ein Fußhocker. An der Wand über einem offenen Kamin hing ein einziges großes Bild. Es zeigte eine ältere Dame, die in einem Ohrensessel saß, der dem Möbelstück in dem Raum sehr ähnelte. Es sah nach einem Zimmer aus, in dem man sich eher seine Großeltern hätte vorstellen können als einen knapp dreißigjährigen Mann.

Die Küche hingegen war hochmodern eingerichtet, alles aus Edelstahl und der Herd, wenn mich meine Augen nicht täuschten, ein Induktionsgerät. Ich hätte bei einem Biobauern und einem so alten Haus eigentlich eher mit einem Holzkohleofen gerechnet, schon seltsam, dieser Stilbruch. Jetzt war ich gespannt auf die anderen Zimmer, doch als ich ums Haus herumging, rollte ein grüner Jeep mit dem Kennzeichen BE 807 AZ auf den Hof. Also hatte ich in Taormina doch richtig gesehen, das war Paolos Kennzeichen! Rechts neben dem Nummernschild war das Kürzel ME für die Zulassungsregion Messina angebracht. Das Eintreffen des Hauseigners brachte mich jedoch in eine peinliche Lage. Wie sollte ich ihm erklären, was ich hier trieb? Ich versteckte mich hinter einem Mauervorsprung und lugte vorsichtig zu dem Fahrzeug hinüber. Vielleicht war es besser, wenn er mich gar nicht sah. Ich würde abwarten, bis er im Haus war, und dann das Weite suchen. Sicher wäre Paolo nicht gerade erfreut, wenn er entdeckte, dass ich heimlich auf seinem Hof herumspionierte, er hielt uns ja ohnehin für Schnüffler.

Leider ging mein Plan nicht auf, ich hatte die Rechnung ohne den Hund gemacht: Denn zusammen mit dem Hofbesitzer stieg der vielfach angekündigte cane aus dem Wagen. Oder vielmehr cagnone: eine ausgewachsene Bourdeauxdogge mit gefährlich aussehenden Zähnen sprang mit einem Satz aus dem Jeep. Der Hund schnüffelte nur den Bruchteil einer Sekunde am Boden, dann hielt er seine riesige Schnauze einmal quer in den Wind und steuerte unter leisem Knurren Schritt für Schritt geradewegs auf mein Versteck zu. Mir wurde mulmig. Hätte ich doch bloß auf die Warnhinweise gehört!

»Beh Enzo? Cosa c'è? Hast du eine Wühlmaus entdeckt?«, rief Paolo.

Schön wär's, die vermeintliche Wühlmaus war ich. Mir sank das Herz in die Hose. Ooooooohhhhh nein! Enzo kam immer näher! Und je näher er kam, desto schärfer und größer wirkten seine Zähne. Ich war nicht nur entdeckt, sondern geradezu in Lebensgefahr! Die Dogge war nur noch wenige Schritte entfernt, also entschied ich mich für die Flucht nach vorn und trat hinter der Mauer hervor. Dabei blieb ich mit meinem Hosenbein an einem aus der Wand ragenden Nagel hängen. Mit einem Ruck versuchte ich mich zu befreien und machte die Sache damit noch schlimmer; ich verlor das Gleichgewicht, fiel zu Boden und mit einem unheilvollen »Krrchchk« riss meine Hose bis zum Oberschenkel auf.

Paolo starrte mich verblüfft an.

Auch der Hund blieb verdutzt stehen. Er neigte den Kopf fragend zur Seite.

Ich rappelte mich auf, erhob mich vorsichtig und beschloss, ebenso erstaunt zu tun: »Ciao!«, sagte ich. »Entschuldige, weißt du, wo ich hier bin? Ich habe mich wohl verlaufen. Ich dachte, ich könnte hier zwischen den Feldern abkürzen, und dann war da plötzlich dieser Hof ...« Ich stockte.

Enzos Knurren wurde lauter.

»Beißt der?«, fragte ich beeindruckt.

»Certo che morde! Klar, das ist ein Hund. Und das ist mein Hof. Ein Privatgrundstück, hier ist der Zutritt verboten«, sagte Paolo statt einer Begrüßung und starrte mich halb erstaunt, halb wütend an.

»Oh, das wusste ich nicht, entschuldige bitte«, log ich. »Ich dachte nicht, dass jemand hier wohnt, ich wollte nur abkürzen.« Ich merkte, wie ich errötete. Mir fiel meine zerrissene Hose wieder ein. Krampfhaft versuchte ich, den Riss zuzuhalten.

»Hast du denn die Schilder nicht gesehen?« Paolo schüttelte ungläubig den Kopf.

»Ach, die sahen so alt aus, wie von Kinderhand geschrieben, da dachte ich, die sind nicht mehr aktuell«, behauptete ich.

Meine Schauspielerfahrung aus Schulzeiten machte sich nun bezahlt:

Paolo schien mir tatsächlich zu glauben. Er lächelte nun sogar leicht. Enzo hingegen schien weniger überzeugt. Sein Knurren wurde immer lauter, und er begann, die Zähne zu fletschen.

»Braver Hund, guter Hund, geh rüber zu Herrchen«, bat ich und fügte mutig ein »Kschksch« hinzu. Aber Enzo blieb stehen. Der ließ sich nicht so leicht reinlegen.

»Ich glaube, er beißt mich gleich! Kannst du ihn nicht beruhigen?«, flehte ich Paolo an.

»Tranquilla. Keine Angst, Enzo beißt nur Leute, die er nicht mag.«

Das war ja nun Ansichtssache – bedeutete das Knurren etwa vorsichtige Sympathie?

Endlich trat Paolo zwischen mich und seinen Hund, um die Wogen zu glätten. »Lei è un'amica, Freundin«, sagte er zu Enzo und zeigte auf mich. Augenblicklich stellte der Hund das Knurren ein und wedelte erfreut mit dem Schwanz. So einfach ging das also, wunderte ich mich.

»Jetzt musst du ihn streicheln, damit er sieht, dass du ihm nichts Böses willst«, meinte Paolo, und zaghaft streckte ich meine Hand nach dem braven Wachhund aus. Enzo schleckte meine Finger schmatzend ab, und ich wischte den Hundespeichel anschließend ins Fell hinter seinen Ohren.

Das Eis schien gebrochen, zumindest zwischen mir und dem Hund. Paolo reichte mir die Hand zur Begrüßung. Dass meine Hand durch die Reste der Hundespucke ganz klebrig war, schien ihn nicht zu stören. Offenbar störte Paolo mein unmöglicher Auftritt hier auch nicht weiter, denn ohne einen weiteren Blick auf mein entblößtes Bein zu werfen, nahm er meinen vorgeschobenen Grund, hier zu sein, auf:

»Du kannst nur abkürzen, wenn du durch die Gärten gehst, über den Zaun kletterst und dann durch den Olivenhain läufst«, erklärte er. »Aber selbst dann sind es noch gute zwei Kilometer. Einfacher ist es, du gehst zurück zur Straße und nimmst den nächsten Bus.«

»Ach, ich laufe eigentlich lieber«, sagte ich. »Es sei denn, es stört dich, wenn ich über dein Land laufe.«

»Eigentlich dulde ich keine Fremden auf meinem Land«, bestätigte Paolo Simonas Aussage. »Aber da wir nun für einige Zeit Nachbarn sein werden, mache ich eine Ausnahme.«

Wie nett. Ich war für ihn eine Ausnahme, das war doch schon mal was. Ob er auch eine Ausnahme machte, was sein Haus anging? Ich würde zu gern einen Blick hineinwerfen.

»Ich kann dir den Weg gleich zeigen, ich muss nur rasch ausladen«, sagte er mit einem Wink zum Jeep, auf dem Getreidesäcke und eine Ladung Steine lagen.

»Soll ich helfen?«

Paolo schaute mich leicht spöttisch an. »Meinst du denn, dass du die Säcke gehoben kriegst?«

»Wieso denn nicht?«

Zum Beweis schritt ich an den Jeep, zog zur Probe an einem der Säcke, der sich leider keinen Millimeter von der Stelle rührte. Paolos Mundwinkel zuckten leicht. Dann würde ich mich eben anders behilflich machen: »Ich kann ja die Steine abladen – wo sollen die hin?«

Paolo zeigte auf eine Stelle in der Stallmauer, durch die ein Riss ging. »Leg sie einfach davor, ich muss den Spalt ausbessern.«

Na dann: Ran an die Arbeit, Alex!, dachte ich und nahm zunächst meinen dünnen Sommerschal ab und wickelte ihn um mein aufgerissenes Hosenbein. Dann begannen wir schweigend abzuladen. Nach fünf Minuten hatte Paolo die Getreidesäcke in den Stall gebracht und ich mir zwei Nägel beim Steineschleppen abgebrochen. Er holte eine Schubkarre, in die wir die restlichen Steine warfen, dann schob er sie über den schmalen Weg hinüber zum Stall und kippte sie dort aus. Nach drei Schubkarrenladungen war auch das erledigt.

Nun war ich durchgeschwitzt und aus der Puste, und Paolo kam nicht umhin, mir zum Dank für die Hilfe ein Glas Wasser auszugeben. Leider brachte er es mir heraus, so dass ich immer noch keinen Blick in sein Haus werfen konnte.

Anschließend zeigte er mir noch seinen großen Geflügelstall, dann begleitete er mich durch Gemüse- und Obstgärten in den Olivenhain. »Strada privata« deutete ein weiteres Schild zu Beginn eines kleinen Feldweges das Nichtwillkommensein von Fremden auf Paolos Hof an.

»Warum hast du eigentlich so viele Verbotsschilder aufgehängt?«, fragte ich.

»Per i ficcanaso. Wegen der Schnüffler«, antwortete Paolo und biss sich im selben Moment auf die Lippen. »Ich meine neugierige Touristen und Ausflügler wie dich zum Beispiel«, fügte er mit einem Augenzwinkern hinzu.

»Es tut mir wirklich leid«, meinte ich. »Ich habe wirklich nur nach einer Abkürzung gesucht.«

»Va bene. Schon gut«, meinte Paolo. »Vielleicht mache ich auf dich keinen besonders gastfreundlichen Eindruck, aber man muss aufpassen, dass niemand den Tieren etwas tut, sie mit nicht biogerechten Sachen füttert oder die Beete zertrampelt. Manche Touristen reißen Zweige von blühenden Olivenbäumen oder lassen ihren Müll liegen. Deshalb hat mein Vater die Schilder schon vor Jahrzehnten aufgehängt, als die ersten Fremden hierherkamen. Das mit der Kinderhandschrift hab ich damals geschrieben, da war ich noch klein. Und weil mich die Schilder an meinen Vater erinnern und ich wie er nicht gern ungeladene Gäste habe, habe ich sie einfach nie abgenommen.«

»Okay, das kann ich verstehen. Aber ich bin doch jetzt nicht mehr fremd, oder?«, fragte ich.

Paolo grinste. »No, sarai tollerata! Du gehörst nun zum Kreis der Tolerierten.«

Das war wohl alles, was ich im Moment erwarten konnte. Paolo tolerierte mich.

»Wird dein Hof eigentlich oft überprüft, oder musst du regelmäßig Nachweise erbringen, dass du nach ökologischen Kriterien anbaust, oder wie läuft das hier?«, nahm ich das Frage-Antwort-Spiel unserer ersten Begegnung wieder auf.

»Controllato? Was meinst du damit?«

»Na ja, es muss doch jemand prüfen, ob die Biohöfe auch tatsächlich Biolandbau betreiben, sonst dürfen die sich doch gar nicht so nennen.«

»Was ist denn in deinen Augen Bio- oder Ökoland-bau?«, fragte Paolo. »Ich meine, welche Kriterien legt ihr in Deutschland zugrunde?«

»Oh, da gibt es ganz eindeutige Richtlinien!« Die Frage stellte er genau der Richtigen. »Das Wichtigste ist, dass der Bioanbau komplett auf Gentechnik verzichtet«, begann ich die Auflistung. »Außerdem werden beim Anbau und der Verarbeitung der Lebensmittel wesentlich weniger Zusatzstoffe verwendet. Chemische Pflanzenschutzmittel sind tabu ebenso wie Stickstoffdünger. Wichtig sind die artgerechte Tierhaltung, der Schutz von Boden, Wasser und Luft und der schonende Umgang mit Rohstoffen und Energie. Durch Ökolandwirtschaft wird die Artenvielfalt gewahrt. Außerdem ist der Anbau transparent und kontrolliert«, schloss ich meine Definition. Ich hatte fast alle Vokabeln verwendet, die ich mir für die Interviews zum Thema Biolandwirtschaft einge-prägt hatte, und war begeistert von meinem Erinnerungs-vermögen.

Paolo grinste.

»Was?«, fragte ich.

»Divertente. Ich finde das amüsant.«

»Was findest du amüsant?«

»Voi tedeschi! Du bist so herrlich deutsch. Jemand sagt dir, dass etwas kontrolliert oder zertifiziert ist, und du glaubst daran. Das würde hier in Italien niemals funktionieren. Die Menschen hier glauben an Gott, an die Familie und an diverse Wunder, aber keiner würde an staatliche Anbaukontrollen glauben und an Gesetze, durch die man CO_2-Kontingente kaufen oder die Käfighaltung von Hühnern durch Verwendung genfreien Futters ausgleichen kann.«

»Was meinst du damit? In der Biolandwirtschaft müssen die Hühner doch freilaufend gehalten werden, oder etwa nicht?«

»Ah sì? Hast du dich nie gefragt, wo all die freilaufenden Hühner sich versteckt halten, die für die täglichen Millionen Freiland- und Bioeier in den Supermärkten verantwortlich sein sollen? Wenn die Bioeier alle von glücklichen Hühnern stammen würden, müsste man die Hühnerparks doch von nahezu jeder Autobahn aus sehen können.«

Ich war verunsichert. Rechnen war noch nie mein Spezialgebiet gewesen, aber wahrscheinlich hatte Paolo recht. Das Punktesystem, nachdem Biowerte an landwirtschaftliche Betriebe vergeben wurden, erlaubte einen Ausgleich gewisser Defizite durch Pluspunkte auf anderen Gebieten. Ein Bioei konnte also wahrscheinlich ebenso gut von einem genfrei ernährten Käfighuhn stammen, statt von einem freilaufenden.

»Trotzdem«, bekräftigte ich meine Überzeugung. »Ich denke, es ist wichtig, dass wir Kontrollorgane haben, die für ein Mindestmaß an Ordnung sorgen.«

»Si possono aggirare. Kontrollen kann man umgehen«, widersprach Paolo. »Wirklich helfen kann auf Dauer nur ein bewusster Umgang mit Nahrungsmitteln. Jeder von uns muss sich persönlich dafür interessieren, woher sein Essen stammt.«

Er hatte wieder recht. Aus dem Grund war ich ja auch Vegetarierin geworden, weil ich eben bei Fleisch nie sicher sein konnte, woher es stammte. Malte hatte mir damals Bilder von schrecklichen Zuständen in Schweinemast betrieben gezeigt, und ich hatte danach nie wieder Schnitzel oder Currywurst gegessen.

»Per noi è diverso, bei uns läuft das weniger mit staatlicher oder europäischer Kontrolle ab«, fuhr Paolo fort, während wir bei untergehender Sonne durch seinen Garten schritten. »Sicherlich gibt es in Italien auch zahlreiche Umweltsünder, zum Beispiel im Fischfang, und hier würde ich mir mehr Kontrollen wünschen. Aber ich musste mich schon sehr umstellen, als hier europäische Richtlinien eingeführt wurden. Warum interessiert es jemanden in Brüssel, wie viele Eier meine Wachteln legen oder in welchem Abstand ich meine Olivenbäume pflanze?«

»So was schreiben die einem vor?«, fragte ich erstaunt. Ich wusste zwar, dass die EU-Normen zu einem Anwachsen der Bürokratie geführt hatten, doch was genau das für einen landwirtschaftlichen Betrieb bedeutete, wusste ich nicht.

»Un esempio, war nur ein Beispiel. Ich will damit nur sagen, dass es bei uns weniger auf die strenge Umsetzung irgendwelcher Richtlinien aus Brüssel ankommt. Wenn jemand einen Biobauernhof in einer Region wie Messina oder Taormina führt, dann kann man getrost davon ausgehen, dass er es sich nicht leisten wird, hier großartig mit Genen oder Giften rumzupfuschen. Wenn ein Biobauer hier in Verruf gerät, ist er finanziell am Ende. Ich zum Beispiel achte sehr genau darauf, wo ich das Futter für mein Geflügel einkaufe. Meine Kundschaft sind Nachbarn, Verwandte und die Händler in den umliegenden Städten. Die würden einem Bauern schon zeigen, was sie von ihm halten, wenn er ihnen schlechte Qualität verkauft. Sie wollen Hühner, die nach Huhn schmecken und nicht nach Futtermittel. Ecco, siamo arrivati.«

Wir waren an einem hohen Bretterzaun angekommen, in dem so viele Latten fehlten, dass ich mir das Klettern sparte und zwischen den Latten hindurchkroch.

»Von hier aus brauchst du immer nur geradeaus zu laufen, dann kommst du automatisch zum Olivenhain der de Vivos. Meinst du, du findest den Weg von da zum Haupthaus?«

Eigentlich glaubte ich, einen hervorragenden Orientierungssinn zu haben, doch ich lächelte Paolo lieber unsicher an. »Ich denke schon«, sagte ich, und meine zaghafte Tonlage verfehlte ihre Wirkung nicht.

»Ich kann dich auch rüberbringen«, bot Paolo an. »Ich hab sowieso noch etwas mit Michele zu besprechen.«

So spazierten wir Seite an Seite durch den im Abendrot liegenden Olivenhain. Paolo schwieg die meiste Zeit, aber das störte mich nicht. So konnte ich meinen Gedanken nachhängen und mir eine Strategie überlegen, wie ich ihn auf die Szene in Taormina ansprechen konnte. Offensichtlich war ich gedanklich etwas zu weit abgeschweift, denn bis ich mir meine Worte zurechtgelegt hatte, waren wir bereits auf I Moresani angekommen. Mist, Chance vertan.

Die anderen saßen vor dem Haus und sahen sehr entspannt aus. Simona brachte ihnen gerade zwei Karaffen Wein heraus, als sie Paolo und mich entdeckte und stehenblieb. Das Team folgte ihrem Blick, und Maltes Gesicht verfinsterte sich merklich. Auch Simonas sonst so freundliches Gesicht wirkte mit einem Mal versteinert.

»Ciao«, grüßte Paolo, und ich fügte ein »Hallo« hinzu.

Simona setzte mit einem Ruck die Karaffen auf dem Tisch ab und verschwand im Haus. Paolo folgte ihr, und ich setzte mich zu den Kollegen an den Tisch. Malte musterte mich stirnrunzelnd.

»Nanu, wo kommst du denn her?«, fragte Ole.

»Ich war spazieren«, antwortete ich.

»Und wie wir alle gesehen haben, nicht allein«, sagte mein Freund spitz. »Ich dachte, du wolltest den ganzen Tag durcharbeiten.« Sein Ton klang sehr verärgert.

»Hab ich auch, also beinahe. Der Plan ist fertig, eure Kopien liegen drinnen, ich war eben früh fertig. Und dann bin ich ein bisschen spazierengegangen und hab unterwegs Paolo getroffen.«

»Was für ein Zufall«, spottete Malte. »Und wie siehst du überhaupt aus? Deine Hände sind ganz schmutzig und rissig! Und was ist mit deiner Hose passiert?« Malte zog an meinem Halstuch, so dass sich der Knoten öffnete und den Blick auf mein Bein freigab.

»Das ist nichts«, wehrte ich ab. »Ich bin über einen Zaun geklettert und hängengeblieben.«

»Und deine Hände?«

»Ich habe geholfen, Paolos Wagen abzuladen, dafür hat er mir den Weg zurück gezeigt, weil ich mich verlaufen hatte. Und überhaupt, warum muss ich mich hier rechtfertigen? Ihr wart ja so lange unterwegs, und die ganzen Zeit allein hier rumzuhocken hatte ich eben auch keine Lust.« Ich verschränkte die Arme vor meiner Brust, um meinen Worten Nachdruck zu verleihen. Schließlich war ich kein kleines Kind, das sich abmelden musste, wenn es das Haus verließ.

Dieter räusperte sich. »Ick will mir ja nich einmischen, aber …«, setzte er an, doch Paula fiel ein: »Hinterlass doch einfach nächstes Mal einen Zettel, wo du bist, Alex, oder was du machst. Wir haben uns nämlich alle ein bisschen Sorgen gemacht, weil unser Küken plötzlich verschwunden war und nicht einmal unsere Wirte wussten, wo du bist.«

»Das ›Küken‹ verbitte ich mir, ich bin zwar die Jüngste hier, aber kein Kind mehr! Bitte, wenn es euch beruhigt, lasse ich euch nächstes Mal eine Nachricht da.«

»Was soll das heißen, ›das nächste Mal‹? Planst du schon deinen nächsten Alleingang?« Mein Freund wurde jetzt richtig pampig!

»Themawechsel!«, rief Ole und hob sein Glas. »Morgen gehen die Dreharbeiten los, das heißt, im Prinzip ist heute unser letzter ruhiger Abend. Und den wollen wir doch friedlich verbringen.«

Ich warf ihm einen dankbaren Blick zu und goss mir ein Glas Wein ein.

»Auf einen friedlichen Abend«, toastete ich, und die anderen stießen zustimmend an. Nur Malte schaute noch eine Weile finster drein, aber das war ja leider nichts Neues mehr.

Kapitel 8: INTENZIONE

From: charlottedieerste@movieschool-berlin.com
To: alex1986@studio-berlin.com
Date: March 27th, 23:43h
Subject: Wie war's?

Und? Wie war's in Taormina? Wie ist Dein Drehplan angekommen? Und was macht der Mafioso vom Nachbarhof?
Greetzzz,
C.

From: alex1986@studio-berlin.com
To: charlottedieerste@movieschool-berlin.com
Date: March 28th, 06:58h
Subject: Re: Wie war's?

Liebste beste Freundin,

Du bist ersetzt worden. Es ist ja nicht meine Schuld, dass Du nicht hier sein kannst. So war ich gezwungen, mir Ersatz für Dich suchen. Und ich bin fündig geworden – ich hab hier eine Carla kennengelernt, die Dir unheimlich ähnlich ist. Nicht vom Äußeren her, aber sie ist witzig, will zum Film und hasst Langeweile – praktisch eine zweite Charly. Außerdem hat sie mir das Leben gerettet. Nicht im übertragenen Sinn, wie du damals, als du den notorischen Fremdgänger Sandro aus meinen Finya-Kontakten und somit aus meinem Leben gelöscht hast. Nein, Carla hat mich davor bewahrt, überfahren zu werden. Ich weiß auch nicht, warum ausgerechnet mir immer solche Dinge passieren. Jedenfalls will Carla zum Dank dafür ins Fernsehen, und denkt, dass ich sie da hineinbringen kann.

Hatte gestern übrigens Gelegenheit, diesen Paolo etwas näher kennenzulernen. Ich hatte mich »aus Versehen« auf seinen Hof verirrt, und nachdem mich sein Hund fast aufgefressen hätte, sind wir ins Gespräch gekommen und haben uns angefreundet. Na ja, angefreundet ist vielleicht ein bisschen viel gesagt – aber immerhin spricht er jetzt mit mir auf einer freundlichen Ebene, das ist ein Fortschritt.

Malte ist natürlich sofort eifersüchtig geworden. Das hatte mir gerade noch gefehlt, wo er ohnehin schon so schlecht drauf ist!

So, ich muss los. Heute ist unser erster Drehtag.

Allerliebste Grüße aus dem sonnigen Süden,

A.

Es war Montag. Eine hochmotivierte Truppe steuerte zwei Busse über die sizilianischen Straßen – einen voller Leute, den anderen voller Technik: Berge von Kabeln, zwei Kameras, Scheinwerfer, Monitore, Mikrofone, Skripte, Drehpläne und so weiter, kurzum: alles, was man für einen langen Drehtag brauchte.

Paula und Ole gingen während der Fahrt noch einmal die Bestandsliste durch, Malte und Dieter diskutierten über Pro und Contra von Navigationsgeräten, und ich schaute immer wieder besorgt aus dem Heckfenster, um mich zu vergewissern, dass Jakob mit dem zweiten Bus Maltes rasantem Fahrstil folgen konnte.

Vor uns lag der Drehtag bei der Frantoio d'Arboscelli, der Ölmühle der Familie Arboscelli bei Taormina. Frisch und munter hatten wir uns gleich nach dem Frühstück auf den Weg gemacht. Wir brauchten gute zwei Stunden für den Aufbau in der pressa per olio. Es war gar nicht so einfach, den Herstellungsweg des Olivenöls genau ins Bild zu bekommen, und die Lichtverhältnisse im Inneren waren nicht unproblematisch. Während ich Scheinwerfer ausrichtete und Ole beim Aufbau der Kamerastative half und Paula die Verkabelung für den Ton vorbereitete, blätterte Malte nervös in seinen Notizen. Dieter unterhielt sich derweil schon mal mit dem mugnaio, dem Müller, wie ich ihn nannte, also dem Besitzer der Ölmühle.

»Come si produce l'olio. Es gibt zwei Varianten der Ölherstellung«, erklärte dieser. »Traditionell werden die Oliven auf dem Boden verteilt und mit Walzen zu Brei gemahlen. Das geht recht schnell. Das Mus aus Oliven wird dann in sogenannte Ölpresskörbe gepackt, in denen die Pressung stattfindet. Dafür braucht es einen sehr starken Druck. Anschließend muss die herausgepresste Flüssigkeit ruhen, bis sich das Öl auf dem Wasser abgelagert hat und abgeschöpft werden kann. Es gibt nur noch wenige Ölmühlen, in denen so traditionell gearbeitet wird. Die meisten Öle werden durch ein moderneres Verfahren gewonnen, bei dem die Oliven gewaschen, geputzt, zerkleinert werden. Anschließend wird der Olivenbrei ausgepresst und das Öl mittels einer Zentrifuge vom Wasser getrennt. Eine Zugabe von Wasser beschleunigt die Trennung. Wir unterscheiden hier zwischen der Zugabe von warmem und kaltem Wasser, also kalt gepresstem und warm gepresstem Olivenöl.«

»Wo ist der Unterschied?«, fragte Ole, und Malte bedachte ihn mit einem strengen Blick und schüttelte den Kopf.

»Also wirklich, Ole, das weiß doch jeder, dass kalt gepresstes Olivenöl hochwertiger ist!«

»Ja, aber warum?«, hakte Ole nach.

»Ist doch egal, uns geht es hier nicht um warm und kalt, sondern um die Handarbeit, die hier noch in der Landwirtschaft steckt«, meinte Dieter.

Der Müller nickte, als habe er verstanden, und erklärte weiter: »Allora: Um kalt gepresstes Olivenöl herzustellen, ist es wichtig, dass während des gesamten Pressvorganges die Temperatur von achtundzwanzig Grad nicht überschritten wird.«

»Das stelle ich mir aber schwer vor, manchmal haben die hier doch schon im April so hohe Außentemperaturen«, meinte Paula.

»Außer in diesem Jahr, da haben die Sizilianer Monsunzeit«, brummte Malte.

»E quindi, bei der Zugabe von warmem Wasser wird

mehr Olivenöl gewonnen als bei Zugabe von kaltem Wasser, das Öl ist also ein wenig verwässert, könnte man sagen«, führte der Müller weiter aus. »Anschließend muss das Öl noch einige Wochen lagern, bis sich alle Schwebstoffe abgesetzt haben. Das Besondere an unserem Betrieb ist, dass es uns mit unseren Presstechniken gelingt, den Eigengeschmack der Oliven besonders gut zu erhalten.«

Das glaubte sicher jeder Olivenölproduzent von seinem Produkt. Aber wir hatten keine Vergleichsmöglichkeit, denn die Zeit reichte weder für eine Verkostung noch für einen Vergleich mit anderen Ölmühlen. Also glaubten und filmten wir. Den Filter, durch den das Olivenöl von Schwebstoffen befreit wurde, mussten wir uns dabei vorstellen, ein Blick in die Tonnen war aus hygienischen Gründen untersagt.

»Den Filtervorgang könnten wir zur Not auch noch mit Drei-D-Darstellungen veranschaulichen«, sagte Dieter. »Aber eigentlich geht es bei unserem Film ja weniger um die wissenschaftlichen oder technischen als um die moralischen Aspekte der Biolandwirtschaft.«

Die Ölfilterung musste laut mugnaio Arboscelli spätestens eine Woche nach der Pressung erfolgen und die Pressung möglichst direkt im Anschluss an die Ernte, die ebenfalls frühestmöglich stattfinden sollte. »Der Zeitfaktor spielt also eine große Rolle bei der Ölproduktion?«, erkundigte ich mich. Arboscelli nickte.

»Holen Sie sich für die Erntezeit Hilfe von ausländischen Erntehelfern?«

Er sah mich fragend an. »Dal continente? Sie meinen vom Festland?«

»Festland, ja so kann man natürlich auch sagen. In Deutschland arbeiten meist polnische Erntehelfer, vor allem zur Spargel- oder Weinlesezeit. Eine Ernte ohne Helfer aus dem Osten ist bei uns kaum vorstellbar.«

Der Müller schaute immer noch verwundert. »No, ci si aiuta. Bei uns helfen die Familie, auch Freunde, Nachbarn und zur Not Saisonarbeiter aus den Städten. Aber aus Polen ist noch keiner hergekommen, um Oliven zu ernten. Das wäre ja auch Blödsinn, so ein weiter Weg! Das heißt«, der Müller korrigierte sich, »es gibt doch einen polnischen Erntehelfer: Wassili! Der wohnt seit gut zehn Jahren in Taormina, weil er Rosa, die Tochter des alten Saraceno, geheiratet hat.«

»Nun, det is wohl nicht unbedingt dasselbe«, meinte Dieter. »Also, halten wir fest: Hier wird alle Arbeit selbst erledigt.«

Mugnaio Arboscelli nickte. »Naturalmente! Dabei ist die sorgfältige Handverlesung eine Grundbedingung für ein Qualitätsprodukt wie unser Olio Extra Vergine d'Arboscelli«, lobte er sein Öl. »Es ist besonders reich an Vitaminen und dank des hohen Anteils ungesättigter Fettsäuren gut für die Gesundheit.«

»Das muss es auch, bei den gesalzenen Preisen«, raunte Ole.

»Qualität hat eben ihren Preis«, entgegnete Malte, der zum ersten Mal Interesse zu entwickeln schien. »Und das muss man den Italienern lassen, in Sachen Olivenöl sind sie den anderen Mittelmeerstaaten weit voraus.«

Arboscelli verstand von der Diskussion kein Wort, nickte aber wieder bekräftigend und fuhr fort mit der Beschreibung seiner Arbeit: »Il rischio c'è, e parecchio, unser Risiko ist beträchtlich, daher auch die nicht immer ganz günstigen Preise. Und wir wandern viele Tage durch die Olivenhaine, um die Bäume und Früchte zu kontrollieren. Die Olivenfliege hatte uns vor Jahren einmal die ganze Ernte verdorben. Da wir auf Bioqualität achten, dürfen wir keine Insektizide anwenden und hatten keine Chance gegen den Schädling«, erklärte er. »Damit uns so etwas nicht wieder passiert, müssen wir zur Kontrolle viel wandern.«

»Das Wandern ist eben des Müllers Lust«, flapste Ole.

Bei der Vorstellung, wie Arboscelli täglich mit Müllershut und Wanderstab seine Bäume nach Fliegen absuchte, musste ich mir auf die Lippen beißen, um nicht zu lachen. Immerhin war die Olivenfliege wirklich eine Gefahr für die Existenz der Olivenbauern und Mühlenbetreiber. Plantagen, die höher gelegen waren, hatten laut unserem Müller weniger Probleme: »Come mio cugino, mein Vetter zum Beispiel, der hat seine Plantage auf einer Anhöhe oberhalb des Tyrrhenischen Meeres, dort hat er das beste Klima und immer Sonne. Und von Schädlingen keine Spur, wahrscheinlich ist denen der Wind da oben zu kalt.«

Hier auf »d'Arboscelli« mussten jedoch Fallen in die Bäume gehängt werden, die die Fliegen mit einem für die Biolandwirtschaft zugelassenen Insektizid töteten. Die Trefferquote war dabei freilich deutlich geringer.

Signor Arboscelli zeigte uns einige Fliegenfallen, und Dieter ließ Ole filmen, wie der Müller die Falle an einem Baum im Olivenhain befestigte, um dem späteren Publikum deutlich vor Augen zu führen wie hier in mühsamer Handarbeit für die Qualität der Früchte gesorgt wurde.

Wir machten noch einige Außenaufnahmen, bevor der Sonnenuntergang begann, und dann war unser erster Drehtag um. Fazit: Die besten Olivenöle der Welt stammen aus Italien, und Sizilien steuert einen großen Teil dazu bei.

Von dieser garantierten Qualität durften wir uns nach Drehschluss dann doch noch selbst überzeugen, und zwar anhand frisch zubereiteter Bruschetta. Die Müllerstochter brachte uns zwei riesige Bretter voll leckerer Häppchen. Ausgehungert stürzten wir uns darauf.

»Lecker!«, meinte Paula.

»Köstlich!«, schwärmte Ole.

»Und vegetarisch«, lobte Malte und reichte mir noch eine Bruschetta.

»Fehlt nur noch das Glas Wein dazu«, mampfte ich.

»Du Schnapsdrossel«, sagte Malte, grinste aber zum ersten Mal seit Tagen fröhlich vor sich hin. Das gute Essen hatte tatsächlich geschafft, was schon unmöglich schien: Er war entspannt und gut gelaunt!

Dieser Job entwickelte sich mehr und mehr zu einem kulinarischen Verwöhnprogramm: Limoncello, Oliven, Olivenöl, Feigenmarmelade. Ich war schon gespannt, was wir auf dem nächsten Hof ausprobieren durften. Für Veggies wie Malte und mich war diese Umgebung einfach ein Traum, und mein Freund schien das langsam auch zu begreifen.

»Cento tipi di olivi, nach Jahrhunderten der Zucht gibt es allein in Italien fast hundert verschiedene Sorten von

Olivenbäumen«, erklärte die Müllerstochter, während wir nach den Bruschetta auch noch ein paar Schälchen hausgemachter eingelegter Peperoni und Oliven verdrückten. »Einige Sorten gibt es sogar nur hier in der Region um Taormina, weil hier die allerbesten Bedingungen herrschen. Deshalb schmeckt auch jedes Olivenöl aus Sizilien anders. Für den normalen Konsumenten sind die Unterschiede nicht unbedingt erkennbar, aber der Kenner weiß, dass auch die kleinsten Unterschiede in Boden, Umgebung, Klima und Verarbeitung der Früchte sich auf Konsistenz und Aroma des Öls auswirken. Und genau wie beim Wein gibt es auch Gütesiegel wie das D.O.C. – ein Öl, das damit ausgezeichnet wird, muss in Farbe und Geschmack immer den Qualitätskriterien entsprechen.«

»Also gibt es hier doch Kontrollen, wie bei uns«, meinte ich zu Malte.

»Wieso, wer hat denn behauptet, dass hier nicht kontrolliert wird?«

»Na ja, Paolo meinte, die staatlichen Kontrollen spielten hier nicht so eine große Rolle, das würde mehr untereinander gemacht.«

»Vielleicht ist das auf dem Hof von deinem Bauernmacho so, wer weiß, wahrscheinlich hat er selbst Dreck am Stecken. Professionell wirkt er jedenfalls nicht.«

»Er ist nicht ›mein Bauernmacho‹«, wehrte ich mich. »Außerdem ist er in Ordnung, ich weiß gar nicht, was du gegen ihn hast.«

»Ich schätze eher, Paolo meinte, dass man sich hier nicht so auf die staatlichen Kontrollen verlässt. Bestimmt werden die Kontrolleure auch manchmal geschmiert, von der Mafia oder so«, sagte Ole.

Ich war froh, dass weder Müller noch Müllerstochter Deutsch verstanden. Ein bisschen unangenehm war es mir trotzdem, dass wir hier so ungehemmt Klischees verbreiteten. Andererseits machten ja die Italiener selbst auch keinen Hehl aus der Verbreitung der organisierten Kriminalität in ihrem Land. Im Internet hatte ich sogar die Seite einer Agentur entdeckt, die sich auf »mafiafreie Reisen« spezialisiert hatte.

Wir entschlossen uns, die Kamera doch noch einmal aufzubauen und den Drehtag mit einer Aufnahme der Mühle im Abendrot zu beenden. Die Kulisse war einfach zauberhaft, und im Hintergrund konnte man den Ätna sehen. Eine tolle Einstellung, Ole erwischte genau den richtigen Zeitpunkt, und keine Wolke schob sich vor den roten Feuerball.

»Wir müssen allerdings aufpassen, nicht zu romantisch zu werden und zu viele atmosphärische Aufnahmen zu machen«, warnte Malte. »Zu viele Olivenbäume im Abendrot verschleiern, worum es eigentlich hier geht. Ich würde die Kontrollorgane im Film stärker ins Zentrum rücken wollen. Vielleicht können wir ein Interview mit einem der zuständigen Beamten für die Region Taormina oder Messina führen oder einen Agrarkontrolleur bei seiner Arbeit begleiten.«

»Na, det is mal ein konstruktiver Vorschlag.« Dieter nickte wohlwollend. »Det kannste gleich ma in Angriff nehmen – ruf gleich morgen da an und frag, wer für diese Ecke zuständig ist.«

»Geht klar«, schlug Malte ein.

Ich sah ihn verwundert an. Bei seinem schlechten Englisch und ohne jegliche italienische Sprachkenntnisse – wie wollte er denn bei einem Amt anrufen?

Aber Malte hatte meine Hilfe hierfür bereits fest eingeplant. So saßen wir abends statt an der Bar auf seinem Zimmer und suchten online nach einem Ansprechpartner für Bioanbaukontrollen auf Sizilien. Wir wurden tatsächlich fündig und schrieben zur Kontaktaufnahme erst einmal eine E-Mail an das zuständige Kontrollbüro mit der Bitte um einen Interviewtermin.

Postwendend kam die Antwort mit einer automatischen Abwesenheitsnotiz:

Sarò fuori ufficio dal 25 Marzo al 5 Aprile. Potete fare riferimento a Eleonora Montagna.

Cordiali saluti
Gianni Lucaci.

Ich leitete unsere Anfrage an die erwähnte Stellvertreterin weiter und schrieb mir die Telefonnummer ab. Dann gingen Malte und ich noch ein wenig spazieren. Ich hätte mich auch gern zu den Kollegen an die Bar gesellt, aber Malte wollte endlich mal wieder ein bisschen Zeit mit mir allein verbringen. Er war heute richtig anhänglich, das kannte ich von zu Hause gar nicht.

In Berlin gingen wir oft unsere eigenen Wege. Das lag auch daran, dass wir sehr unterschiedliche Freundeskreise hatten, immerhin gab es ja ein paar Jahre Altersunterschied zwischen uns. Doch hier waren wir einerseits aufeinander angewiesen, andererseits bedeutete Zweisamkeit auch immer, sich vom Team abzusondern. Ich genoss unseren Spaziergang, seinen Arm um meine Schultern, und dennoch hätte ich nichts gegen ein Glas Wein mit den Kollegen an der Bar gehabt. Allerdings war es heute sicher besser, wenn ich Paolo nicht in Gegenwart von Malte begegnete.

Ich wählte daher für unseren nächtlichen Spaziergang bewusst eine Strecke, die in die entgegengesetzte Richtung von Paolos Hof führte. Maltes Stimmung war nach diesem erfolgreichen Drehtag endlich etwas besser, das wollte ich nicht gefährden.

Als wir von unserem Spaziergang zurückkamen, war es ruhig auf I Moresani. Die belgische Frauengruppe war abgereist, unsere Kollegen offenbar schon zu Bett gegangen und nur Michele saß noch an der Bar über seinen Papieren. Wir wünschten ihm eine gute Nacht und stiegen die Treppe hinauf zu unseren Zimmern.

»Wir sollten mal mit Dieter über die Zimmereinteilung sprechen«, merkte Malte an. »Ist doch total albern, dass wir nicht zusammen schlafen können.«

»Du weißt doch, er will nicht, dass die anderen sich benachteiligt fühlen, weil wir als Paar zusammen wohnen und sie ihre Partner zu Hause lassen mussten.«

»Ole ist sicher froh, dass er seine On-off-Sarah mal ein paar Wochen nicht sieht«, lästerte Malte. »Er hat ja sowieso nur Augen für die Wirtstochter.«

Ich gab ihm einen Kuss auf die Wange. »Schlaf gut!«

Malte zog mich an sich und küsste mich lang. »Ole

schnarcht«, meinte er mit einem bedauernden Blick auf meine Tür, dann ging jeder von uns auf sein Zimmer. Paula war noch wach und las in einem Buch. Ich wusch mich, putzte meine Zähne und nahm den Laptop mit ins Bett. Charly hatte geantwortet:

From: charlottedieeerste@movieschool-berlin.com
To: alex1986@studio-berlin.com
Date: March 28th, 22:19h
Subject: Re: Re: Wie war's?

Herzallerliebste Alex,
ich muss doch wohl sehr bitten: Witzig und fernseh-
geil zu sein reicht noch längst nicht, um eine echte
Charly zu sein! Ich möchte meine Unersetzbarkeit
auf keinen Fall in Frage gestellt wissen, zumal überfahren zu werden sicher ein angenehmer Tod gewesen wäre im Vergleich zu einem Leben mit Sandro!
Vielleicht könnte sich diese Carla aber einmal wirklich nützlich machen und Dich von Malte, dem Langweiler, weg und hin zu dem sehr interessant klingenden Nachbarn führen. Bella, vergiss nicht, Du bist
jung, attraktiv und auf Sizilien! Ich sage nur: Carpe
diem.
C.

Tja, in Charlys Augen war alles ganz einfach: Traf man einen attraktiven Mann wie Paolo, ließ man seinen Ge-fühlen freien Lauf, verknallte sich und angelte sich das Objekt der Begierde, selbst wenn man dafür eine feste

Beziehung kaputtmachte. Ich fand diesen Preis zu hoch. Malte und ich hatten gerade ein paar Schwierigkeiten, okay, aber deswegen konnte ich doch nicht gleich aufgeben und mich umorientieren. Zugegeben, Paolos Anblick war eine Klasse für sich, und wenn er mich ansah, wie neulich, in meiner kaputten Hose – wow, da konnten einem die Knie schon weich werden.

Doch mit Malte teilte ich immerhin meinen Alltag, er gab mir Sicherheit und Geborgenheit. Außerdem – wer sagte denn, dass Paolo ausgerechnet auf jemanden wie mich gewartet hatte? Sicher hatte er irgendwo eine Freundin, von der wir noch nichts mitbekommen hatten. Vielleicht war es sogar Simona? Dass sie ihn mochte, war ja nicht zu übersehen.

Unnötige Gedankenspiele. Ich schüttelte den Kopf, klappte den Laptop zu und stellte ihn weg. Ich war schließlich nicht auf eine solche Weise an Paolo interessiert, ich fand ihn einfach nur sehr gutaussehend, nett und ein wenig geheimnisvoll. Die Sache in Messina, diese unheimlichen Männer – irgendetwas hatte er zu verbergen, das war sicher. Über diesen Gedanken fiel ich in einen tiefen kurzen Schlaf.

Kapitel 9: ATTENZIONE

Am nächsten Tag fuhren wir nach Messina, wieder nicht
zum Ätna. Ich war enttäuscht. Stattdessen wollte Dieter
Stimmung und Atmosphäre der sizilianischen »Groß-
städte« einfangen. Er wollte klären, ob die Frage »Bio
oder nicht Bio?« auch für die Stadtbewohner eine Rolle
spielte. Wir waren mit den Leitern eines Lebensmittel-
exporthändlers und einer Lebensmittelfabrik verabredet,
außerdem wollten wir Studenten der Università di Messina befragen, um einen Eindruck vom ökologischen Be-
wusstsein der jungen Sizilianer zu bekommen.

Der Drehtag verlief großartig, besonders der Blick in
die Lebensmittelfabrik lohnte sich. Was für ein Logistik-
und Kontrollapparat in Deutschland in solchen Unternehmen steckte, wusste ich noch aus meiner Schulzeit, in
der wir einen Bildungsausflug zu einem Lebensmittel-
fabrikanten in der Nähe von Berlin gemacht hatten. Damals war ich mächtig beeindruckt von den unzähligen
Kontrollfunktionen für Warenein- und -ausgang, dem
perfekt organisierten Lager und der computergesteuerten
Lebensmittelverarbeitung. Doch hier in Italien sah Lager-
wirtschaft – vorsichtig formuliert – etwas weniger professionell aus. Es mochte an der Größe des Betriebes liegen,

aber die zwei überforderten Lagerarbeiter stellten die angenommene Ware wahllos durcheinander ins Lager.

Wie man in diesem Chaos etwas wiederfinden sollte oder im Falle einer positiv getesteten Kontrollprobe herausfinden sollte, aus welcher Lieferung das jeweilige Produkt stammte, war mir ein absolutes Rätsel.

Dieter war begeistert. »Endlich können wir mal was kritisch in Frage stellen, det wird dem Film zugutekommen«, war er überzeugt. »Chaos statt Biokontrollapparat! Det bringt endlich mal 'n bisschen Zunder. Und habt ihr die Fließbänder gesehen, die das gewaschene Gemüse zur Verarbeitung befördern? Keinerlei Abdeckung, da kann jederzeit eine Maus hinterherspringen oder einer wat untermischen! Det würde et in Deutschland nich geben!«

Ich hatte das Bedürfnis, die Italiener in Schutz zu nehmen. »Jetzt siehst du aber Gefahren, wo keine sind«, widersprach ich. »Wer soll denn da was untermischen und warum? Und offene Transportbänder sind auch in deutschen Fabriken keine Seltenheit, vor allem da, wo Gemüse und Obst nach der Wäsche noch mal handverlesen werden.«

»Na, überlass det mal mir, Mädel«, meinte Dieter. »Immerhin verkauft der det Zeug als Biogemüse, da muss er schon wissen, was woher kommt und was wohin geht.«

Ich fand, dass er es mit seinem Wunsch nach Brisanz maßlos übertrieb. Hier am Rande von Messina konnte man eher weniger auf die strikte Umsetzung der EU-Richtlinien und regelmäßige Kontrollgänge setzen, sondern musste auf die Ehrlichkeit der Lieferanten, also der Biobauern, vertrauen. Und die wiederum waren so ökologisch eingestellt, dass man das auch guten Gewissens tun konnte. Denn die Biolandwirtschaft war nicht ein von außen aufgesetztes Regelwerk, sondern eine familiär gewachsene Tradition.

Dabei fiel mir wieder ein, dass wir ja Kontakt zu der Kontrollbehörde aufnehmen wollten. Heute Morgen war noch keine Antwort im Maileingang gewesen, und als ich versucht hatte, Eleonora Montagna zu erreichen, war nur eine Bandansage zu hören. Mittlerweile war es jedoch spät genug, so dass die Behörde sicher besetzt war. Ich zog Malte hinter mir her aus der Fabrik und wählte die im Handy gespeicherte Nummer. Dann reichte ich ihm den Hörer, aber er wehrte ab: »Die sprechen bestimmt kein Englisch.«

Er behielt recht, denn wieder erreichte ich nur den Anrufbeantworter: »Riprovate più tardi, bitte versuchen Sie es zu einem späteren Zeitpunkt noch einmal.«

Ich warf einen Blick auf meine Armbanduhr. »Mittagspause«, seufzte ich. »Versuchen wir es später noch einmal.«

Wir gingen zurück zu den anderen, die bereits die Ausrüstung eingepackt hatten. Dieter, der sich in dem Verdacht bestätigt sah, dass Italien strengere Kontrollen im Bioanbau benötigte, freute sich immer noch diebisch über die Abgründe, die er entdeckt zu haben glaubte. Er witterte die Möglichkeit, auch eine dunkle Seite Siziliens dokumentieren zu können. Immerhin übertrug sich seine gute Laune auf Malte und die anderen im Team, und so wurde der Drehtag ein voller Erfolg. Zufrieden kehrten wir gegen Abend zu der kleinen Gelateria zurück, in der wir vor einer Woche schon einmal Espresso getrunken hatten.

Kaum hatten Malte und Jakob die beiden Busse in die Parklücken direkt vor dem Laden gesetzt, da erklärte uns ein Polizist, dass wir die Autos um diese Uhrzeit nicht mehr hier abstellen dürften, weil Parken hier nur tagsüber erlaubt wäre.

»Mi dispiace, tut mir leid, aber andernfalls muss ich ein Verwarngeld von Ihnen kassieren«, sagte er, und das wollten wir natürlich nicht. Malte und Jakob gingen los, um die Fahrzeuge umzuparken, und der Polizist beschrieb ihnen netterweise in gebrochenem Englisch den Weg zu einem nahe gelegenen Parkplatz. Wir anderen betraten die Gelateria und bestellten für Malte und Jakob eine Ladung Eis mit. Die abergläubische Eisverkäuferin schaute mich misstrauisch an, als ich mich setzte, sagte jedoch nichts. Wahrscheinlich, weil ich diesmal keinen Schirm dabeihatte und sie und ihre Familie somit außer Lebensgefahr waren. Mein Blick fiel durch das Fenster auf das Amtsgebäude schräg gegenüber, und wieder fragte ich mich, was Paolo dort wohl gewollt und worüber er mit den Leuten gestritten hatte.

»Ach, hier ganz in der Nähe hab ich im Vorbeifahren so ein niedliches Keksgeschäft gesehen – ich geh es mal eben suchen, es dauert ja sicher noch einen Moment, bis das Eis kommt«, meldete ich mich kurz entschlossen bei den anderen ab. »Bin gleich wieder da«, rief ich ihnen noch zu, dann war ich auch schon raus aus dem Laden und auf der anderen Straßenseite. Die Gelegenheit war günstig, Malte war noch nicht vom Parkplatz zurück, und so würde ich niemandem erklären müssen, warum ich nun schnurstracks auf das Amtsgebäude zusteuerte, um gespannt das Schild am Eingang zu lesen: »Ufficio Notarile per le procedure esecutive immobiliari e mobiliari«.

Ufficio – das hieß, soweit ich wusste, »Amt«. Der erste Eindruck hatte mich also nicht getäuscht, dies war ein öffentliches Gebäude. »Ufficio tecnico comunale« stand in kleineren Buchstaben darunter und: »addetto alla costruzione/espropriazione area fabbricabile«.

Ich notierte mir die Wörter, die ich nicht verstand, auf einem Bon und steckte ihn in meinen Geldbeutel, dann überquerte ich die kreuzende Straße und suchte nach einem Geschäft, in dem ich meine Alibikekse kaufen konnte. Mit einer Packung Settembrini kehrte ich zu den anderen zurück. Malte und Jakob waren inzwischen zurückgekehrt, und mein Freund fragte sogleich, wo ich gewesen sei.

»Kekse kaufen«, antwortete ich und hielt den Beweis in die Höhe.

Sofort kam die Eisverkäuferin angelaufen: »Sie haben doch nicht vor, die hier zu essen? Hier darf nur gegessen werden, was auch hier bestellt wurde«, meinte sie mit Nachdruck. Zum Beweis meiner guten Erziehung ließ ich die Kekse in meiner Tasche verschwinden, stippte meinen Löffel in die vor mir stehende Schale und lutschte mit einem »Mmmmhhhh« das leckere Eis.

»Etwas verspannt heute, die Leute hier«, sagte Ole. »Erst der Polizist und jetzt die Eisfrau.«

»Ich hab mir die Italiener auch lockerer vorgestellt«,

pflichtete Malte ihm bei und probierte mein gelato all'amaretto.

»Da ist ordentlich Mandellikör drin«, erklärte ich, als er das Gesicht verzog. »Mir schmeckt's.«

»Du bist ja auch 'ne Schnapsnase«, behauptete er und kniff mir grinsend in selbige.

»Lass das!« Ich rieb mir die Nase. Aber ich wertete seinen Übermut als gutes Zeichen. Vielleicht konnte er nun endlich anfangen, die Tage hier zu genießen, nachdem er so lange schlechte Laune gehabt hatte.

Wie das so ist: Wenn man gerade das Gefühl hat, dass es aufwärtsgeht, geschieht bekanntlich etwas Unerwartetes. In diesem Fall betraf es unseren Bus mit der Filmausrüstung. Als wir nämlich die Gelateria verließen, um drei Straßen weiter den von dem Polizisten empfohlenen Parkplatz aufzusuchen, war einer der beiden Busse weg. Verschwunden, wie vom Erdboden verschluckt. Mitsamt unserem Equipment.

»Meint ihr, dass er abgeschleppt wurde?«, fragte Paula mit einem letzten Funken Hoffnung.

»Ich glaube kaum«, antwortete Malte leise und wurde blass um die Nase, als er auf ein paar münzgroße Glasscherben zeigte, die am Boden lagen, genau an der Stelle, wo er den Bus abgestellt hatte.

»Der ist wohl gestohlen«, stellte Ole fest, und Malte wurde noch ein bisschen blasser.

»Det gibt's doch nicht, so 'ne Schweinerei!«, brüllte Dieter. »Die ganze Ausrüstung, das Filmmaterial – alles futsch! Det darf doch nicht wahr sein!«

Der zweite Bus, den Jakob genau neben dem anderen

abgestellt hatte, war das einzige Auto weit und breit auf dem Parkplatz. Er stand unversehrt genau an der Stelle, wo Jakob ihn geparkt hatte. Dumm nur, dass der größte Teil des Equipments sowie das gesamte Filmmaterial des Messina-Tages ausgerechnet in dem Bus untergebracht waren, den Malte geparkt hatte und der nun ganz offensichtlich gestohlen worden war. Natürlich war das nicht Maltes Schuld, immerhin war ihm der Parkplatz von einem Polizisten empfohlen worden, trotzdem wurde er nun von Dieter in die Mangel genommen: »Bist du sicher, dass du ihn hier abgestellt hast?«

»Natürlich, Jakob kann es bezeugen!«

»Hattest du etwa nicht abgeschlossen?«

»Warum hätte dann jemand die Scheibe einschlagen sollen?«

»Waren die Vorhänge zugezogen, oder konnte jeder sehen, dass da drin eine Ausrüstung im Wert von mehreren Tausend Euro lag?«

»Natürlich hab ich die Vorhänge zugezogen, das mach ich immer, wenn ich einen Wagen mit Ausrüstung parke, der Fenster hat! Jakob, sag doch auch mal was! Ich kann doch nichts dafür!«

»Habt ihr denn vielleicht gesehen, det sich hier irgendeiner rumgetrieben oder euch beobachtet hat, als ihr die Autos geparkt habt? Ist euch irgendwas Verdächtiges aufgefallen?«, richtete Dieter sich nun auch an Jakob, doch der schüttelte nur den Kopf.

»Vielleicht war es der Polizist?«, warf ich ein. »Der wusste genau, was wir im Auto haben, er hat es ja gesehen, als wir ausgestiegen sind.«

»Quatsch«, fuhr mich Dieter an. »Ein Polizist, der Autos klaut, det wär ja noch schöner!«

»Vielleicht war es ja gar kein echter Polizist, sondern ein Trickbetrüger«, spann Ole meinen Gedanken weiter.

Malte sagte gar nichts mehr, er starrte nur verzweifelt auf die Glasscherben auf dem Pflaster.

»Auf jeden Fall sollten wir schnellstens die Polizei rufen«, wandte Paula ein, und der Vorschlag stieß auf allgemeine Zustimmung. Da ich mal wieder die Einzige war, die sich ein Telefonat auf Italienisch zutraute, übernahm ich das. Wir mussten eine halbe Stunde auf den Streifenwagen warten, dann dauerte es fast eine Stunde, bis die äußeren Umstände der Anzeige geklärt waren, und dann sollten noch zwei von uns mit aufs Revier kommen, um eine Liste der gestohlenen Ausrüstungsgegenstände aufzustellen, mit dem Autoverleih das weitere Vorgehen zu klären und die genaue Schadenshöhe zu ermitteln. Zum Glück hatten wir eine Autoversicherung abgeschlossen, die auch das abdeckte, was sich zum Diebstahlzeitpunkt im Fahrzeug befand. Trotzdem: Allein die zeitliche Verzögerung, die dieser Vorfall mit sich brachte, würde die Kosten für die Produktion enorm in die Höhe treiben, zumal wir noch gar nicht wussten, wo wir auf die Schnelle neues Equipment herbekommen sollten.

Dass der Bus mit unserem Material in absehbarer Zeit wieder auftauchen würde, war laut Polizei unwahrscheinlich, und zu guter Letzt bestätigte der uniformierte Freund des Volkes auch meinen Verdacht: Der nette Herr, der uns auf den anderen Parkplatz geschickt hatte, konnte definitiv kein Polizist sein, denn vor der Gelateria war das

Parken abends sehr wohl erlaubt. Wir allesamt waren einem Trickbetrüger auf den Leim gegangen, der seinen Parkplatzkumpels genau sagen konnte, welchen Wagen sie stehlen sollten und wie viel Zeit sie schätzungsweise dafür hatten. Laut dem echten Polizisten hatte es in letzter Zeit eine Reihe solcher Diebstähle gegeben, und natürlich fielen besonders Touristen darauf herein. Die Einheimischen scherten sich nämlich nicht um Parkverbote und behielten ihre Autos gern in ihrer Nähe.

»Scheiß It...«, setzte Malte an, aber wir konnten ihn gerade noch bremsen. Immerhin war der echte Polizist ja auch Italiener, und wenn wir wollten, dass er uns half, war es angebracht, ihn nicht zu beleidigen.

Dieter und Malte fuhren also im Streifenwagen mit aufs Revier, während wir anderen mit dem leeren Bus den Heimweg antraten. Vom Festnetz auf I Moresani aus versuchten Ole und Jakob dann, über den Producer von Studio Berlin einen Verleih für Filmequipment auf der Insel zu finden. Leider vergeblich. Der nächste Verleih für Filmproduktionsausrüstungen befand sich in Neapel. Eine neue Ausrüstung in Berlin zusammenzustellen würde ein paar Tage dauern, die Fracht per Express einen weiteren.

Während die Männer in Aufregung verfielen, setzten Paula und ich uns mitten im Organisationschaos an die Bar zum alten Giuseppe und sannen über Möglichkeiten nach, die unverhofften freien Tage anderweitig zu nutzen.

»Wir könnten den Reitausflug machen«, schlug Paula vor.

»Oder bei der Arbeit in den Olivenhainen helfen, um ein paar Erfahrungen zu sammeln!«, war mein Gegenvorschlag. Auf die Weise würde unser Einsatz wenigstens für den Film von Nutzen sein. Es musste ja nicht zwangsläufig auf I Moresani sein, vielleicht konnte ich ja auch bei einem Nachbarn eingesetzt werden, zum Beispiel bei Paolo …

»Hoffentlich dauert die Beschaffung der neuen Ausrüstung nicht zu lange, sonst schickt uns Dieter am Ende noch nach Deutschland zurück, weil der Aufenthalt hier zu teuer wird«, malte Paula den Teufel an die Wand.

»Das glaube ich nicht«, sagte ich. »Die Hin-und-her-Fliegerei wäre doch viel teurer als die paar Tage Zimmermiete. Außerdem: Wenn wir bei der Arbeit auf dem Hof mit anpacken, wird es bestimmt etwas günstiger.« Ich hatte anfangs schon überlegt, ob ich Michele meine Dienste an der Bar anbieten sollte, weil meine Reisekasse durch den Tag in Taormina etwas zusammengeschrumpft war. Ich hatte mich nämlich von Carla zum Kauf eines superschönen Sommerkleides überreden lassen. Aber unsere Drehzeiten ließen überhaupt keinen Spielraum für einen Aushilfsjob.

Paula zweifelte meinen Vorschlag an. »Ich bin mir nicht sicher, ob sich die de Vivos auf so einen Handel einlassen. Davon abgesehen, hab ich eigentlich nicht so viel Lust auf Arbeit auf dem Bauernhof. Viel lieber würde ich, wenn wir schon mal in so einer schönen Gegend sind, die Zeit nutzen, um mir die Umgebung anzusehen, entweder zu Pferd oder mit den Bussen.«

»Du meinst mit dem Bus – der zweite ist ja nun erst mal weg.«

So planten wir noch eine Weile wahllos vor uns hin

und wussten insgeheim doch, dass alles von Dieters Entscheidung abhinge.

Hoffentlich bricht er das Projekt nicht ganz ab!, schoss es mir durch den Sinn. Immerhin hatte er bis zum heutigen Tag nur wenig Begeisterung für das Thema gezeigt. Durch die ganze Hektik um die gestohlene Ausrüstung hatte ich total vergessen, weshalb ich unbedingt noch einmal in das Eiscafé zurückwollte: Ich wusste ja immer noch nicht, vor was für einem Gebäude sich Paolo mit den mutmaßlichen Mafiosi gestritten hatte. Ich verabschiedete mich daher von Paula, die am Wein Gefallen gefunden hatte und noch eine Weile an der Bar bleiben wollte, rauchte noch schnell eine Zigarette in der Abendluft und zog mich dann auf unser Zimmer zurück. Dort warf ich den Laptop an und sah im Internetwörterbuch nach. Ich stieß unter »ufficio tecnico comunale« auf »Bauamt«.

Das klang zunächst einmal unspektakulär. Paolo war also im Bauamt von Messina gewesen und hatte sich anschließend mit Beamten gestritten, die einfach nur aussahen wie Mafiosi? Oder was hatte es zu bedeuten? Wollte Paolo etwa bauen und durfte nicht? Soweit ich wusste, standen auf seinem Hof nur ein alter Schuppen, ein Geflügelstall und das Haupthaus, in dem er selbst wohnte. Was könnte er zusätzlich bauen wollen? Und warum sollte jemand anderes das nicht wollen? Das ergab wenig Sinn. Außerdem waren mir die Männer, mit denen er gestritten hatte, trotz ihrer Anzüge eigentlich nicht gerade wie Beamte oder Architekten vorgekommen. Alles etwas undurchsichtig, wahrscheinlich war es am einfachsten, ich würde Paolo selbst fragen, was er für Probleme hatte.

Ich checkte meine E-Mails. Nichts, keine Antwort aus dem Kontrolleursbüro und nicht einmal eine Nachricht von Charly. Das war ungewöhnlich, aber vielleicht war sie ausgegangen? Studenten trieben sich ja immer im Nachtleben rum, egal, ob es mitten in der Woche oder Wochenende war.

From: alex1986@studio-berlin.com
To: charlottedieerste@movieschool-berlin.com
Date: March 29th, 22:46h
Subject: Die Welt ist schlecht

Charly,
ich brauche Trost, hier läuft alles schief. Wir wurden bestohlen – der Bus mit der Ausrüstung ist weg. Ich glaube, Dieter gibt Malte die Schuld daran, weil der den Wagen geparkt hatte. Das ist natürlich Blödsinn, aber du kannst dir vorstellen, was Malte nun für eine Laune hat. Sehe meine Träume zerplatzen wie Seifenblasen. Lass von dir hören, ich vermisse dich!
A.

Und was sollte ich nun machen, wieder runter an die Bar gehen? Eigentlich hatte ich keine Lust, mich von der schlechten Stimmung noch weiter runterziehen zu lassen, außerdem hatte ich den anderen ja gesagt, dass ich müde sei. So ging ich pflichtbewusst schlafen. Morgen war ja auch noch ein Tag und laut Onlinewetterbericht sogar ein besonders schöner. Sicherlich würde sich dann klären, wann wir das neue Equipment hätten, oder vielleicht fanden die hilfsbereiten – echten! – sizilianischen Polizisten ja sogar unseren Bus wieder.

Mit einem verhaltenen Lächeln auf den Lippen schlief ich ein.

Doch ich hatte mich geirrt, die Kette schlechter Nachrichten riss einfach nicht ab. Am nächsten Morgen saß ich gerade über meinem Frühstückscappuccino und stippte Settembrini hinein, als Paula mit der Hiobsbotschaft kam: Der Bus mitsamt der Ausrüstung und den Aufnahmen aus Messina blieb verschwunden. Offenbar war der Wagen gestohlen und sehr gut versteckt oder sogar schon aufs Festland gebracht worden. Die Polizei habe die Suche bereits Richtung Stiefelspitze und auf den Hafen von Messina ausgeweitet, aber wir sollten uns mit dem Gedanken abfinden, dass das Filmmaterial verschwunden bliebe, berichtete sie. Das war ein herber Rückschlag. Kameras und Mikros und der ganze technische Kram waren ersetzbar, klar, die Neuanschaffung sprengte unser Budget, aber für so etwas war man schließlich versichert. Doch die Filmaufnahmen aus Messina und von der Olivenmühle – aus meiner Sicht die bisher interessantesten, die wir gemacht hatten, und das sah ja auch Dieter so – waren futsch. Wir hatten in diesen Tagen so viel gearbeitet, und nun war alles verloren.

Ich konnte mir vorstellen, welche Laune Dieter hatte. Und da Malte den Wagen abgestellt hatte, konnte ich mir auch vorstellen, dass er für Dieter der Sündenbock bliebe.

Womit ich nicht rechnen konnte, war, dass Malte seinen Frust an mir auslassen würde. War aber so.

»Nur weil du noch mal in dieses Eiscafé wolltest, stehen wir jetzt ohne Ausrüstung da«, fluchte er plötzlich los, als er zum Frühstück kam. Ich hatte mit einem in sich gekehrten Malte gerechnet, den ich mit ein paar Streicheleinheiten aufzumuntern gedachte. Stattdessen war er total geladen und mein Anblick ließ ihn explodieren. »Ich hätte niemals dort geparkt, wir anderen wollten ja eigentlich gar nicht mehr in die Stadt rein. Nur deinetwegen sitz ich jetzt in der Patsche!«

»Äh, Moment mal, das sollten wir in Ruhe besprechen, ich kann doch nichts dafür, dass wir – alle zusammen – auf einen uniformierten Trickbetrüger reinfallen. Das glaubst du doch jetzt nicht wirklich?«

»Wer wollte denn unbedingt noch mal in die Stadt – den Tag ausklingen lassen! Schöner Ausklang! Immer muss es noch irgendwo was zu trinken für dich geben, einen Kaffee hier, ein Glas Wein da. Das hab ich jetzt von deiner ewigen Genusssucht!« Jetzt brüllte er sogar regelrecht. »Dieses blöde Land steckt doch voller Verbrecher! Und wegen deiner tollen Idee hat Dieter mich nun erst recht gefressen. Das habe ich dir zu verdanken!«

Ich war schockiert. So laut war Malte mir gegenüber noch nie geworden, schon gar nicht vor anderen. Und dabei hatte ich schon einiges verbockt – die zehn verbrannten Tofusteaks aus der Biofeinkostabteilung für 8,50 Euro das Stück, als seine Eltern uns im Herbst besuchten, oder der verkorkste Tag im Safari-Park, als ich die »Free the lions«-Plakate im Büro der Bürgerbewegung hatte liegen lassen, weshalb wir unsere Demo ohne Schilder abhalten mussten – wodurch sie im strömenden Regen praktisch unsichtbar wurde und nur von einer siebenköpfigen Familie aus Mettmann und der betrunkenen Gruppe eines Junggesellenabschieds zur Kenntnis genommen wurde. Malte war vielleicht ein bisschen genervt von mir gewesen, hatte das auch mal gezeigt oder mich seine kleine Chaotin genannt, aber niemals war er laut oder gar aggressiv geworden.

Heute jedoch tobte er geradezu – und das ohne Grund. Den Schuh zog ich mir nicht an. Dieser angebliche Polizist und der dubiose Parkplatz – er und Jakob hätten das doch genauso durchschauen müssen! Das hatte doch mit der Gelateria nichts zu tun. Ich fühlte mich extrem ungerecht behandelt.

Normalerweise kamen mir in so einem Moment eher die Tränen, aber Maltes Vorwürfe waren so abstrus, dass ich nun meinerseits wütend wurde: »Jetzt komm mal wieder runter! Das hier ist nicht nur für deine berufliche Zukunft von Entscheidung, wir hängen alle in dem Projekt. Dass die Ausrüstung weg ist, schadet uns allen, und das Filmmaterial war das Ergebnis unserer gemeinsamen Arbeit. Du kannst mich hier nicht als Buhmann für deine Fehler hinstellen! Ein Auto zu parken und abzuschließen ist immer noch Aufgabe des Fahrers, und es hat dich ja niemand gezwungen, auf den falschen Polizisten zu hören!«

Nun waren drei ungläubig dreinblickende Augenpaare gespannt auf Malte gerichtet, der nach Luft schnappte. So viel Gegenwehr war er von mir nicht gewohnt.

Ole, Paula und Jakob starrten zu ihm und machten sich auf eine weitere Brüllattacke gefasst, doch genau in diesem Moment kam Nonna Margherita in den Frühstücksraum und brachte frischen Kaffee. »Che succede, was ist denn hier los?«, fragte sie. »Warum so ein Streit am frühen Morgen?«

»Weil sich hier jemand wie ein Riesenarschloch aufführt«, antwortete ich sicherheitshalber auf Deutsch, denn Nonna Margherita duldete sicher keine Schimpfworte dieser Art. Dann verließ ich den Tisch, wobei ich Maltes empörten Blick in meinem Rücken spürte. Zur Unterstreichung meines Protests schlug ich die Tür energisch zu. Dann erst sah ich, dass ich einem Übernachtungsgast, der gerade den Raum betreten wollte, die Tür direkt vor der Nase zugeknallt hatte und entschuldigte mich bei ihm: »Scusi, der Wind hat mir die Tür aus der Hand gerissen!« Der Fremde nickte verständnisvoll, obwohl nicht das leiseste Lüftchen wehte.

Ich war schrecklich aufgewühlt.

So heftig hatten wir uns noch nie gestritten, und obwohl Malte mir leidtat, weil er im Grunde genauso wenig für den Diebstahl konnte, war ich zu wütend, um ihm seine ungerechtfertigten Anschuldigungen einfach so durchgehen zu lassen. Ich trat hinaus auf den Hof und beschloss, bei einem Spaziergang ein wenig Ruhe zu suchen. Vor heute Abend würde Dieter sicher kein Meeting anberaumen, er war laut Paula noch vor dem Frühstück zur Polizei gefahren, um sich zu erkundigen, ob der Wagen gefunden wurde. Dann wollte er sich auf den Weg zu einer Produktionsfirma nach Palermo machen, die Ole aufgetan hatte, um sich deren Equipment anzusehen und erst einmal das Nötigste auszuleihen. Jakob und Ole hatten gestern Abend, offenbar angeregt durch einige Gläser Wein, ein Konzept erarbeitet, wie man den Bericht über die Lebensmittelfabrik bringen konnte, ohne alle Aufnahmen wiederholen zu müssen. Das muss für Malte ein zusätzlicher Schlag ins Gesicht gewesen sein, als er spät nachts mit Dieter mit einem Ersatzleihwagen aus Messina zurückkam und die anderen bereits Vorschläge machten, wie wir die Sache einigermaßen in den Griff bekommen könnten. Für so etwas wäre eigentlich er zuständig gewesen. Aber er war ja damit beschäftigt, seine Freundin zum Sündenbock zu machen. Doch nicht mit mir. Ich hatte mir nichts vorzuwerfen und es nicht nötig, mich von Malte so behandeln zu lassen, schon gar nicht vor den anderen. Meine Wut war noch weit davon entfernt, sich zu legen, aber die warme Sonne und das in der Ferne glitzernde Meer hatten immerhin eine besänftigende Wirkung auf mich. Niemand, nicht einmal mein Freund, würde mir dieses Land miesmachen. Bella Sicilia, ich war nach wie vor bereit, deine schönen Seiten zu entdecken!

In diesem Moment sah ich Paolo ums Eck schlendern, wie für mich bestellt! »Ciao«, sagte ich.

»Buongiorno«, grüßte er zurück und blieb stehen. Dann pfiff er auf zwei Fingern, und Enzo, mein neuer Freund, kam angetrabt.

Der Hund erkannte mich auch prompt, was mir eine feuchtgeschlabberte Hand und ein anerkennendes Nicken des Herrchens einbrachte.

»Und, was habt ihr zwei heute so vor?«, fragte ich Paolo,

während Enzo mich zweimal umkreiste und dann den nächsten Busch markierte.

»Il lavoro, come sempre, Arbeit, wie immer«, sagte Paolo. »Wir arbeiten jeden Tag, auch wenn du wahrscheinlich etwas anderes denkst. Ich weiß, ihr Deutschen denkt, wir Italiener wären faul, nur weil wir die Mittagsruhe pflegen. Aber wir Landwirte arbeiten rund um die Uhr, sieben Tage die Woche. Selbst wenn ich mit Enzo spazierengehe, hole ich Milch für meinen Hauskäse, den ich regelmäßig ansetze und an meinem Stand auf dem Wochenmarkt verkaufe. Das ist auch Arbeit, selbst wenn die Sonne dabei scheint.«

»Ich hab doch gar nichts Gegenteiliges behauptet!«, protestierte ich. Was war denn heute los, schon wieder einer, der mich grundlos anmotzte! Aber ich war gerade in der richtigen Stimmung für eine passende Antwort: »Und überhaupt, was soll das mit ›ihr Deutschen‹? Hast du da vielleicht ein paar Vorurteile und wirfst mir gleichzeitig vor, Vorurteile zu haben? Ist das nicht etwas zu einfach? Lern mich erst einmal kennen, bevor du dir so ein Urteil erlaubst.«

Enzo bellte, und ich wertete das als Beifall. Paolo jedoch nahm es als Zeichen, unsere Begegnung zu beenden, und wandte sich zum Weitergehen.

»Was ist?«, setzte ich nach. »Willst du mich nun näher kennenlernen, oder hast du Angst, zu entdecken, dass ich anders bin, als du denkst?«

Paolo drehte sich zu mir zurück und sah mich auf eine Weise an, die mir einen Schauer über den Rücken jagte. »Hai ragione, du hast recht, ich kenne dich kaum. Va bene.

Komm heute Nachmittag zu mir auf den Hof. Du hilfst mir bei der Arbeit, und ich lerne dich kennen. Du hast doch Zeit, oder? Ich habe gehört, ihr müsst pausieren mit euren Dreharbeiten, weil die Ausrüstung weg ist.«

»Woher weißt du das denn schon, es ist doch gestern Abend erst passiert?«, fragte ich, aber im selben Moment fiel mir die Antwort ein: Sicher hatte Giuseppe am Tresen gesessen, als Dieter und Malte vom Polizeirevier zurückkamen.

»Ist eben ein kleiner Ort«, meinte Paolo schulterzuckend, dann gingen er und Enzo davon, und ich stand da mit einer recht seltsamen, aber durchaus nicht uninteressanten Einladung. Wie aber sollte ich bloß Malte erklären, dass ich den Rest des Tages bei Paolo zu verbringen gedachte? Na ja, vielleicht war es gar nicht so schlecht, dass wir gerade nicht miteinander sprachen, so müsste ich mich wenigstens nicht rechtfertigen, dachte ich, während ich über die Felsen hinunter Richtung Strand kletterte.

Kapitel 10: LA CUCINA D'AMORE

Rau, felsig und wild wirkte die Steilküste, und himmlisch blau schimmerte das Meer. Die Luft roch nach Zitronenbäumen – zumindest bildete ich mir ein, dass dieser herrliche Geruch von ihnen stammen musste –, und ein warmer Frühlingswind fuhr durch mein Haar, als ich auf Simonas Fahrrad den Weg zum Hof von Paolo di Gioia antrat. Die Straße hinauf geriet ich ins Schwitzen, so steil war es mir zu Fuß gar nicht vorgekommen. Aber das konnte mich nicht von meinem nicht näher definierten Arbeitseinsatz auf Paolos Hof abhalten.

Niemand wusste, wo ich den Nachmittag und vielleicht sogar Abend verbringen würde. Malte war mit Jakob auf dem Weg nach Messina, um noch einmal die nähere Umgebung des Parkplatzes nach Spuren abzusuchen. Sie hatten die Hoffnung, dass die Verbrecher vielleicht Teile der Ausrüstung, mit denen sie nichts anfangen konnten, weggeworfen haben könnten, zum Beispiel die Bänder oder den Koffer mit den Sicherheitskopien.

»Wartet nicht auf uns«, hatte Malte verkündet, als die beiden sich gegen Mittag auf den Weg machten, und so nutzten Paula und Ole die Gelegenheit, mit Simona einen kurzen Reitausflug zu unternehmen. Ich bevorzugte heute den Drahtesel und behauptete, ein wenig zum stabilimento balneare, dem Strandbad, hinunter zu wollen, um mich von dem Ärger mit Malte zu erholen. Das glaubten mir die anderen auf Anhieb.

Warum ich ihnen meinen Besuch bei Paolo verheimlichte, wusste ich selbst nicht genau. Gut, Malte wäre es sicher nicht recht, er war nun einmal etwas eifersüchtig. Vermutlich hätten die anderen es sowieso für sich behalten und ihm nicht erzählt, doch vielleicht hätten sie auch mitkommen wollen, um sich seinen Hof ebenfalls anzusehen, und das wäre Paolo sicher nicht recht gewesen – und mir eigentlich auch nicht. Ich war ja schon froh, dass er mich duldete. Lag sicher an Enzo, der Hund hatte ein todsicheres Gespür für nette Menschen.

Enzo war auch der Erste, der meine Ankunft auf dem Hof bemerkte und mich feuchtfröhlich begrüßte. Ich wischte meine Hand im hohen Gras vor dem Tor ab und ging ums Haus herum. Keine Spur von Paolo. Sein Wagen stand in der Auffahrt, und vor dem Tor parkte ein silberner Maserati. Er hatte offenbar Besuch. Und nicht gerade von armen Leuten, wenn man sich das Auto so ansah.

Ich klingelte und betätigte den großen schweren Türklopfer, doch es rührte sich nichts.

»Na, wo ist dein Herrchen?«, fragte ich Enzo, doch der schaute nur fragend zurück. Dann trottete er zu einem kleinen Sandhügel, wühlte ein wenig darin herum, bis er einen zerrupften Tennisball zum Vorschein brachte, den er mir auffordernd vor die Füße legte.

»Ich bin zum Arbeiten hier, nicht zum Spielen«, behauptete ich, nahm den Ball aber trotzdem. Er fühlte sich eklig an, glitschig und zerkaut. Ich warf ihn schnell fort in die Büsche, Enzo sprang hinterher. So ging es ein paarmal hin und her. Mit dem bettelnden Hund, der samt Ball hinter mir hertrottete, suchte ich den Hof nach Paolo ab. Schließlich hörte ich Stimmen aus dem Wachtelstall, die nicht so klangen, als würde Paolo liebevoll auf sein Federvieh einreden. Das klang nach Ärger. Als ich die Tür zum Stall öffnete, ließ Enzo den Tennisball fallen und knurrte leise.

»Pensaci su, überleg es dir, Paolo«, dröhnte eine fremde Männerstimme. »Glaub mir, das ist wirklich ein sehr großzügiges Angebot, wir werden es nicht wiederholen, also warte nicht zu lange.«

»Va via, es ist besser, du verlässt jetzt meinen Hof, Enzo mag keine Störenfriede«, antwortete Paolo, und wie zum Beweis wurde Enzos Knurren lauter.

An uns vorbei trat ein Mann mittleren Alters, gekleidet in einen hellgrauen Anzug und glänzende Lederschuhe, die mit Wachtelkot verziert waren. Ob das wohl einer der Männer war, die ich in Messina mit Paolo hatte streiten sehen? Groß genug war der Typ, und der Maserati hatte ein Kennzeichen aus der Region. Aber das hieß noch nichts.

Paolo folgte dem Mann. Der drehte sich kurz um, betrachtete mich von oben bis unten. Ich trug eine verwaschene Jeans und ein Tanktop, um die Hüften hatte ich einen alten Werkzeuggürtel von Michele gebunden, dem ich als Einzigen erzählt hatte, dass ich seinem Nachbarn bei der Arbeit helfen würde. Mein rotes Haar hatte ich zum Pferdeschwanz zusammengebunden, darüber trug ich falsch herum eine Basecap. Diese Art Arbeitskleidung hielt ich für praktisch und dennoch nicht unsexy. Zudem hatte ich mir ein Bündel saubere Kleidung und ein Two-in-one-Shampoo auf den Gepäckträger geschnallt – man konnte ja nie wissen, was der Abend brachte, und ich wollte auf alles vorbereitet sein.

Der Fremde lächelte spöttisch. »Beschäftigst du jetzt schon kleine Mädchen auf dem Hof, kannst du dir richtige Arbeiter wohl nicht mehr leisten?«

»Vattene, verschwinde!«, sagte Paolo, und Enzo unterstrich die Worte seines Herrn, indem er weiterknurrend auf den Fremden zuging. Sichtlich beeindruckt wich der zurück.

»Riflettici, Paolo«, rief er, und zu mir gewandt sagte er: »Signorina, wenn Sie klug sind, suchen Sie schnell das Weite, dieser Mann bringt Unglück.« Dann verließ er Paolos Anwesen, stieg in seinen Maserati und brauste davon.

»Du lieber Himmel, was war das denn für ein Typ?«, fragte ich, aber Paolo wiegelte nur ab.

»Niemand. Ein Wichtigtuer. Glaubt, dass man alles für Geld in der Welt kaufen kann. Ein widerlicher Kerl. So, wie ich sehe, bist du direkt einsatzbereit!«

Er schaute an mir herunter.

»Sono pronta«, meinte ich und hoffte, mich richtig an meine Italienischkurs-CD zu erinnern. »Posso lavorare, du kannst mich einsetzen!«

Paolo verstand offenbar, denn nun wollte er sehen, ob ich tatsächlich eine so gute und gründliche Arbeitskraft war, wie man es von meinen Landsleuten gemeinhin annahm. Als erste Aufgabe hatte er mir das Ausmisten des Wachtelstalls zugedacht, was ich innerhalb einer Dreiviertelstunde erledigt hatte. Dann mussten die Tiere gefüttert und getränkt, der Hof gefegt, seine zwei Ziegen gemolken und ein paar Zaunlatten ersetzt werden. Paolo war dabei recht wortkarg, und so schleppten, melkten und zimmerten wir nahezu schweigend nebeneinanderher.

»Wieso holst du eigentlich Milch von den Nachbarn, wenn du selbst Ziegen hast?«, fragte ich, als wir die Milch zum Haus hinüberbrachten.

»Per produrre il formaggio, die brauche ich für die Käseproduktion, das zeige ich dir nachher«, antwortete Paolo.

»Und was wollte der fremde Mann vorhin, was meinte er mit dem guten Angebot, das du annehmen solltest? Will er deine Erzeugnisse kaufen?«

»Te l'ho già detto, ich hab doch gesagt, der Typ ist unwichtig. Er will etwas, das ich nicht will, und das ist auch schon alles. So, noch die paar Zaunlatten, und dann machen wir Feierabend hier draußen, bevor es dunkel wird.«

Wir gingen zum Schuppen, nahmen ein paar bereits zugeschnittene Bretter auf und trugen sie zu einer Stelle im Zaun, an der gleich mehrere Latten fehlten. Es sah aus, als wäre hier jemand eingebrochen.

»Bambini, Kinder aus der Umgebung«, sagte Paolo, als er meinen fragenden Blick sah.

Wir hämmerten die neuen Latten fest und strichen das Holz mit irgendeinem stinkenden Zeug ein, das gegen Verwitterung schützen sollte.

Meine Arbeitsklamotten sahen mittlerweile weniger sexy als vielmehr wie ein paar dreckige Lappen aus und rochen entsprechend.

»Was machen wir als Nächstes?«, fragte ich, als Paolo den Deckel auf die stinkende Lasurdose setzte und damit das Ende der Zaunreparatur einläutete.

»Non ne hai abbastanza, hast du denn noch nicht genug?«, fragte er zurück.

»Ich hab doch gesagt, ich komme zum Helfen.«

Paolo grinste. »Bene. Okay, dann kommt jetzt die eigentliche Arbeit, die schwerste von allen: die Küchenarbeit. Aber vorher sollten wir uns etwas frisch machen. Du kannst drinnen das Bad benutzen, und ich dusch mich hier draußen eben ab.« Er wies auf einen Gartenschlauch, der hinter eine Hecke führte. »Kalt, macht aber auch sauber«, sagte er, und begann, sich auszuziehen. Ich starrte auf seinen durchtrainierten, sonnengebräunten Oberkörper. Das war hier ja wie ein Werbespot für Olivenöl.

»Das Bad ist, wenn du reinkommst, am Ende des Flurs links«, meinte Paolo. Als er anfing, an seinem Gürtel herumzunesteln, wendete ich meinen Blick sicherheitshalber ab und flüchtete lieber ins Haus. Das Bad war spartanisch eingerichtet, aber sehr sauber. Paolo schien in keinem typischen Singlehaushalt zu leben, nirgendwo häuften sich Berge aus Schmutzwäsche. Eine Zahnbürste stand im Becher, davor lag ein Kamm. Deo, Rasierschaum und Fingerpflaster. Keine zweite Zahnbürste, kein Nagellack, kein Frauenparfum. Wieso war so ein Mann Single, war etwas faul an ihm?

Die Dusche tat mir unheimlich gut, ich rieb mir meine Schulter, die von den ungewohnten Bewegungen beim Ausmisten schmerzte, und genoss die warmen Wasserstrahlen auf meiner Haut. Mich schauderte bei dem Gedanken an das eiskalte Wasser, mit dem Paolo sich gerade abduschte. Genüsslich begann ich, meine Haare und den ganzen Körper einzuschäumen, und stellte mir dabei einen Mann, der Paolo verdächtig ähnlich sah, unter einem wilden Naturwasserfall vor. Kitschig, aber wirkungsvoll.

Ich spülte den Two-in-one-Schaum ab und beeilte mich, mich abzutrocknen und in frische Kleidung zu schlüpfen. Meine Arbeitssachen knüllte ich in eine Plastiktüte und stellte sie an die Eingangstür, um sie auf dem Heimweg nicht zu vergessen. Dann ging ich in die Küche. Paolo stand bereits in Jeans und ohne T-Shirt an der großen Arbeitsplatte, vor sich eine offene Flasche Wein und zwei Gläser, und schnitt dünne Scheiben von einem Brotlaib ab. Anschließend bestrich er sie mit einer mir unbekannten Käsesorte.

»Was ist das?«, fragte ich und bemühte mich, die Brote anzuschauen anstatt seines Sixpacks.

»È un formaggio tradizionale, das ist Casu Marzu, sardinischer Molkekäse, eine sehr traditionelle Käsesorte«, erklärte Paolo. Der Name sagte mir nichts.

»Lo devi provare, das muss man probieren, es ist eine italienische Spezialität«, behauptete Paolo und reichte mir eine Scheibe. Dann goss er uns Wein ein. Ich biss vertrauensvoll in den Käse und schaute gleichzeitig in das Käsetöpfchen, aus dem die hellgelbe Masse stammte.

Ich blinzelte. Hatte ich Halluzinationen? Konnte es sein, dass der Käse sich bewegte?

Ich schluckte meinen Bissen hinunter und sah noch einmal genauer hin. Tatsächlich, da bewegte sich etwas, mitten im Käsetopf. Mein Bissen rebellierte auf dem Weg zum Magen.

»Paolo«, flüsterte ich und versuchte, ein Würgen zu unterdrücken. »Paolo, dein Käse lebt!«

Paolo fing an zu lachen und reichte mir ein Glas Wein, das ich dankbar ergriff, um einen großen Schluck zu nehmen. »Ecco, das ist das Geheimnis dieser Käsesorte: Er wird vorverdaut von Maden, dadurch bekommt er seinen besonderen Geschmack. Die Maden kannst du mitessen, keine Sorge, das ist hier eine ganz besondere Delikatesse!«

Maden? Delikatesse? War das hier das Dschungelcamp?

Ich hielt mich ja für einen offenen Menschen, aber Maden mussten nun wirklich nicht sein, und das lag nicht daran, dass ich mich vegetarisch ernährte. Ich ekelte mich schlicht und sah Paolo mit Schrecken dabei zu, wie er selbst herzhaft in ein Madenkäsebrot biss. Brrr. Ich trank mein Weinglas zur Hälfte aus, um jeglichen Geschmack des Käses aus meinem Mund zu spülen.

Ich war mir nicht sicher, ob Paolos Mundwinkel vom Kauen zuckten oder ob er sich insgeheim über mich amüsierte. Aber als er meine erschütterte Miene sah, bekam er Mitleid und bot mir ersatzweise ein Brot mit Ricotta an.

»Tieni, prova questo. Hausgemacht«, sagte er, »nach einem Rezept meiner Großeltern und ganz madenfrei. Deshalb hole ich mir gelegentlich Kuh- und Schafsmilch, um unterschiedliche Ricottasorten herstellen zu können.«

Dass Ricotta eine sizilianische Spezialität war, hatte ich schon gehört, und so ein ganz und gar unbelebter Molkekäse war mir doch wesentlich lieber als dieser dubiose Casu Marzu.

»Il formaggio lo produco qui con amici, mehrmals im Jahr finden auf meinem Hof Käsetage statt – dann produziere ich mit Freunden Mozzarella und Pecorino, und aus der Molke, die übrigbleibt, mache ich dann Ricotta«, erklärte Paolo. »Nächstes Wochenende bietet Nonna Margherita für die Touristen ein Käseseminar auf I Moresani an, das wäre doch was für dich und deine Kollegen vom Fernsehen.«

»Das ist eine gute Idee!«, meinte ich, während ich mir den Käse auf der Zunge zergehen ließ. Malte hätte da sicher Spaß dran, er aß ja auch gern Käse. Aber eigentlich hatte ich jetzt keine Lust, an Malte zu denken. Wahrscheinlich hätte er selbst an einem Käsekurs etwas zu meckern. Wie viel angenehmer war es doch in Gesellschaft von Paolo, er war witzig, gut gelaunt – ganz anders, als am ersten Abend, an dem er einen so abweisenden Eindruck gemacht hatte. Heute schien ihm meine Anwesenheit zu gefallen – klar, er hatte mich diesmal ja auch eingeladen. Ich hätte nie gedacht, dass gemeinsames Arbeiten so viel Spaß machen konnte. Die Zusammenarbeit mit Malte hingegen, auf die ich mich vor der Reise so sehr gefreut hatte, war bislang der totale Reinfall. Schluss jetzt mit den Grübeleien, lieber noch ein Brot essen. Paolo reichte mir das Brett und lächelte, als er sah, wie es mir schmeckte.

Nachdem wir uns mit Käsebroten gestärkt hatten, wollte er mir noch zeigen, wie ein echter Sizilianer Limoncello zubereitet. Dieser Tag wurde immer besser, mir hatte der Limoncello auf dem einen Agriturismo schon so gut geschmeckt, doch ich wäre nicht auf die Idee gekommen, mir den Likör selbst anzusetzen.

»È molto semplice, ganz einfach«, meinte Paolo. »Die wichtigsten Zutaten sind gute, aromatische Zitronen und reiner Alkohol.« Er stellte eine Literflasche auf den Tisch, die mich an den Chemieunterricht in der zehnten Klasse erinnerte. Dann schickte er mich zum Zitronenholen in den Gemüsekeller und nahm ein riesiges Glasgefäß mit Deckel aus dem Küchenschrank.

Paolo erklärte mir, dass er immer Zutaten und angesetzten Likör gleichzeitig im Haus habe, so dass alle paar Wochen ein paar Liter Limoncello fertig wurden und verkauft werden konnten. Während ich also für eine der nächsten Mischungen Zitronen schälte und in dünne Scheiben schnitt, setzte Paolo bereits getrocknete Schalen in dem Glasgefäß mit reichlich Alkohol an. Er erklärte mir, dass sich das Aroma der Schalen auf diese Weise in der Flüssigkeit löste.

»Das muss nun gute drei Wochen in Dunkelheit und Ruhe ziehen«, erklärte er und trug das Gefäß in den Keller. Dabei brachte er ein ähnlich großes Glasgefäß mit bereits eingeweichten Schalen hoch. »Die habe ich vor etwa drei Wochen angesetzt«, sagte er. »Nun ist die Mischung bereit für den nächsten Schritt.« Er kochte Wasser mit anderthalb Kilo Zucker auf, ließ die Zuckermasse abkühlen und rührte sie unter den zitronengelb gefärbten Alkohol.

»Das ist eigentlich das Grundrezept«, meinte er. »Je nach Familienrezept und verwendeten Zitronen gibt es ein paar Unterschiede, so dass es viele, viele Geschmacksnuancen gibt. Diese Mischung lasse ich über Nacht noch einmal durchziehen, dann kann man sie filtern und in Flaschen umfüllen, und dann schmeckt das Ganze so.«

Er präsentierte mir eine fertige Flasche aus dem Kühlschrank, zog zwei Gläser aus dem Regal und goss großzügig ein. Es schmeckte großartig, nach der Sonne und den Gerüchen Siziliens.

»Paolo, du bist ein hervorragender Koch!«, resümierte ich nach einem weiteren Ricottabrot. »Wer hätte das gedacht.«

»Così si fa in Sicilia. Alle Sizilianer sind Küchenspezialisten«, behauptete Paolo. »Für uns ist Kochen kein Beruf und keine alltägliche Pflicht, sondern eine Passion.«

»Nun muss ich mich aber langsam auf den Rückweg machen, es wird schon dunkel, und an Simonas Fahrrad ist kein Licht«, sagte ich mit einem bedauernden Blick auf die halbvolle Flasche Limoncello. Ich hoffte, dass Malte noch nicht aus Messina zurück war, sonst würde er mir meinen Ausflug zum Strand wohl kaum abnehmen. Obwohl: Durch die Arbeit unter freiem Himmel bildete ich mir ein, dass meine Arme bereits einen angenehm sommerlichen Ton bekommen hatten. Richtig braun wurde ich als Rothaarige ohnehin nicht.

»Rimani ancora un po', bleib doch noch. Ich kann dich auch rüberfahren, das Rad können wir hinten aufladen«, bot Paolo an, aber ich wollte nicht noch mehr unnötigen Ärger mit Malte provozieren, wenn ich von einem anderen Mann vor der Tür abgesetzt wurde.

»Das geht nicht, du hast schon zu viel getrunken«, sagte ich deshalb, aber Paolo winkte ab: »Non è la fine del mondo! Das bisschen Limoncello! Ich kann dich wirklich gern rüberfahren«, wiederholte er sein Angebot.

Ich bemühte mich, standhaft zu bleiben, und griff meine Tüte mit den Arbeitsklamotten.

»Hier, die kannst du deinen Freunden mitbringen«, sagte Paolo und reichte mir eine Flasche Likör.

»Nicht doch!« Ich wollte ablehnen, doch Paolo meinte, die hätte ich mir mit meiner Hilfe mehr als verdient. Er packte sie mit einer Portion Ricotta zusammen in einen Leinenbeutel, und ich band ihn an meinen Lenker. Wie sollte ich das bloß Malte erklären?

Ich schwang mich auf Simonas Rad. Paolo schaute mir belustigt dabei zu, wie ich versuchte, das Gleichgewicht zu halten.

»Voi tedesche siete strane, ihr deutschen Frauen seit schon seltsam«, meinte er, und Enzo, der neben ihm Stellung bezogen hatte, blickte mich mit zur Seite geneigtem Kopf fragend an.

»Zumindest sind wir anders, als man denkt«, erwiderte ich.

Wann sehen wir uns wieder?, brannte mir auf den Lippen, aber ich schluckte die Frage herunter. Es würde sich schon eine Gelegenheit bieten. Außerdem: Wenn er mich wiedersehen wollte, konnte er ja auch fragen.

»Alla prossima. Ich fahr dann jetzt«, sagte ich deshalb und winkte.

Paolo sagte nichts mehr, er winkte bloß zurück und verschwand wieder in seinem Haus. Nur Enzo begleitete mich noch bis zum Tor.

Beschwingt radelte ich zurück nach I Moresani. Es ging leicht bergab. Was für ein schöner Tag! Erst die Arbeit draußen und mit den Tieren und dann die leckeren Kostproben und der Einblick in sizilianische Küchentraditionen. Wenn einer heute Italien näher kennengelernt hatte, dann ich!

Als ich den Hof erreichte, waren alle in der Bar am Tresen versammelt: die zurückgekehrten Reiter Ole, Paula und Simona sowie Malte und Dieter. Michele und Giuseppe waren ohnehin nicht wegzudenken. Ich begrüßte alle und erklärte, ich müsse nur rasch meine Badesachen zum Trocknen aufhängen. Dann eilte ich nach oben, stopfte das Bündel mit meinen Arbeitsklamotten unter das Bett, kramte meinen Bikini hervor und hielt ihn unter laufendes Wasser, wrang ihn aus und hängte ihn zusammen mit meinem Badelaken an den Handtuchhalter. Mein Haar war von der Dusche noch leicht feucht, so gab ich wohl eine einigermaßen glaubwürdige Strandbesucherin ab. Den Limoncello und Ricotta allerdings? Da würde ich einfach behaupten, ihn im Hofladen eines Agriturismo gekauft zu haben.

Zurück an der Bar, konnte ich nicht anders, als Malte zur Begrüßung ein leichtes Lächeln zu schenken. Ich war einfach nicht der Typ, der gut damit zurechtkam, anderen ewig böse zu sein. Er hingegen schien noch beleidigt zu sein, nahm mich nur kurz in den Arm. Das würde sich also wieder legen, nur nicht unnötig Öl ins Feuer gießen, dachte ich mir. Der Ricotta bleibt vorerst auf dem Zimmer.

Mittlerweile hatte es immerhin eine Aussprache mit Dieter gegeben, und alle waren sich einig, dass niemand etwas für den Diebstahl konnte. Außerdem war Dieter mit neuem Equipment aus Palermo zurückgekehrt. Die Firma hatte doch mehr auf Lager gehabt als gedacht, und die Kosten hielten sich in Grenzen.

»Wir müssen jetzt anders vorgehen«, erklärte Dieter mir, als ich mich zwischen ihn und Malte setzte. »Um die verlorene Zeit wieder aufzuholen, muss sich jeder um alles kümmern, nicht nur um seinen Aufgabenbereich. Dazu beschränken wir uns auf die Höfe, die wir bereits gesehen haben, dazu diesen Hof bei Taormina, bei dem du warst, die Ölmühle und die Lebensmittelfabrik. Dafür müssen maximal drei Mann morgen noch einmal Aufnahmen von der Fabrik machen, das übernehmen am besten Jakob, Ole und Malte. Die Mädels überarbeiten mit mir die Interviews. Der Wagen mit der Ausrüstung wird nur noch hier auf I Moresani geparkt und dort, wo ihr die Technik gerade braucht. Vom Drehort wird der Wagen immer sofort wieder hierher zurückgebracht. Wir wollen kein Risiko mehr eingehen. In zwei Wochen müssen wir die Sachen wieder abgeben, für länger reicht das Geld nicht. Wir werden also rund um die Uhr arbeiten.«

»Bin ich froh, dass wir heute noch den Reitausflug gemacht haben«, seufzte Paula.

Ich schwieg. Keine freie Minute mehr? Das hieße, dass wir das Käseseminar bei Nonna Margherita knicken konnten. Und ob ich Paolo noch einmal würde besuchen können, stand auch in den Sternen. Da half nur eins: Doppelt so schnell arbeiten, dann blieb vielleicht am Ende doch etwas Zeit.

Gegen Mitternacht zogen wir uns alle relativ erschöpft auf unsere Zimmer zurück. Morgen sollte es um sieben Uhr losgehen.

Paula gähnte. »Mann«, sagte sie, »zum Glück hat Malte sich wieder eingekriegt, der hat sich heute Morgen ja unmöglich aufgeführt«.

»Hm, was meinst du?« Ich war total in Gedanken.

»Ich meine, wie er dich angegangen ist heute früh, das fanden wir schon heftig. Dass du dir das gefallen lässt.«

»Lass ich doch gar nicht«, sagte ich. »Ich hab ihm doch die Meinung gesagt.«

»Du bist gut«, meinte Paula. »Ich hätte den schön schmoren lassen heute Abend, er hat sich doch nicht mal entschuldigt.«

»Na ja, so ist er eben«, meinte ich und merkte selbst, dass mir überhaupt nicht gefiel, was ich da von mir gab.

Paula zuckte nur die Schultern und knipste ihre Nachttischlampe aus. »Mach nicht mehr so lange«, sagte sie noch, bevor sie sich umdrehte. »Morgen müssen wir früh raus.«

»Ich will nur kurz noch E-Mails checken, dann mach ich auch das Licht aus«, sagte ich.

Doch ich hatte immer noch keine Nachricht von Charly bekommen. Hoffentlich war ihr nichts passiert, es war doch sonst nicht ihre Art, sich nicht zu melden.

From: alex1986@studio-berlin.com
To: charlottedieerste@movieschool-berlin.com
Date: March 30th, 0:16h
Subject: Malte

Liebste Charly,

Malte hatte heute früh voll den Ausraster. Völlig absurd, aber er hat mir die Schuld gegeben an dem Diebstahl und ist total durchgedreht. Ich weiß, Du denkst jetzt: ›Ich hab's doch immer gesagt, dass er ein Idiot ist‹, und vielleicht bin ich ja wirklich selbst schuld, weil ich mit ihm zusammen bin. Paula meinte auch schon, ich ließe mir zu viel gefallen.

Ach, ich weiß selbst nicht, was gerade los ist. Ich sollte eigentlich auf Wolke sieben schweben, ich meine, Malte und ich lieben uns doch – zumindest dachte ich bisher, dass wir uns lieben. Aber im Moment fühlt sich alles so seltsam an, Malte ist mir fremd geworden. Viele Seiten, die er jetzt zeigt, hab ich vorher noch nie an ihm gesehen. Kann ich mich denn so in ihm getäuscht haben? Ich weiß schon nicht mehr, was ich empfinden soll. Vielleicht liegt es auch daran, dass ich einen so wunderschönen Tag mit Paolo verbracht habe. Auch wenn wir einige sprachliche Barrieren haben, ich hab das Gefühl, wir verstehen uns sehr gut. Er ist gar nicht so unfreundlich, wenn man ihn erst einmal näher kennenlernt. Allerdings gibt er mir nach wie vor Rätsel auf. Er hat irgendwas mit einem dubiosen Typen zu schaffen, erst in Messina, und jetzt hab ich den auf seinem

Hof gesehen. Klar, vielleicht steigere ich mich da auch in etwas rein mit meinem Mafiaverdacht, aber es wäre immerhin möglich, dass mehr dahintersteckt.

So, Schluss für heute, hoffe, es geht Dir gut, melde Dich, ich brauch deinen Rat!

A.

Kapitel 11: BASTA!

From: charlottedieeerste@movieschool-berlin.com
To: alex1986@studio-berlin.com
Date: March 31st, 6:46h
Subject: Re: Malte

Alex, was ist los bei Dir? Malte scheint sich ja mehr denn je zum Despoten zu entwickeln! Nicht, dass ich vorher viel von ihm gehalten hätte, aber das ist einfach too much. Um Deine Frage zu beantworten, ja, in Malte täuschst Du Dich, das erzähle ich Dir schon seit sechs Monaten, aber in der italienischen Sonne scheinst Du endlich, endlich klarer zu sehen. Also bitte: Hör auf mich und sag ihm ein für alle Mal Deine Meinung. Nimm Dir den Freiraum, den Du brauchst! Ist doch super, wenn Du Dich mit Paolo gut verstehst. Dann siehst Du wenigstens, dass es auch noch andre Männer gibt als Malte. Am besten aber, Du schießt die Pfeife endlich ab!
Deine C.

PS: Ach ja, mir geht es gut, ich war nur sehr beschäftigt mit einer Sache namens Marc – arbeitet für eine große Consultingfirma in London und hatte ein paar Tage in Berlin zu tun. Tja, und irgendwer musste ihm ja die angesagtesten Clubs zeigen. ;-) Habe ihn gerade zum Flieger begleitet, jetzt fühl ich mich etwas einsam und werde erst mal drei Tage durchschlafen. Also keine Sorge, wenn du eine Weile nichts von mir hörst.

PS II: Entschuldige, wenn ich so grob über Deine Beziehung zu Malte urteile – Du weißt hoffentlich: Ich will nur Dein Bestes!

Beim Frühstück gab es eine Überraschung: Carla – ich hatte seit unserem Abend in Taormina nichts mehr von ihr gehört – tauchte unerwartet auf I Moresani auf. Und wie sie auftauchte: Ihr frisch gefärbtes Haar fiel ihr in dichten roten Locken über die nackten Schultern, ein türkisfarbenes Neckholdertop steckte in einem cremefarbenen Bleistiftrock, der ihre Beine unendlich lang wirken ließ, und trotz der frühlingshaften Temperaturen trug sie Stiefel. Keine Frage, Carla kam zum Casting! Über dem linken Arm eine Reisetasche von Gucci und ums Handgelenk eine rote schmale Lederleine, an deren anderem Ende ein rattenähnlicher Hund stand und gelangweilt in die Runde blickte. In der rechten Hand hielt sie eine Tüte Frühstücksgebäck. Sie wirkte wie Paris Hilton auf Italienisch. So stand sie also plötzlich in der Tür zum Frühstücksraum und winkte mir zu.

»Hossa!«, rief Ole aus. »Wer ist das denn?«

»Eine Erscheinung«, hauchte Jakob. »Das Ende naht, wir haben Halluzinationen!«

»Ale! Ciao!« Jakobs Erscheinung kam quer durch den Raum geradewegs auf mich zu, legte die Gebäcktüte vor mir ab und schmatzte mir links und rechts ein Küsschen hinters Ohr. »Eccomi qua, da bin ich! Ich habe doch gesagt, ich komme euch auf dem Hof besuchen! Hach, sieht das gemütlich aus hier, ich hab mich direkt für ein paar Tage eingebucht. Sei doch so nett und stell mich deinen Freunden vor!«

Ich hatte meine Sprache noch nicht wiedergefunden, also erledigte Carla einfach alles selbst: »Hallo! Ich bin Carla, eine Freundin von Ale!«

»Wer ist Ale?«, fragte Malte, der auf der Leitung stand.

»Damit meint sie mich. Das ist meine Lebensretterin aus Taormina«, klärte ich die anderen auf und erwiderte Carlas Begrüßung. Ich fand sie ja ganz nett, aber dass sie hier so einfach hereinschneite, noch dazu in dieser Aufmachung, war schon recht aufdringlich. Und was sollte das überhaupt bedeuten: »Ich habe mich hier eingebucht«?

»In mansarda, mein Zimmer ist ganz oben im Dachgeschoss, ich freu mich richtig, ein paar Tage auf dem Land zu verbringen. Taormina wurde langsam öde. Und? Was liegt heute bei euch an? Wo wird gedreht? Kann ich euch zuschauen oder vielleicht sogar helfen?«

»Wat will die?«, fragte Dieter.

»Sie interessiert sich sehr für Filme und würde uns gern bei der Arbeit über die Schulter schauen«, schwächte ich etwas ab. »Meinst du, das wäre möglich?«

»Zuschauer beim Drehen einer Doku, det hab ick och

noch nich jehört«. So überrascht, wie er war, berlinerte er besonders stark. »Sie könnte doch auch so etwas wie unser Best Boy sein«, meinte ich. »Immerhin kennt sie sich hier aus und hat Kontakte.«

Dieter war noch nicht so überzeugt von dem Vorschlag. »Wat solln det für'n Best Boy sein? Die kann doch noch nich ma ihre Handtasche richtig tragen!«

»Posso fare il trucco, ich könnte auch die Maske übernehmen«, schlug Carla vor, die merkte, dass über ihre Anwesenheit diskutiert wurde.

Ich wiederholte ihr Angebot, aber Dieter schüttelte wieder den Kopf. »Wozu sollten wir 'ne Maske brauchen?«, fragte er. »Die paar Olivenbauern, die wir filmen, sind doch gerade wegen ihrer authentischen Falten interessant. Aber meinetwejen kann sie uns ein wenig über die Schultern schauen, wenn ihr se mitnehmen wollt«, fügte er an die Männer gewandt hinzu.

Jakob nickte begeistert: »Klar, das machen wir!« Ole zuckte gleichgültig die Schultern.

Das war in meinen Augen eine Zweidrittelmehrheit. Ich übersetzte Carla, dass sie Jakob, Ole und Malte zur Fabrik nach Messina begleiten durfte, um die verlorengegangenen Aufnahmen zu wiederholen. Sie freute sich riesig und suchte sofort ihr Zimmer auf, um sich »drehfertig« zu machen.

Damit war es beschlossene Sache. Jakob freute sich sichtlich und ging mit Dieter zum Bus, um die Ausrüstung zusammenzustellen. Malte hingegen fand Carla unmöglich. »Warum schleppst du so eine hier an, die steht doch nur im Weg!«

»Ich hab sie nicht angeschleppt, sie ist von ganz allein gekommen!«, wehrte ich seine erneute Kritik ab. »Und außerdem, wer weiß, vielleicht ist Carla euch ja ganz nützlich. Auf jeden Fall bringt sie sicher Schwung in euren Tag, du wirst mir noch dankbar sein. Und jetzt hör bitte auf, zu nörgeln, das nervt langsam!«

»Ach was«, wiegelte Malte ab. »Du verträgst einfach keine Kritik! Kein Wunder, bei deinem Elternhaus. Fühlst dich wahrscheinlich zu so einer Neureichen hingezogen.«

Das war ja wohl der Gipfel.

»Carla hat mir das Leben gerettet, und es ist nicht verwerflich, Geld zu haben. Außerdem: Wenn irgendjemand nichts mit neureichem Getue gemein hat, dann bin das ja wohl ich. Du weißt ganz genau, was für ein Verhältnis ich zu meinen Eltern habe, besonders, seit wir zusammen sind!«

»Moment mal, nun gib mir nicht die Schuld an deinen Familienproblemen.«

Mit meiner Familie hab ich derzeit weniger Probleme als mit dir, dachte ich.

Das heißt, ich dachte, dass ich das nur gedacht hatte. In Wirklichkeit aber waren mir die Worte über die Lippen gerutscht und Malte starrte mich irritiert an.

»Was willst du damit sagen?«

»Dass ich das, was zwischen uns derzeit läuft, nicht mehr für eine liebevolle Beziehung halte.«

Wie bei unserem gestrigen Streit hatten wir auch diesmal ein ungewolltes Publikum. Wie gebannt hingen Paula und Ole uns an den Lippen, aber darauf konnte ich im Moment keine Rücksicht nehmen.

»So«, spottete Malte, und versuchte, mir die Wange zu tätscheln, doch ich zuckte zurück. »Und wofür hält die kleine Lexi es?«

»Siehst du? Schon wieder: Du nimmst mich nicht ernst, du merkst gar nicht, was hier gerade passiert!«, rief ich aufgebracht.

Malte fing an zu lachen.

»Ach, Lexilein, du dramatisierst mal wieder«, stieß er zwischen zwei Lachern hervor.

Er merkte gar nicht, dass außer ihm niemand lachte.

»Malte«, sagte ich und bemühte mich um eine feste Stimme. »Ich glaube, es ist besser, wenn wir uns erst mal auf die berufliche Zusammenarbeit beschränken und privat getrennte Wege gehen.«

So, nun war es raus: Ich trennte mich von Malte. Nach nur einem halben Jahr! Für mehr hatten unsere Gefühle nicht gereicht.

Es ist gut so. Das ist besser für dich, Alex!, sagte ich mir. Die Zeit ist reif, wieder eigene Wege zu gehen.

Malte starrte mich entgeistert an. »Du machst Witze«, meinte er. »Ohne mich bist du bei Studio Berlin ein Nichts. Wir reden weiter, wenn du dich wieder beruhigt hast.« Damit stand er auf und verließ den Raum.

Zu meinem Erstaunen verfiel unser Publikum in Applaus. Mir hingegen schossen Tränen in die Augen. Hatte ich wirklich gerade mit Malte Schluss gemacht? Ich hatte ihn doch immer so bewundert, wir waren doch ein Liebespaar, und nun war plötzlich alles kaputt!

Paula legte mir die Hand auf die Schulter. »Endlich«, meinte sie. »Das war höchste Zeit.«

Ich schaute sie durch den Tränenschleier fragend an: »Findest du?«

»O ja«, bestätigte Ole. »Allerhöchste Zeit. Und mach dir nichts aus dem, was er sagt. Dieter hat längst gemerkt, dass du mehr kannst als Kaffeekochen und Textekopieren. Du brauchst Malte nicht, um den Job zu behalten.«

Ich nickte, fühlte mich jedoch alles andere als befreit, wie man es vielleicht hätte erwarten können. Ich hatte mich so auf diese Reise gefreut, auf die Arbeit am Film und die Erfahrungen auf den Agriturismi, ich hatte mich auf kulinarische Entdeckungen und romantische Strandabende mit meinem Freund gefreut. Und nun war alles anders gekommen, und ich fühlte mich einfach nur allein. Ich verließ den Frühstücksraum, um auf mein Zimmer zu gehen, wo ich mich auf mein Bett warf und heulte.

»La cucina siciliana è magica. Das ist genau das Richtige, um Liebeskummer zu überwinden«, behauptete Nonna Margherita. Sie hatte offenbar von dem Streit im Frühstücksraum Wind bekommen, und als sie mich mit verheulten Augen aus meinem Zimmer treten sah, nahm sie mich sofort unter ihre Fittiche. Ich wollte eigentlich eine rauchen gehen, aber Nonna Margherita hatte ein anderes Rezept: »Du musst erst einmal etwas essen, dann sieht die Welt schon ganz anders aus.« So saß ich mit angezogenen Knien auf einem Korbstuhl in der recht gemütlichen Küche der de Vivos und starrte auf die Meeresfrüchteplatte, die sie mir ungefragt auftischte. Sie selbst setzte sich mir gegenüber, in die Mitte stellte sie einen Korb mit frischem Brot.

»Mangia, piccola! Iss, Kind!«, sagte sie. »Alles nicht so schlimm, wie du denkst.«

»Doch«, entgegnete ich, »sogar noch viel schlimmer«, und meinte damit weniger die Trennung von Malte als die Tatsache, dass mir außer dem Brot nichts auf diesem Tisch essbar erschien. Natürlich, ich hatte vor ein paar Tagen schon einmal meine Prinzipien über Bord geworfen und Muscheln gegessen, aber das war irgendwie etwas anderes als die Scampi, Tintenfische und Sardellen, die hier vor mir standen. Die Fische hatten sogar noch Augen! Nonna Margherita konnte doch nicht allen Ernstes von mir verlangen, das zu essen.

Ich nahm mir ein Stück Brot, bestrich es mit einer hausgemachten Olivencremepaste und knabberte hilflos daran herum. Ob sie es mir wohl übelnahm, dass ich ihre toten Tiere nicht essen wollte?

»Seppie, die Tintenfische sind nach einem uralten Familienrezept zubereitet. Die Mutter meines verstorbenen Mannes hat es von ihrer Großmutter, und ich werde es an Simona weitergeben«, erklärte Nonna und pikste mit ihrer Gabel einen Tintenfischring auf. Sie hielt ihn mir direkt vor den Mund, und ich wies verzweifelt auf das Brot und meine gefüllten Wangen, doch sie war unerbittlich und wartete mit der Gabel vor meinen Lippen, bis ich das völlig zerkaute Brotstückchen irgendwann herunterschlucken musste. Als ich zu protestieren ansetzte, nutzte sie die Millisekunde, in der mein Mund sich öffnete, und schob mir das Tier zwischen die Zähne. Mich schauderte. Voller Ekel kaute ich auf dem armen Tintenfisch herum und ignorierte den Geschmack, der eigentlich nicht schlecht war. Ich wollte das Essen nicht mögen, ich war mit Pasta und Brot und Gemüse bisher in Italien glücklich gewesen.

»Vedi, è facile, na, siehst du«, nickte Nonna Margherita wohlwollend, als ich den Bissen schließlich runtergewürgt hatte. »Tut gut, nicht wahr? Ja, so ein leckeres Essen ist die beste Medizin gegen Liebeskummer!«

Ich sah das etwas anders. Die beste Medizin gegen Kummer war Ablenkung. Ich beschloss, die Gelegenheit zu nutzen und endlich meine Neugier zu stillen, was Micheles abwesende Frau anging. »Wenn du sagst, dass du Simona das Rezept weitergibst, heißt das, dass ihre Mutter es nicht kennt und weitergeben kann?«, fragte ich sie deshalb nach ihrer Schwiegertochter. Immerhin hatte ich sie bis heute nicht gesehen, irgendetwas stimmte hier also nicht.

Augenblicklich verdüsterte sich Nonna Margheritas Blick. »Simonas Mutter hat nur eine gute Sache zustande gebracht«, bewertete sie ihre Schwiegertochter, »und das war, Simona auf die Welt zu bringen. Aber zum Glück hat das Kind nichts von ihr geerbt, Simona ist ein gutes Mädchen und wird eines Tages eine gute Ehefrau sein. Sie wird ihren Mann nicht verlassen.«

Oha, dachte ich, Volltreffer! Michele war also verlassen worden? Das konnte noch nicht allzu lange her sein, sonst wäre Lucia de Vivo sicher längst aus den Prospekten des Agriturismo entfernt worden. Ich wollte gerade mit meiner Ausfragerei fortfahren, als Simona den Raum betrat.

Sofort wechselte ihre Großmutter das Thema und begann, von der Zeit zu erzählen, als ihr Mann noch mit großem Erfolg Wein angebaut hatte.

Simona setzte sich zu uns und nahm von den Meeresfrüchten. Dankbar schob ich die Platte näher zu ihr hinüber, in der Hoffnung, dass mir dadurch weiteres Tierfleisch erspart blieb. Ich hatte noch den würzigen Kräutergeschmack des Tintenfischringes auf der Zunge und keine Lust, in Versuchung geführt zu werden, den Thunfisch oder die Scampi zu probieren, die hundertpro noch besser schmeckten. Scampi hatte ich in meinen nichtvegetarischen Zeiten nämlich sehr gern gegessen.

»Che peccato, Großvaters Wein war einzigartig«, stimmte Simona ihrer Großmutter zu. »Es liegen nur noch wenige Flaschen davon in unserem Weinkeller, und wir trinken ihn ausschließlich zu Großvaters Geburtstag.«

»Ach, deshalb wollt ihr den alten Hang wieder neu bepflanzen«, erinnerte ich mich an Simonas Führung vom ersten Tag.

Nonna Margherita schob mir eine Miesmuschel in den Mund. »In sizilianischem Wein geschwenkt«, erklärte sie.

»Was für ein Wein?«, fragte ich. Muscheln sind okay, dachte ich mir, Muscheln sind wie Pflanzen. Ich kaute genussvoll. Und was in Wein geschwenkt war, konnte nicht verkehrt sein.

»Inzolia, naturalmente«, meinte Simona. »Wir kochen viel mit Weißwein, vor allem mit sizilianischem, das ist der Beste.«

Klar, das würde ich nicht wagen anzuzweifeln.

»Weißwein, Tomaten, Meeresfrüchte, Artischocken – mit den richtigen Gewürzmischungen kann man aus wenigen Zutaten jeden Tag ein anderes Gericht zaubern«, weihte mich die Großmutter in ihre Küchengeheimnisse ein. »La cosa più importante sono le erbe, das Wichtigste ist, dass die Kräuter frisch sind. Hier, Kind, iss«, meinte sie und schob mir eine weitere Muschel in den Mund. An ihre Enkelin gerichtet erklärte sie: »Das arme Mädchen wurde von ihrem Freund verlassen!«

»Non è vero!«, verbesserte ich. »Ich habe mich von ihm getrennt.«

Simonas Blick verdunkelte sich ein wenig, als sie nach dem Grund fragte: »Etwa wegen eines anderen Mannes?«

Damit meinte sie sicher Paolo. Ich hatte schon gemerkt, dass es ihr nicht entgangen war, wo ich den Sonntag verbracht hatte. Schließlich waren wir auf dem Land, hier sprach sich alles herum.

»Ma non per questo, aber nein«, antwortete stattdessen ihre Großmutter. »Der Mann war böse zu ihr. Und sehr unhöflich, ich habe ihn bis in die Küche schimpfen gehört. Ich verstehe zwar kein Deutsch, aber dass er nichts Gutes gesagt hat, hab ich sofort gehört. Aber Alessandra geht es schon viel besser, nicht wahr, Mädchen? È proprio così, es ist eben so: Gegen Kummer hilft mangiare.«

Simona sah mich weiterhin skeptisch an. »Du hast dich mit deinem Freund gestritten? Nun, das wird sich schon wieder einrenken«, meinte sie und begann, den Tisch abzuräumen.

»Simona!«, rief Nonna empört. »Aspetta, Alessandra ist noch nicht fertig, nicht wahr?«

»Si, ho finito«, wehrte ich ab. »Ich bin sehr satt, vielen Dank, Nonna Margherita. Ich muss auch mal nach meinen Kollegen schauen und ihnen bei der Arbeit helfen.«

»Sie sind im Hof«, erklärte Simona knapp.

Ich verabschiedete mich höflich. Beim Verlassen der Küche hörte ich Nonna Margherita sagen: »È una cara ragazza, das ist ein nettes Mädchen.« Aber noch bevor ich mich richtig darüber freuen konnte, hörte ich Simonas Antwort: »Non è tutto oro quello che luccica, es ist nicht alles Gold, was glänzt.« Die Tochter des Hauses hatte ganz eindeutig ihre Probleme mit mir.

Ich ging in den Hof hinaus und suchte nach Dieter und Paula. Sie saßen unter einem alten Orangenbaum auf einer Bank und hatten angefangen, die Interviews der vergangenen Tage durchzugehen. Ich setzte mich zu ihnen. »Entschuldigt bitte die Verspätung, ich brauchte mal eine kurze Pause.«

Dieter runzelte die Stirn und sah mich streng an. »Ick hab schon gehört. Det is genau der Grund, weshalb ich keine Paare in meinen Projekten haben will – det gibt nur Ärger.«

»Jetzt ist alles geklärt. Es kommt nicht noch einmal vor«, entschuldigte ich mich und erkundigte mich, wie weit die beiden schon gekommen waren. Dieter übertrug mir die Aufgabe, das Interview mit dem Olivenbauern Signor Lapi, das verschriftlicht worden war, von zehn Seiten auf zwei herunterzukürzen und seine wichtigsten Aussagen auszuwählen, um ihn damit im Bild zeigen zu können. Aus dem Rest würde ich noch einmal eine Auswahl treffen und die wichtigsten Informationen für den Sprechertext umformulieren.

»Sieh zu, det der Wechsel zwischen seinen Aussagen und dem Sprechertext sich sinnvoll ergänzt und möglichst authentisch wirkt. Wir spielen die Bilder von Lapi ein und schildern, wie er seine Produkte nach alter Familientradition so nebeneinander anbaut, dass wie von selbst über die Jahre durch natürliche Kreuzung zweier Sorten ungewöhnliche Mischungen entstehen. Und gleichzeitig zeigen wir, dass er dabei wie von selbst die Biostandards erfüllt, indem er Genmanipulation im Reagenzglas vermeidet und auf die natürliche Auslese bei der Artenentwicklung setzt. Bei einer Dokumentation geht es nicht darum, unsere Meinung zum Ausdruck zu bringen und die Sachen zu werten. Der Zuschauer soll sich aufgrund der Informationen, die wir ihm geben, eine eigene Meinung bilden können, ob Bioanbau wat nützt.«

»Wie, ob das was nützt? Natürlich nützt es was, es ist die beste Alternative zu Monokulturen, Genmanipulation und Massentierhaltung«, wandte ich ein. »Deswegen machen wir das hier doch überhaupt!«

»Uiuiui«, meinte Dieter. »Mädchen, du machst deine Sachen hier gut, aber du bist ja wirklich noch grün hinter den Ohren!«

Paula sprang ein: »Alex, was Dieter meint, ist, dass wir den Zuschauern unsere Meinung nicht vorgeben dürfen. Bei einem Dokumentarfilm müssen wir alle Seiten der Biolandwirtschaft und des Agriturismus aufzeigen, nicht bloß die, die uns gefallen, oder die, die unsere Thesen stützen. Sonst ist es keine Doku mehr, sondern ein Werbefilm.«

»Genau«, bestätigte Dieter. »Und deshalb ist Authentizität det Wichtigste hier. Signor Lapi zum Beispiel ist für uns einer dieser Bauern, die ins Klischee passen, aber wir müssen denen da draußen auch zeigen, dass es die unterschiedlichsten Menschen mit den unterschiedlichsten Motivationen sind, die Biolandwirtschaft betreiben. Und dass die Leute das eben nicht unbedingt nur aus Tradition heraus oder nur aus Liebe zur Natur machen, sondern auch aus wirtschaftlichen Gründen.«

»Ja, das hast du schon mal gesagt.« Er hatte ja recht, dies war die erste Dokumentation, an der ich mitarbeitete, und ich versuchte, alles, was ich im Studium gelernt hatte, abzurufen, aber manchmal schoss ich einfach übers Ziel hinaus. »Okay, also dann setze ich mich mal an das Interview mit Signor Lapi – was dagegen, wenn ich mich dafür ein wenig zurückziehe?«

»Nö, geh du nur. Paula und ich überarbeiten derweil dein Taormina-Skript, und morgen fahren wir dann zu dieser Nelken- und Entenfrau.«

»Narzissen«, verbesserte ich.

»Meinetwegen.«

Ich ließ die beiden unter dem Orangenbaum sitzen, holte Laptop, Notizblock und ein Kissen aus unserem Zimmer und suchte mir ein abgelegenes Örtchen im Olivenhain zum Überarbeiten des Interviews. Mit Blick auf den Weinberg, der schon bald zu neuem Leben erweckt werden sollte, lehnte ich mich gegen einen Olivenbaum, warf den Laptop an und begann zu arbeiten. Die Kürzung des Interviews ging mir erstaunlich leicht von der Hand. Gute zwei Stunden verbrachte ich mit Streichen, Umstellen, Kommentieren und Neuzusammenfassen. Meine Stimmung besserte sich dabei stetig. Ich war gut in meinem Job, ich erledigte die Aufgaben, die Dieter mir übertrug, und ich war alles andere als Maltes Protegé. Es war die richtige Entscheidung gewesen, mich von ihm zu trennen. Wenn ich ehrlich zu mir war, war schon zu Hause in Berlin nicht mehr alles im Reinen zwischen uns gewesen, aber Sizilien hatte mir Seiten an ihm gezeigt, die ich vorher wohl nicht hatte sehen wollen. Und jetzt war von meiner einstigen Begeisterung für ihn nichts mehr übrig. Die Vorstellung jedenfalls, jetzt wieder Single zu sein und von vorn anfangen zu müssen, erschien mir nicht ansatzweise so schlimm, wie ich es erwartet hatte. Vielmehr fühlte sich mein Ausbruch von vorhin wie ein Befreiungsschlag an. Malte war schließlich nicht der einzige Mann auf Erden. Und vielleicht brauchte ich auch einen ganz anderen Typ Mann, als Malte es war. Einen, der das Leben positiver sah, der anpackte, statt zu nörgeln. Jemanden, der mich schätzte und der nicht immer nur auf mich herabsah, um mich zu belehren.

Und was den Job bei Studio Berlin anging: Es würde sich sicher eine Möglichkeit finden lassen, sich aus dem Weg zu gehen. Jedenfalls würde ich um keinen Preis kündigen, und ich glaubte auch nicht, dass man mich feuern würde, nur weil ich in Malte keinen Fürsprecher mehr hatte. Immerhin traute Dieter mir hier bei diesem Projekt schon einiges zu. Ich war längst hinaus über den Status des Mädchens für alles, da hatte Paula vollkommen recht.

Kapitel 12: CONSIDERAZIONE

Die Sonne war mittlerweile schon weit über den Hügel Richtung Westen gewandert und stand so tief, dass sie mich blendete. Ich hatte meine Sonnenbrille nicht dabei, sie lag sicher in meiner Handtasche auf dem Zimmer, genauso wie mein Telefon. Aber ich erwartete ohnehin keinen Anruf. Meiner Mutter hatte ich am Abend zuvor noch rasch eine »Mir geht es gut«-Nachricht geschickt, und Charly und ich kommunizierten ja per Mail. Beide würden sich wahrscheinlich freuen, wenn ich ihnen erzählte, dass ich wieder Single war. Charly würde mir zu dem aus ihrer Sicht überfälligen Schritt gratulieren, und Mama würde ihr typisches »Ich hab's dir doch gesagt, der Junge ist nichts für dich« nicht zurückhalten können. Leider würde ich ihnen kaum widersprechen können, denn je länger ich die vergangenen Tage Revue passieren ließ, desto sicherer war ich, dass meine Beziehung zu Malte im Grunde nur eine Phase war und ich mir für eine tiefe, innige Liebesbeziehung einen ganz anderen Typ Mann wünschte. Keine halben Sachen, keine Kompromisse mehr.

In Gedanken über meine Zukunft ohne Malte, merkte ich gar nicht, dass sich jemand zu mir gesellt hatte: Eine

Schlange kroch nahe meinen ausgestreckten Füßen durchs Gras. Ein wunderschönes Tier, bestimmt einen Meter lang. Leise zischend schlängelte sie auf meine ausgezogenen Sandalen zu. Ich hatte keine Angst vor Schlangen, zumindest solange sie nicht giftig waren. Zwar trugen die Tiere kein Totenkopfemblem auf dem Kopf, so dass man sie problemlos einordnen konnte, aber diese hier, da war ich sicher, gehörte bestimmt zu den berühmten Äskulapnattern – die waren typisch für Sizilien und, wie die meisten Nattern, total harmlos. Ein wirklich schönes Tier, mit einer hübschen Rückenzeichnung. Ich zog meine Digicam aus der Laptoptasche und machte ein paar Bilder von der Schlange. Bewundernd beobachtete ich sie eine Weile, als sie plötzlich auf Höhe meiner nackten Waden angekommen innehielt, und, statt vorüberzukriechen, mir nun ihren hübschen ovalen Kopf zuwandte und mich anstarrte. Ich hatte erwartet, dass sie ebenso unauffällig wieder verschwinden würde, wie sie sich angeschlichen hatte. Doch irgendetwas musste ihr Interesse geweckt haben, denn sie starrte mich unentwegt an und züngelte leicht. Das Geräusch klang plötzlich weniger friedlich. Mir kam die Szene mit Mowgli und Kha aus dem *Dschungelbuch* in den Sinn: Ob Schlangen tatsächlich hypnotische Kräfte hatten? Neugierig versuchte ich, ihr in die Augen zu schauen. Dabei lehnte ich mich ein wenig vor, zog meine Beine an mich heran und übersah die Gefahr. Die Schlange fühlte sich von meiner Bewegung in die Enge getrieben, und ehe ich reagieren konnte, hatte sie schon nach mir geschnappt und meine Wade erwischt, die aus meiner Caprihose herausblitzte.

Autsch! Das tat weh, und erschreckt hatte ich mich außerdem. Verflixt, das tat sogar richtig weh!

Ich war noch nie von einer Schlange gebissen worden, so hatte ich keine Vergleichsmöglichkeit, aber dieses Tier hatte mich eindeutig gut erwischt.

»Mistvieh!«, rief ich und warf einen Stock nach der Schlange, die sich leise zischelnd entfernte. Am liebsten wäre ich ihr hinterhergelaufen, um sie zurückzubeißen.

Stattdessen aber untersuchte ich die Bisswunde. Sie blutete nur leicht und brannte ein wenig, sah allerdings nicht gefährlich aus und würde sicher schnell verheilen. Vielleicht wäre es gut, die Wunde heute Abend zu desinfizieren. Ich kramte ein Pflaster aus meiner Tasche und klebte es darüber, damit kein Schmutz hineingelangte. Dann arbeitete ich weiter, merkte jedoch nach einer Weile, dass sich die Bisswunde nicht gut anfühlte. Als ich mit der Hand über die Stelle fuhr, stellte ich fest, dass meine Wade anschwoll. In mir keimte der Verdacht, dass ich in Biologie vielleicht doch nicht gut genug aufgepasst hatte, um sicher auszuschließen, dass die Schlange eine ungiftige Natter war. Was, wenn ich doch einen giftigen Biss abbekommen hatte? Mit einem Schlangenbiss im Bein allein mitten im Olivenhain zu hocken erschien mir plötzlich alles andere als idyllisch. Vielleicht sollte ich zurückgehen und die Wunde kühlen? Ich stand auf, um meine Sachen zusammenzupacken, aber beim Belasten sackte mein Bein unter mir weg. Mir wurde schwindelig. Ich humpelte ein Stück Richtung I Moresani, merkte aber schnell, dass ich nicht weit kommen würde. Die Schwellung wurde immer stärker, zudem war die Haut um das Pflaster herum mittlerweile feuerrot. Ich war am äußersten Ende der Plantage, und bis ich auf einem Bein beim Haupthaus angelangt wäre, wäre meine Wade auf Basketballgröße angeschwollen. Verzweiflung kroch in mir hoch. Was, wenn diese Schlange giftig war? Warum sonst sollte die Wade so stark anschwellen? Was sollte ich nur tun? Ich war zwar recht gelenkig, aber eine Wunde an meiner eigenen Wade auszulutschen war nicht drin. Und ich konnte keine Hilfe rufen, mein Telefon hatte ich nicht dabei.

»Aiuto!«, rief ich hilflos fragend in die Bäume hinein. »Ist hier jemand? C'è qualcuno? Aiutatemi, per favore!«

Doch niemand antwortete, kein Tourist, niemand aus der Familie de Vivo, geschweige denn ein Arzt mit einem Gegengift. Ich zögerte nicht länger, sondern schlug den einzig möglichen Weg ein: den zum Hof di Gioia. Hoffentlich war Paolo da und konnte mich ins Krankenhaus fahren. Ich hüpfte einbeinig von Baum zu Baum, bis ich den Bretterzaun an Paolos Grundstück erreichte, der wie das berühmte Licht am Ende des Tunnels auf mich wirkte. Ich zwängte mich durch die Latten und rief wieder, diesmal lauter: »Aiuto!«

Der Erste, der mir zur Hilfe kam, war der gute Enzo. Lautstark bellend kam der Hund durch den Garten auf mich zugesprintet und warf mich beinahe um mit seiner stürmischen Begrüßung. »Enzo, chiama Paolo«, sagte ich, in der Hoffnung, dass der fleißige Wachhund verstand, was ich von ihm wollte. »Paolo!«, sagte ich, »bitte hol Paolo her.«

Amica – das Zauberwort von Paolo hatte geholfen, dieser Hund war mein Freund, denn er rannte sofort davon. Ich war mir sicher, dass er nun sein Herrchen zu Hilfe holen würde, und begann mir auszumalen, wie Paolo mich mit seinen starken, sehnigen Armen hochheben und nach Hause tragen würde. Dieser Schlangenbiss hätte vielleicht noch sein Gutes. Mir wurde wieder schwindelig bei dieser Vorstellung. Oder war das etwa schon die Wirkung des Schlangengiftes? Ich setzte mich ins Gras und starrte in die Richtung, in die Enzo verschwunden war.

Einige Minuten vergingen. So langsam wurde es echt Zeit, dass sich mal jemand um mein Bein kümmerte. Warum zum Teufel brauchte der Hund so lange, um Hilfe zu holen?

Da! Endlich hörte ich ein Kläffen, und wenige Sekunden später stand Enzo neben mir und bellte fröhlich. Dann lief er wieder ein Stück zurück, bellte auffordernd, kam zurück, lief wieder weg, bis ich schließlich sah, dass er zwischen meiner Rettung und mir pendelte. Bestimmt würde Paolo gleich da sein und mir helfen! Doch statt Paolo kam der alte Giuseppe um die Ecke. Ganz gemächlich, ohne jegliche Hektik.

»Op là! Was machst du denn hier, Mädchen?«, begrüßte er mich. »Ich hab mich schon gewundert, was der Hund hat, weil er mich hierher führte.«

»Un serpente! Ich wurde von einer Schlange gebissen!«, rief ich und langsam stiegen mir die Tränen in die Augen angesichts meiner dick geschwollenen Wade. Würde hier bitte einmal jemand die Dramatik meiner Situation erkennen? Der alte Giuseppe schien mir nicht gerade der geeignete Retter zu sein. Wo zum Teufel war Paolo mit seinen starken Armen?

Giuseppe hatte sich inzwischen vor mich hingehockt, zog das Pflaster mit einem Ruck ab und untersuchte fachmännisch meine Bisswunde.

»Wie sah die Schlange aus?«, fragte er.

»Ich weiß nicht genau«, antwortete ich, »so graugrün mit einem Muster auf dem Rücken«.

»Pensaci un attimo.« Giuseppe wurde streng. »Grau oder grün, das ist jetzt wichtig!«

Seine ernste Stimme jagte mir noch mehr Angst ein.

»Grigio«, schluchzte ich. »Ich glaube, sie war grau, aber ich bin nicht ganz sicher, sie hat auch so grün geschimmert! Eigentlich war sie grüngrau mit schwarzem Muster«.

»Va bene«, meinte Giuseppe. »Gehen wir erst einmal ins Haus und schauen uns das näher an.«

Er erhob sich, griff mir unter die Achseln und stützte mich auf dem Weg zum Haus.

»Sollten wir nicht lieber gleich ins Krankenhaus fahren?«, fragte ich besorgt. »Ich will noch nicht sterben!«

»Non c'è bisogno dell'ospedale, wir brauchen kein Krankenhaus, hier stirbt keiner an einem Schlangenbiss. Wichtig ist jetzt erst mal, dass wir das Bein ruhig stellen, um mögliches Gift nicht unnötig zu verteilen. Und dann müssen wir herausfinden, was für eine Schlange das war.«

Der alte Erntehelfer brachte mich zum Haus hinüber in Paolos Küche und platzierte mich auf der Eckbank. Mein Bein wurde hochgelegt, und die Wunde mit Alkohol desinfiziert. Ich ließ alles über mich ergehen. Es fühlte sich so an, als würde nun alles wieder in Ordnung kommen.

»Andrà tutto bene, alles wird gut«, erklärte Giuseppe denn auch beruhigend. »Die Schwellung ist wahrscheinlich so stark, weil du dich viel bewegt hast. Sie wird bald zurückgehen, und dann kannst du auch wieder laufen«. Er nahm sich Paolos Telefon und wählte eine Nummer.

Ich war froh, nicht mehr allein zwischen Olivenbäumen zu sitzen. Hier in Paolos Küche fühlte ich mich wirklich recht geborgen. Schon die zweite Küche, in der ich heute versorgt wurde.

Allein unter Bäumen lag nun aber etwas ganz anderes: der Laptop! Den hatte ich total vergessen. »Meine Sachen!«, rief ich. »Die liegen noch unter dem Baum!« Was war ich nur für ein Trottel, ich hatte einfach alles liegengelassen, als ich in Panik über den Schlangenbiss weggehumpelt war. Wenn es nun anfing zu regnen oder auch nur ein Vogel seine Spuren darauf hinterließ, ging das Gerät sicher kaputt, und auch meine Arbeit am Interview wäre verloren.

Ich richtete mich auf, um mich auf den Weg zurück in den Olivenhain zu machen, doch Giuseppe hielt mich zurück. »Ferma! Sitzenbleiben! Wo willst du denn hin? Das Bein muss noch ruhig gehalten werden!«

»Ich habe meine Sachen unter dem Baum liegengelassen, die muss ich holen, bevor es dunkel wird.«

»Lascia stare, ci penso io, das erledige ich, Mädchen, sag mir nur, wo die Sachen liegen, dann geh ich sie holen, und du bleibst hier.«

Ich beschrieb Giuseppe den Weg zu dem Baum, unter dem ich gesessen hatte. Er befahl Enzo, bei mir zu wachen, und verließ das Haus.

Während dieser hilfsbereite Mensch also in die Plantage wanderte, um meinen Laptop und meine Notizen zu retten, trank ich meinen Kräutertee und versuchte mich zu erinnern, wann ich meine letzte Tetanusimpfung bekommen hatte. Enzo saß still neben mir, hechelte nur ein wenig. Ich war froh, nicht ganz allein zu sein. Mir war immer noch etwas schwindelig. Was für ein Tag: erst die Trennung von Malte, dann die toten Tiere bei Nonna Margherita und nun noch der Biss einer Gott sei Dank nicht giftigen Schlange. Kein Wunder, dass ich mich plötzlich total matt fühlte. Wo wohl der Hausherr steckte? Wenn ich nicht so müde gewesen wäre, hätte ich gute Lust gehabt, mich mal ein wenig in seinem Haus umzusehen. So eine Gelegenheit bot sich schließlich nicht alle Tage, und vielleicht hätte ich endlich herausgefunden, was Paolo für Probleme hatte und was sich zwischen ihm und den anderen Männern vorm Bauamt abgespielt hatte. Über diesen Gedanken fielen mir jedoch die Augen zu. Ich hatte einen äußerst seltsamen Traum von giftigen Insekten und dunklen bedrohlichen Tunneln durch Olivenhaine, der mich schweißgebadet wieder aufwachen ließ.

Als ich die Augen öffnete, standen fünf Leute um mich herum: Giuseppe, Michele, Paolo, Dieter und ein mir unbekannter Mann mit einer Spritze in der Hand. Träumte ich noch?

»Avete fatto bene, gut, dass Sie uns gleich gerufen haben«, sagte der Spritzenmann zu Giuseppe. Dann sagte er noch etwas von »vipera« und »non si deve aspettare«, nicht zu lange warten.

Moment mal? Vipera?

»Ich dachte, es wäre keine giftige Schlange gewesen? Giuseppe! Hattest du nicht gesagt, alles wäre gut? Was für eine Schlange hat mich denn gebissen? Dieter? Paolo?«

Der unbekannte Mann stellte sich als Landarzt vor und erklärte mir in langsamen Worten, dass das Foto, das sich Giuseppe clevererweise auf der im Gras liegenden Digicam angesehen hatte, eindeutig zeigte, wie eine Viper neben Frauenfüßen durchs Gras kroch, und dass er mir gegen die Schmerzen etwas gespritzt und, was unbedingt nötig gewesen sei, die Tetanusimpfung aufgefrischt habe.

»Lo avevo immaginato, so was hatte ich mir schon gedacht«, sagte Giuseppe, »als du dir der Farbe der Schlange nicht mehr sicher warst, und die Bisswunde sah auch so aus, dass sie durchaus von einer Viper hätte stammen können. Deshalb habe ich sofort den Arzt gerufen und beschlossen, mich auf der Suche nach deinen Sachen nach der Schlange umzuschauen. Ja, stattdessen habe ich die Kamera gefunden und eins und eins zusammengezählt. Touristen fotografieren ja gern Tiere. Zum Glück war das bei dir auch so.«

»Und mir hat er den Verdacht verschwiegen«, klagte ich an Paolo gewandt. »Ich dachte, alles wäre gut und ich müsste nicht ins Krankenhaus.«

»È andata bene così, und das war gut so. Ich denke, er wollte dich nicht aufregen, es war nämlich schon schlimm genug, dass du auf dem einen Bein durch den Olivenhain gehüpft bist. Da hat sich das Gift schön ausbreiten können. Giuseppe hat genau richtig gehandelt, dass er dich hier auf die Bank gelegt hat«, meinte Paolo. »Ein Vipernbiss ist eben nicht ungefährlich.«

»Nicht ungefährlich, wie bitte?«, rief ich aufgeregt und zog das Bein an, um mich selbst vom Ausmaß der Schwellung zu überzeugen. »Das ist ja lebensgefährlich hier, wenn solche Tiere durchs Gras kriechen! Ich geh nie wieder raus!«

Das war natürlich übertrieben, aber ich bekam nun nachträglich Angst vor der Gefahr, in der ich allein unterm Baum gewesen war.

»Nu beruhig dich ma, Mädchen«, sagte Dieter. »Du hast richtig Glück gehabt, soweit ich det mitbekommen habe, war es reiner Zufall, dass Giuseppe noch hier war und den Arzt rufen konnte. Wieso um Himmels willen hast du denn dein Handy nicht mitgehabt?«

»Keine Ahnung! Ich bin eben manchmal etwas schusselig!«, schluchzte ich. Das war alles zu viel für mich. Ich war von einer gefährlichen Giftschlange gebissen worden. Einfach so, am helllichten Tag, nur weil ich unter einem Olivenbaum gesessen hatte. Mir schossen wieder Tränen in die Augen.

Michele nahm meine Hand und drückte sie tröstend, Paolo zwinkerte mir aufmunternd zu. »Va tutto bene. Ich habe gehört, mein Enzo hat sich als Lebensretter betätigt«, sagte er. »Du hast wirklich Glück gehabt, eigentlich waren Giuseppe und ich schon auf dem Weg nach Messina zum Markt, aber wir hatten etwas vergessen, und so fuhr Giuseppe noch einmal zurück und merkte, dass Enzo ihm etwas zeigen wollte«, bestätigte er Dieters Ausführungen.

Es war also knapp gewesen. Ich mochte gar nicht darüber nachdenken, was geschehen wäre, wenn ich auf di Gioia niemanden angetroffen hätte. Ich wäre an einem Viperngift kläglich verreckt!

»Können wir sie nach I Moresani bringen?«, fragte Dieter den Arzt.

Der nickte. »Va bene. Eigentlich müssten Sie zumindest für ein paar Stunden zur Beobachtung ins Krankenhaus. Aber die Schwellung ist so gut zurückgegangen, dass ich es verantworten kann, Sie hier zu lassen. Fühlen Sie sich denn besser?«, fragte er mich.

Ich nickte ebenfalls.

»Va bene«, übte sich mein Chef in italienischen Floskeln. »Dann wollen wir die Patientin mal nach Hause bringen.«

Unter Aufsicht aller humpelte ich, von Dieter gestützt, zu Micheles Wagen, mit dem sie nach Paolos Anruf herübergeeilt waren, und die beiden Männer brachten mich zurück auf unseren Hof, wo ich sofort ins Bett geschickt wurde, um das Bein stillzulegen. Der Arzt versprach, am nächsten Morgen noch einmal nach mir zu sehen. So lag ich um acht Uhr abends wie ein krankes Kind im Bettchen, neben mir eine Packung italienischen Gebäcks von Nonna Margherita und ein Stapel deutscher Zeitschriften von Paula und auf dem Schoß den Laptop, um mich mit meiner besten Freundin weit weg in Berlin auszutauschen.

Doch noch ehe ich die erste Mail schreiben konnte, kamen Malte und Carla zum Krankenbesuch. Sie waren soeben aus Messina von ihrem Drehtag in der Lebensmittelfabrik zurückgekehrt. Während Carla neugierig meine Bettdecke lüpfte, um sich den Schlangenbiss aus der Nähe anzuschauen, setzte sich Malte zu mir, gab mir einen Kuss auf den Mund und strich mir zärtlich eine Haarsträhne aus der Stirn.

»Mein armer kleiner Schussel, wie geht es dir?«, fragte er. »So etwas passiert also, wenn ich nicht auf dich aufpasse. Bist du etwa barfuß durch die Plantage gelaufen, oder wo hat dich die Viper erwischt?«

Ich war perplex. Sich nach meinem Befinden zu erkundigen war zwar eine höfliche Geste, aber unter den Umständen, unter denen wir an diesem Morgen auseinandergegangen waren, war es total unpassend, dass er mich küsste und so vertraut tat. Immerhin hatte ich vor allen anderen mit ihm Schluss gemacht!

Malte schien das jedoch nicht weiter zu stören, er wandte sich nun auch meiner Wade zu, drehte sie nach links und rechts und bewertete die Schwellung als »halb so schlimm«. Carla erklärte mir indes, wie ich die hässliche Wunde am wirkungsvollsten überschminken könnte. »Warte, ich glaube, ich hab sogar etwas Make-up in dem Hautton dabei, das kannst du gern haben«, meinte sie und lief hinüber in ihr Zimmer, um nach Schminke für meine Wade zu suchen.

»Ich hab den ganzen Tag vergeblich versucht, ihr zu erklären, dass die meisten Schmink- und Kosmetikprodukte an Tieren erprobt werden«, erzählte Malte kopfschüttelnd. »Aber Carla sagt, sie sei abhängig von diesem Zeug und könne ungeschminkt nicht vor die Tür gehen. Eine seltsame Freundin hast du uns da mitgebracht.«

»Sie ist nicht meine Freundin, sie hat mir nur das Leben gerettet«, schwächte ich ab. Immerhin war sie nicht die Einzige, auch Paolos Hund war heute mein Retter in der Not gewesen. Super, erst gute zwei Wochen in Italien und schon zweimal nur knapp mit dem Leben davongekommen. Auch ohne Mafia war dieses Land nicht ungefährlich, zumindest für Tollpatsche wie mich. Doch das war nebensächlich. Viel wichtiger war nun, Malte daran zu erinnern, dass wir nicht mehr zusammen waren, denn mittlerweile hatte er sich an meine Seite gelegt, Arm und Bein über mich geschlungen und begonnen, mir zärtlich den Hals zu küssen.

»Ähem, Malte«, fing ich an, »wegen heute Morgen …«

»Ach, vergiss heute Morgen«, unterbrach er mich. »Ich bin dir nicht böse, ich hab ja selbst ein bisschen übertrieben reagiert wegen Carla. Eigentlich ist sie ja eine ganz lustige Person, und sie hat uns heute wirklich unterstützt, für uns übersetzt und so. Es stört mich gar nicht mehr, dass sie nun hier wohnt.« Er biss mir zärtlich ins Ohrläppchen und beugte sich über mich, um mich zu küssen. Ich richtete mich auf und entzog ihm meinen Mund.

»Das meine ich nicht«, sagte ich. »Ich konnte ja sowieso nichts dafür, sie ist ja von ganz allein hergekommen. Aber was ich wegen heute Morgen sagen wollte …«

Wieder unterbrach er mich: »Ach, vergiss doch heute Morgen. Wir haben uns gestritten, na und? Das kommt schon mal vor, wenn man so lange zusammen ist, und du bist ja auch ein ganz schöner Dickkopf.«

Mein Dickkopf fing langsam an zu schmerzen angesichts der Ignoranz, die Malte an den Tag legte. Offenbar wollte er nicht verstehen, und ich holte gerade Luft, um ihm zu erklären, dass wir kein Paar mehr waren und er an meinem Ohrläppchen nichts mehr verloren hatte, da ging die Tür auf, und Carla kam mit einem riesigen Schminkkoffer zurück.

»Na, dann lass ich euch mal allein mit dem Mädchenkram«, sagte Malte. »Ich komm später noch mal vorbei. Ach so, und könntest du bitte morgen früh, wenn du dich wieder wohler fühlst, noch mal versuchen, dieses Kontrollbüro zu erreichen? Da haben wir ja immer noch keine Antwort von bekommen. Danke!« Damit verließ er das Zimmer in dem offensichtlichen Glauben, dass ich noch seine Freundin war.

»Das ist doch unglaublich. Wie ignorant kann man eigentlich sein?«, konnte ich nicht an mich halten, und Carla sah mich verständnislos an.

»Malte und ich sind getrennt«, erklärte ich ihr, aber auch sie missverstand mich:

»Non ti preoccupare, der kommt nachher sicher wieder, um nach dir zu schauen.«

Ich gab's auf. Morgen war auch noch ein Tag, um die Sache mit der Trennung zu bestätigen. Ich lehnte mich wieder in die Kissen zurück, legte den Laptop zur Seite und schloss die Augen. Carla probierte derweil rund um mein Knie die unterschiedlichsten Make-up-Farbtöne aus, damit ich meine Wunde am nächsten Tag überschminken könnte. Ich fand ihre Idee zu absurd, um mich dagegen wehren zu können, ließ sie gewähren und schlief ein.

Von Maltes Besuch in der Nacht hatte ich nichts bemerkt, aber die in sein Aftershave getränkte Plüscholive aus de Vivos Souvenirshop, die er direkt neben meinem Gesicht platziert hatte, genügte, um mir den Status quo in Erinnerung zu rufen: Malte wollte offenbar nicht wahrhaben, dass wir kein Paar mehr waren.

Wenigstens war mein Bein wieder abgeschwollen, das war zumindest eine gute Nachricht, und der Arzt, der netterweise noch einmal vorbeischaute, bestätigte mir, dass die Wunde sehr gut verheile. Überschminken solle ich sie jedoch nicht. Nachdem er mir das Versprechen abgenommen hatte, mich sofort bei ihm zu melden, falls das Bein Probleme machte, war ich entlassen. Ich fühlte mich wieder quietschfidel. Von meinem Ärger über Malte mal ganz abgesehen.

Paula war die Erste, mit der ich darüber reden konnte, und das tat ich ausgiebig, während wir uns für den Drehtag auf dem Hof der Entenmama Signora Forchielli fertig machten. Gestiegene Temperaturen ließen uns zu Sommerkleidern greifen, doch zuvor musste ich unter der Dusche mein Knie von fünfzehn verschiedenen Make-up-Testkreisen reinigen. Carla hatte wirklich ganze Arbeit geleistet, und das Ergebnis ihrer Hautanalyse fand sich in Form von drei verschiedenen Make-up-Töpfchen auf meinem Nachtisch: ein Ton, der jetzt passte, und die anderen beiden für den Fall, dass meine Haut in den nächsten Tagen noch mehr von der immer kräftiger werdenden Sonne gebräunt würde. Da ich es dem Arzt versprochen hatte und es auch selbst nicht für besonders gesund hielt, mir Make-up auf die Wunde zu schmieren,

hatte ich die Tiegel einfach hinter meinem Bett verschwinden lassen. Paula war mir in Sachen Malte heute
früh keine besonders große Hilfe, sie lachte sich halb
schlapp über die Situation.

»Das sieht ihm ähnlich!«, prustete sie. »Der ist so
eitel und von sich selbst überzeugt, dass er gar nicht auf
die Idee kommt, dass jemand mit ihm Schluss machen
könnte.«

»Ich verstehe das nicht«, meinte ich. »Ich meine, er
muss doch selbst gemerkt haben, dass es in letzter Zeit
zwischen uns echt mies gelaufen ist. Ich konnte ihm ja
überhaupt nichts mehr recht machen, und jetzt tut er auf
einmal so, als wäre nichts gewesen!«

»Klassischer Fall von Verdrängung – pass bloß auf,
dass du dich jetzt nicht von ihm einlullen lässt. Du hattest
deine Gründe, mit ihm Schluss zu machen, und daran hat
sich seit gestern sicher nichts geändert.«

Nein, das hatte es nicht. Auf der einen Seite fand ich es
zwar rührend, dass Malte sich wegen des Schlangenbisses
um mich sorgte, aber mir war längst bewusst geworden,
dass sich meine Gefühle ihm gegenüber verändert hatten.
Am besten, ich sagte ihm gleich beim Frühstück, dass es
mir mit der Trennung ernst war.

Im Frühstücksraum interessierten sich alle für meinen
Schlangenbiss: Ein paar junge Frauen aus Polen waren
geradezu aufgelöst, als sie davon erfuhren, hatte man
ihnen doch im Hinblick auf eine geplante Wanderung
versichert, dass auf Sizilien so gut wie keine Gefahr be-
stünde, von einem giftigen Tier gestochen oder gebissen

zu werden. Nun kam ich als Gegenbeweis daher, die bei einem harmlosen Aufenthalt in der Plantage von einem wilden Tier angegriffen worden und beinahe gestorben war – so zumindest hatte Carla es unter den Gästen der de Vivos verbreitet.

»Mamma mia, Ale muss man ständig das Leben retten«, erklärte sie gerade Nonna Margherita, als ich den Raum betrat. »In der Stadt springt sie vor ein Auto, in der Natur legt sie sich mit Schlangen an.«

»Meine Freundin war immer schon eine kleine Chaotin«, fügte Malte hinzu. »Du glaubst gar nicht, was ich mit ihr alles schon erlebt habe.«

Das war ja wirklich absurd. Schlimm genug, wenn er mir gegenüber versuchte, alles als normal hinzustellen, aber die anderen hatten doch gestern alle mitbekommen, dass wir uns getrennt hatten! Nonna Margherita sah mich fragend an, als ich zu den beiden trat.

»Buongiorno«, grüßte ich und sagte zu Malte gewandt: »Wir müssen reden.« Er legte seinen Arm um meine Schulter und küsste mich auf die Stirn. »Später, Schatz, jetzt frühstücken wir, und dann geht es los, deinen Drehplan umsetzen. Sie ist sicher ganz aufgeregt«, sagte er zu Ole und Jakob, die ein paar Meter weiter standen und die Situation misstrauisch beobachteten. »Ist ja immerhin das erste Mal, dass ihre Ideen in einem echten Film realisiert werden.«

Ich packte Malte am Ärmel und zog ihn mit mir auf die Terrasse.

»Hey, nicht so stürmisch, was ist denn los?«, fragte er.

»Malte, hast du da gestern was verpasst?«, fragte ich

zurück. »Wir haben Schluss gemacht, wenn du dich er-innerst. Wieso tust du vor den anderen so, als wären wir noch ein Paar?«

»Ach, Lexilein, wir haben doch nicht Schluss gemacht«, behauptete er. »Wir hatten einen Streit, das kommt vor. So, und nun komm frühstücken.«

»Aber es war mein voller Ernst gestern, als ich gesagt habe, dass wir nun getrennte Wege gehen!«, protestierte ich.

Malte lächelte mich nachsichtig an. »Aber das war doch nur, weil du wütend warst. Das hab ich doch nicht ernst genommen«, sagte er und strich mir in seiner so herablassenden Art über den Kopf.

Sprach ich Chinesisch? »Malte, hör mir zu«, rief ich und schüttelte ärgerlich seine Hand ab. Ich konnte es kaum fassen, er nahm mich überhaupt nicht ernst! Lang-sam wurde ich ernsthaft wütend. »Zwischen uns ist es aus, vorbei, Geschichte!«

Malte sah mich irritiert an. »Du willst also noch sauer sein, hm? Na gut, dann schmor weiter in deinem Frust, ich geh so lange frühstücken!«, meinte er, drehte sich um und ging zurück in den Frühstücksraum, wo er zwischen Dieter und Jakob Platz nahm.

So viel Ignoranz verschlug mir die Sprache. Mir fiel einfach nichts ein, was ich noch hätte sagen können. Gut, wenn Malte sich stur stellte, konnte ich das schon lange. Sollte er sehen, was er davon hatte! Also würde ich die Sache eben aussitzen. Und ebenfalls frühstücken gehen.

Als ich mich neben Paula setzte, sah sie mich fragend

von der Seite an. »Und, hat er nun begriffen, dass Schluss ist?«

Ich schüttelte den Kopf. »Ich hab es ihm gesagt, aber es sieht so aus, als glaube er mir nicht.«

Paula grinste. »Ja, das passt zu ihm!«

Stumm aß ich meine Cannolli mit Mandelfüllung und trank zwei Cappuccino, wobei es mir gelang, Malte vollständig zu ignorieren. Doch in mir brodelte es. Ich konnte mich kaum erinnern, jemals so wütend auf einen Freund, das heißt Exfreund, gewesen zu sein. Wie sollte ich seine Gegenwart nur während der nächsten Drehtage ertragen?

Nach dem Frühstück machten wir uns alle gemeinsam auf den Weg Richtung Taormina zu Signora Forchielli und ihren Blumen und Laufenten. Malte hatte wieder das Steuer übernommen, Dieter hatte ihm ganz offensichtlich verziehen, dass er sich den Bus hatte klauen lassen.

Die Stimmung war gut, Carla alberte mit Jakob herum, und Dieter gab letzte Anweisungen, wie das Tagespensum geschafft werden sollte.

Nach unserer Ankunft bekamen wir erst einmal einen Espresso, dann gingen Ole und ich über den Hof und filmten Land, Plantage, Beete und Tiere, während Dieter und Malte es übernahmen, Signora Forchielli ausführlich zu interviewen, was Paula und Jakob in wechselnden Einstellungen mit der Handkamera filmten. Carla spielte dafür die Dolmetscherin, denn Signora Forchielli wollte lieber Italienisch sprechen. Jakobs Begeisterung für Carla war ungebrochen. Ich hatte eher gemischte Gefühle – sie störte mich nicht und man konnte viel Spaß mir ihr haben, aber sie war schon etwas aufdringlich. Manchmal wünschte ich, Charly wäre hier. Ich musste ihr endlich berichten, dass ich mich von Malte getrennt hatte. Am besten, ich rief sie heute Abend an.

Der Tag verging wie im Flug, und ich war sehr stolz, dass Dieter meine Planung für gut genug befunden hatte, um sie umzusetzen. Am späten Nachmittag fuhren wir dann nach Taormina, um die Kunden der umliegenden Agriturismi, die Gemüsehändler, zu interviewen und noch einige atmosphärische Aufnahmen der Stadt im Abendrot zu machen.

Nach weiteren drei Stunden Arbeit in Taormina lud uns Carla – aus Dank dafür, dass sie uns bei den Dreharbeiten begleiten durfte – in ein nobles Restaurant zum Essen ein. Ich wäre zwar lieber in irgendeine kleine Trattoria mit typisch sizilianischer Küche gegangen – noble Restaurants kannte ich zur Genüge von den Urlauben mit meinen Eltern –, aber die anderen waren begeistert. Dass wir total underdressed waren, störte niemanden, denn Carla stellte uns dem Oberkellner direkt als Filmteam aus Berlin vor. Damit hatten wir Anrecht auf künstlerische Schlampigkeit. Während die anderen Gäste in feinen Anzügen und Abendgarderobe auftraten, trugen unsere Männer Jeans und Hemd und Paula, Carla und ich leichte Sommerkleider, die nicht verbargen, dass ein langer Arbeitstag hinter uns lag. Auch unsere Frisuren ließen wohl etwas zu wünschen übrig, und Make-up war einzig auf Carlas großzügig angemaltem Gesicht zu finden. Meine Bisswunde hatte ich mir natürlich nicht übergeschminkt. Das Bein hatte mir seit gestern kaum noch Probleme bereitet. Zwischendurch hatte ich es immer mal wieder hochgelegt, und das hatte offensichtlich genügt, um die Schwellung im Zaum zu halten. Schmerzen hatte ich gar keine mehr.

Carla war in dem Restaurant Stammgast, wie sie uns wissen ließ. »Che bel posto! Hier gibt es den besten Thunfisch in ganz Taormina, und nirgends hat man so eine geniale Aussicht auf den Ätna«, erklärte sie. Was den Fisch anging, würde ich mich des Urteils enthalten, aber die Aussicht war wirklich beeindruckend, da hatte sie recht.

Beim Essen saß ich Malte gegenüber. Den ganzen Tag über hatte ich mich um Distanz zu ihm bemüht – in der stillen Hoffnung, ihm so zu zeigen, dass ich es ernst meinte mit unserer Trennung. Nun versuchte ich, in seinem Gesicht zu ergründen, ob er wirklich nicht verstanden hatte, dass ich unsere Beziehung beendet hatte – oder ob er sich absichtlich taub stellte. Malte wich meinem prüfenden Blick jedoch aus und tat so, als sei er bester Laune. Er scherzte mit Jakob um die Wette.

»Nur noch wenige Drehtage, dann sind wir durch«, verkündete Dieter und bedankte sich schon mal vorsorglich für unsere »wirklich gute Arbeit« und dafür, dass wir den Rückschlag mit den verlorengegangenen Aufnahmen so gut weggesteckt hatten.

»Ich denke, der Rückschlag hat uns zwar frustriert, aber wir haben uns nicht kleinkriegen lassen«, erklärte Malte. »Beim Drehen im Ausland muss man ja immer mit unerwarteten Schwierigkeiten rechnen, dann kommt es eben auf Improvisationstalent und Kreativität an, um die Probleme zu lösen. Und die habt ihr alle gezeigt.«

»Was schlägt der denn heute für einen Ton an?«, flüsterte Ole mir zu, als Malte Richtung Toilette verschwand. »Er tut ja gerade so, als wäre er hier der Leitwolf, der alles unter Kontrolle hat, dabei ist er doch am meisten ausgerastet, als der Bus weg war, und wir haben uns die Lösungen überlegt. Ohne uns hätte er schön blöd dagestanden«.

»Was sagst du mir das?«, fragte ich. »Lass mich mit so was in Ruhe, ich hab mein eigenes Missverständnis mit ihm.«

»Bist du doch selbst schuld«, mischte sich Paula ein. »Mach ihm eben deutlich, dass du nichts mehr von ihm willst. Du musst dich auch mal durchsetzen, und wenn's nur beim Schlussmachen ist!«

Das hatte ich mir auch schon gesagt. Malte tat geradezu, als sei ich nicht zurechnungsfähig. »Ich hab's ihm doch schon gesagt! Wie oft denn noch? Mehr, als es ihm zu sagen, kann ich schließlich auch nicht tun«, protestierte ich schwach.

»Wir könnten ihm ja eine Affäre vorspielen«, schlug Ole vor. Das war ein egoistischer Vorschlag, denn er hoffte bestimmt, so Simonas Interesse zu wecken.

»Das könnte dir so passen«, lehnte ich dankend ab. »Meinst du, ich mache mit einem Arbeitskollegen Schluss, um mit dem nächsten was anzufangen? Den Fehler mache ich nicht noch einmal. Ich werde künftig Privates und Berufliches streng voneinander trennen.«

»Ist klar«, sagte Paula leicht spöttisch. »Deshalb hast du auch deine Freundin, die Lebensretterin, in unser Team eingeschleust.«

»Ich hab sie nicht eingeschleust!«, wehrte ich ab. »Außerdem: Sei doch froh, wir hätten so oder so einen Dolmetscher gebraucht. Ich kann schließlich nicht überall sein, und von euch spricht ja keiner Italienisch.«

»Außerdem verdanken wir ihr dieses leckere Essen«, sagte Paula.

»Genau«, bestätigte ich. »Ihr könnt mir alle dankbar sein.«

»Vor allem mein Bruder ist dir sehr dankbar«, lästerte Paula.

Wir schauten zu Jakob hinüber, der ausgelassen mit Carla flirtete.

»Italien«, seufzte ich. »Das Land der Liebe.«

Wenn auch im Moment nicht für mich.

Kapitel 13: SEPARAZIONE

Vier Uhr morgens! Was für eine Zeit. Es war noch stock-duster auf I Moresani, aber Dieter war unerbittlich. »Wenn wir den Ätna im Licht des Sonnenaufgangs in den Kasten bekommen wollen, müssen wir wenigstens eine halbe Stunde vorher dort sein«, hatte er gesagt und uns am Abend mit der Drohung ins Bett geschickt, denjenigen, der nicht rechtzeitig am Bus erschiene, zu feuern. Paula hatte also ihren Wecker auf Viertel vor vier Uhr gestellt, weil sie so lange im Bad brauchte. Als Leidtragende nutzte ich die Gelegenheit, Charly endlich von der Wende in meinem Leben zu informieren.

From: alex1986@studio-berlin.com
To: charlottedieerste@movieschool-berlin.com
Date: April 2nd, 4:05h
Subject: Re: Mach Schluss!

Liebste Charly,
jetzt kommt der Satz, nach dem du dich wohl seit einem halben Jahr sehnst: Du hattest recht!
Malte ist nicht die Liebe meines Lebens, und die ganzen Streitereien und sein Verhalten, seit wir auf

Sizilien sind, haben mir das bewusst gemacht. Also hab ich vorgestern mit ihm Schluss gemacht.

Ja, genau: ICH habe Schluss mit IHM gemacht.

Ich weiß, unglaublich, ich wollte dich auch anrufen, um Deine Reaktion live zu hören, aber dann kam etwas dazwischen, ich sage nur: Schlangenbiss.

Jedenfalls bekomme ich in manchen Momenten noch Angst vor meiner eigenen Courage und frage mich, ob er mir nicht doch fehlen wird, dann aber merke ich, dass es wohl die beste Entscheidung seit langem war. Und gestern Abend waren wir erst so spät aus Taormina zurück, da wollte ich dich auch nicht mehr stören. Wir müssen dringend telefonieren, ich brauche jetzt Deinen Zuspruch. Ruf mich an, wenn du wach bist.

Deine A.

Heute stand also endlich der Ätna auf dem Programm, wir wollten unter anderem über die Obstplantagen an seinen Hängen berichten, den unglaublich fruchtbaren Boden, der aus der Lavamasse entstanden war, und das Leben der Einheimischen in seinem Schatten, mit all seinen Risiken und Möglichkeiten.

Dieter hatte sich entschieden, Oles Vorschlag zu folgen und den Film mit einem Schwenk über den Ätna bei Sonnenaufgang beginnen zu lassen. Mit dem Blick auf die Landschaft im Abendrot, wie wir sie von Taormina aus gefilmt hatten, sollte er enden. Deshalb mussten wir um spätestens halb fünf losfahren, um den Sonnenaufgang nicht zu verpassen.

»Den Vulkan als Dreh- und Angelpunkt zu verwenden bietet sich einfach an, det is 'ne schöne bildliche Klammer. Außerdem kennt jeder Zuschauer den Ätna oder kann mit dem Namen zumindest etwas anfangen. Vulkane haben die Leute immer schon fasziniert«, erklärte Dieter.

»Richtig«, bestätigte Malte, und dabei fiel mir auf, dass er seit Tagen Dieter nach dem Mund redete. Das war ja kaum auszuhalten, so ein Schleimer. »Wir wollen zwar Fakten zu unserem Thema ökologischer Anbau in Europa liefern, diese müssen aber möglichst emotional verpackt werden«, fuhr er fort. »Deshalb ist ja auch die Story von der Entendame so hübsch, weil sie die Rückbesinnung auf traditionelle Anbautechniken vereint mit dem Drama der verlassenen Frau, die auf sich allein gestellt ist, weil der Vater ihrer Kinder sich eine andere gesucht hat.«

»Heißt das, ihr wollt darüber berichten, dass Signor Forchielli seine Frau betrogen und verlassen hat?«, fragte ich.

»Na klar«, sagte Dieter, »was meinst du, warum wa gestern so lange mit der Frau gequatscht haben – das bringt doch endlich mal ein bisschen Emotion in die sonst so friedliche Biowelt Siziliens: Da bauen sich zwei Leute eine gemeinsame Existenz auf, und dann verliebt der Mann sich ausgerechnet auf einer Biobauerntagung in eine andere. So läuft det also in Italien, det is mal real life!«

Ich war erschüttert: Dieter und Malte wollten die aus ihrer Sicht langweilige Doku aufpeppen mit dem Kummer dieser sympathischen Frau.

»Das könnt ihr doch nicht machen«, protestierte ich. »Das wäre ihr doch extrem unangenehm, wenn das im Fernsehen kommt!« In Zeiten von Facebook & Co. war es ohnehin schon schwer genug für Kinder, familiäre Konflikte nicht in aller Öffentlichkeit auszutragen, da fand ich ein wenig Rücksichtnahme bei unserer Arbeit wichtig. Außerdem strotzte das Italienbild, was die beiden vermitteln wollten, ja nur so von Klischees.

»Warum denn nicht?«, fragte Malte. »Wir berichten doch nur über wahre Umstände, die das Leben dieser Frau erschweren – und die sind im Land von Amore und Dolce Vita eben, typisch italienisch, romantischer Natur. Im Grunde heben wir doch hervor, wie großartig sie sich arrangiert hat – so dass eben alles in der Familie bleibt. In Deutschland wäre doch so was kaum vorstellbar, das wird die Leute interessieren. Außerdem hast du selbst vorgeschlagen, bei ihr zu drehen. Das ist doch super Werbung für sie und ihren Hof!«

Ich war nicht einverstanden. Alle Welt würde im Fernsehen sehen, dass Signora Forchielli von ihrem Mann wegen einer anderen verlassen wurde – na ja, vielleicht nicht alle Welt, aber etliche Fernsehzuschauer in Deutschland. Und ich war schuld daran. Mir wurde schlecht. Der Wunsch, den Film möglichst authentisch und dabei emotional zu gestalten, war ja schön und gut, aber der Sache auf Kosten dieser Frau mehr Brisanz zu verleihen, fand ich link.

»Ich weiß gar nicht, was du hast«, meinte Malte. »Ist ja nicht so, dass wir sie gezwungen hätten, uns das alles zu erzählen. Sie hat ganz von allein davon angefangen. Sie hat sogar in die Kamera gesagt, dass sie der Frau, die ihr den Mann ausgespannt hatte, am Anfang am liebsten die Augen ausgekratzt hätte, sich dann aber auf das Wohl ihrer Kinder besonnen hat und damit deren Kontakt zum Vater nicht abbricht, die geschäftliche Beziehung gesucht hat – wenn das nicht Mutterliebe ist!«

»Genau«, bestätigte Dieter. »Det is genau, was wir brauchen, um darzustellen, wie die Landwirte ihre Schwierigkeiten hier in den Griff bekommen, Landleben auf Italienisch sozusagen. Ganz hervorragende Recherche, Alex, wirklich.«

Unfassbar. Natürlich hatte ich den anderen von Signora Forchiellis Geschichte erzählt, aber doch nicht mit der Absicht, ihr Leid auszunutzen.

Kein Wunder, dass Dieter und Malte sich plötzlich so grün waren. Ich fand es unmöglich, dass sie die Vertrauensbasis, die ich im Vorgespräch mit ihr aufgebaut hatte, nun ausnutzen wollten. Doch bevor ich mich weiter aufregen konnte, klingelte mein Handy: Charly war wach? Um diese Uhrzeit?

Ich entschuldigte mich bei den anderen, die dabei waren, den Bus zu beladen. Nach dem Diebstahl hatte Dieter ja angeordnet, dass das Equipment jeden Abend ins Haus geschafft werden musste. Zwar rechnete keiner von uns damit, dass uns auch auf I Moresani jemand ausrauben könnte, doch Dieter wollte kein Risiko mehr eingehen.

Während die anderen also Kisten schleppten, ließ ich mich von Charly loben.

»Endlich, Alex! Ich bin so stolz auf dich. Und wie geht's dir jetzt mit der Entscheidung?«

»Mir geht es super. Aber natürlich gibt es Momente, in denen ich wanke, wie ich dir schon geschrieben habe.«

»Das sind die üblichen Nachwehen, das wird bald vorbei sein. Du musst nur noch ein bisschen durchhalten. Bleib stark, bis ihr wieder in Berlin seid, dann vergisst du ihn schneller, als du denkst. Versprochen!«

»Hoffentlich! Aber wieso bist du eigentlich schon wach?«

»Nicht schon, sondern noch. Ich hab dir doch von Marc geschrieben …«

»Dem Typen aus London?«

»Genau. Er war gestern spontan wieder in Berlin, weil er Sehnsucht nach der guten Charly hatte.«

»Nach nur zwei Tagen?«

»Was soll ich sagen, der Mann ist eben verrückt nach mir.«

»Ach, und jetzt hat er wieder den Frühflieger genommen?«

»Nicht ganz«, kicherte Charly. »Er liegt hier neben mir und schnarcht.«

»Du bist unmöglich, du kannst doch nicht einen wildfremden Typen mit zu dir nach Hause nehmen!«, rügte ich sie.

»Hab ich auch nicht«, sagte Charly. »Wir sind in deiner Wohnung, weil ich doch noch die Blumen versorgen musste.«

»Na, besten Dank, ich hoffe, du beziehst das Bett frisch und zählst meine Sammlung antiker Wanduhren durch, wenn ihr die Wohnung verlasst.«

»Sei nicht spießig«, kam es zurück. »Marc ist in Ordnung und hat es nicht nötig, zu klauen. Und überhaupt, lass uns lieber über dich reden: Wie geht es jetzt mit deinem Olivenbauern weiter? Läuft da was oder wie?«

»Quatsch, ich hab mich doch nicht von Malte getrennt, um mich in einen Sommerflirt mit Paolo stürzen zu können, sondern weil ich gemerkt habe, dass wir zusammen nicht mehr glücklich sind. Vor allem ist mir klar geworden, wie sehr er meinem Leben seinen Stempel aufgedrückt hat und dass ich mich mehr darum kümmern muss, was ich selbst eigentlich will. Wenn ich mich also irgendwann neu verliebe, dann bestimmt nicht in jemanden, der mehr als zweitausend Kilometer von Berlin entfernt lebt!«

»Wieso?«, fragte meine Freundin. »Es muss ja nicht für die Ewigkeit sein, und gegen einen kleinen Urlaubsflirt ist doch nichts einzuwenden, oder ist der Typ etwa doch nicht so toll, wie du ihn beschrieben hast?«

»Doch, Paolo ist schon ein ziemlicher Hammer. Aber er ist, glaube ich, sowieso nicht an mir interessiert«, wiegelte ich ab.

»Woher weißt du das?«

»Weil ich vorgestern von einer Schlange gebissen wurde, und erst sah es so aus, als machte er sich Sorgen um mich, aber eben nur so wie bei jedem x-Beliebigen. Denn gestern hab ich den ganzen Tag nichts von ihm gehört. Er hat sich nicht mal nach mir erkundigt«, sagte ich.

»Du bist waaas? Von einer Schlange gebissen worden?«

»Ja, das hab ich dir doch in meiner letzten Mail geschrieben!«

»Ja schon«, sagte Charly. »Aber ich hab gedacht, mit

Giftschlange meinst du irgendwie Paula oder Simona oder Carla, eben eine von den Frauen da. Kann ja nicht ahnen, dass du eine echte Schlange meinst!«

»Und wieso bitte schön hätte mich eins von den Mädels beißen sollen?«, fragte ich.

»Na ja, ich dachte, das wäre nur eine Metapher für Rumgezicke oder so. Du bist also wirklich von einer Schlange gebissen worden? Krass!«

»Ja, aber Paolos Hund und sein Erntehelfer haben mich gefunden und den Arzt gerufen, also alles halb so schlimm.«

»Paolos Hund hat einen Erntehelfer?«

»Quatsch, Paolos Erntehelfer natürlich, dieser ältere Mann, der immer auf I Moresani Wein trinkt. Hab ich doch von erzählt!«

In dem Moment kam Paula um die Ecke: »Alex, komm, wir müssen los!«, rief sie.

»Charly, wir reden später weiter, wir wollen jetzt zum Ätna.«

»Okay, stürz dich nicht vor Verzweiflung in den Krater, sei froh, dass du Malte, den Langweiler, los bist!«

»Bin doch froh!«, rief ich noch ins Telefon, dann legte ich auf und stieg zu den anderen in den Bus.

»Was bist du?«, fragte Malte, der das Ende des Telefonats mitbekommen hatte.

»Froh, dass wir alle so gut zusammenarbeiten«, behauptete ich und hätte mir dabei am liebsten auf die Zunge gebissen. Warum hatte ich nicht einfach die Wahrheit gesagt? So weit her war es wohl mit meiner neuen Selbständigkeit noch nicht.

Er gab sich mit meiner Antwort zufrieden, und ich fragte mich, ob er eigentlich immer noch dachte, dass ich seine Freundin sei.

Die Fahrt zum Ätna verging sehr rasch, was zum einen daran lag, dass die Menschen in den umliegenden Ortschaften um diese Zeit noch tief und fest schliefen und wir nahezu allein auf der Autobahn waren. Zum anderen verlangte Dieter von Malte, das Gaspedal voll durchzutreten, damit wir auf jeden Fall noch den Sonnenaufgang mitbekämen. Er hatte sich nämlich verkalkuliert, was die Fahrtzeit anging. Das Navi hatte ihn eines Besseren belehrt, und deshalb saß er nun wie auf heißen Kohlen auf dem Beifahrersitz und forderte Malte im Fünfminutentakt mit »Gib Gummi!« zum lebensgefährlichen Rasen auf.

Wenige Minuten bevor die ersten Sonnenstrahlen über den Horizont kletterten, kamen wir an – und die Ausmaße des Mongibello übertrafen all meine Erwartungen. Von Taormina aus hatte der Vulkan gar nicht so riesig gewirkt, aber hier im Parco dell'Etna erkannte man seinen gigantischen Umfang. Über ein Quadratkilometer Land gehörte zu diesem Berg. Ein Großteil der Fläche bestand aus Lavagestein, wobei auf dem fruchtbaren Boden der unteren Hänge Obstbaumplantagen zu sehen waren. Wir ließen Ole und Jakob mitsamt Ausrüstung auf einer kleinen Anhöhe aussteigen, von der aus man einen phantastischen Blick in Richtung der Hauptkrater hatte. Sie sollten schon einmal das Set einrichten, während wir den Bus auf einem Touristenparkplatz des Piano Provenzana, eines der Besucherzentren in der Nähe, abstellten. Paula und ich setzten alle unsere Reize ein, um einen jungen Sizilianer dazu zu bewegen, uns sieben Cappuccino zu verkaufen, obwohl sein Panificio eigentlich erst um sieben Uhr öffnete. Wir trafen wieder bei Ole und Jakob ein, als die Sonne gerade begann, den Ätna in ein frühmorgendlich glänzendes Licht zu tauchen.

Beeindruckt von so viel Schönheit, standen wir zu sechst nebeneinander und starrten schweigend auf den größten aktiven Vulkan Europas. Paolo hatte recht gehabt: Wenn man am Fuße des Mongibello stand, empfand man sich selbst und all seine Problemchen als klein und unbedeutend.

Nur Ole ließ sich nicht vom Berg aller Berge beeindrucken, was aber daran lag, dass er zu tun hatte. Immerhin hatte er nur diese eine Chance, gute Bilder vom Ätna zu machen. Er positionierte sein Kamerastativ immer wieder neu und kommentierte, vor sich hinbrummelnd, jede einzelne Blickrichtung. Ich holte die Digicam aus meiner Manteltasche und zoomte, so nahe es ging, an die Nebenkrater der Bergflanken heran. Dann machte ich noch ein paar Gruppenfotos, damit der Dokumentarfilm nicht die einzige Erinnerung an diesen Sizilientrip blieb.

Ole hantierte noch eine gute halbe Stunde mit der Kamera herum. »Das wird das Intro, da muss ich die besten Bilder machen!«, erklärte er, was wir alle selber wussten.

»Ja, mach du mal«, meinte Dieter. »Paula und ich besorgen inzwischen neuen Kaffee.«

»Chi la dura la vince, Beharrlichkeit führt zum Ziel«, meinte Carla zu Ole. Manchmal redete sie auch nur, um zu reden, schoss es mir durch den Kopf. Je mehr die anderen sich an ihre Gegenwart gewöhnten, desto mehr ging mir ihre omnipräsente Art auf die Nerven. Das war natürlich ungerecht, denn sie war uns in diesen Tagen nicht nur eine Hilfe beim Dolmetschen, sondern hatte auch schon mit ihrer Ortskenntnis und ihren Kontakten einiges zum Projekt beigesteuert. Aber mir fehlte hier einfach eine Freundin wie Charly, mit der ich über alles reden konnte, zum Beispiel über die Sache mit Malte. Er stellte sich nämlich gerade neben mich und legte mir den Arm um die Schultern.

»Ist ja richtig romantisch hier«, sagte er. »So langsam verstehe ich, was dir an dieser Insel so gefällt.«

Erst wollte ich seinen Arm abschütteln, aber das wäre mir hier, vor den anderen, eine zu harte Geste gewesen. Außerdem fröstelte ich leicht, und seine Umarmung sorgte für eine angenehme Wärme. Dennoch war es an der Zeit, dass er begriff, wie es um uns stand. Wie sollte ich es ihm nur unmissverständlich klarmachen, ohne dabei grob zu werden? Denn immerhin hatte ich mir vorgenommen, wieder mehr darauf zu achten, mir selbst treu zu bleiben, und dazu gehörte zwar, Malte Addio zu sagen. Aber unhöflich zu werden hätte genauso wenig zu mir gepasst wie er.

»Amiamo Mongibello, wir Sizilianer lieben unseren ›Mongibello‹«, erklärte Carla, die neben uns getreten war. »Er ist über dreitausend Meter hoch und über eine halbe Million Jahre alt. Ein Gigant!«

»Bricht er noch oft aus?«, fragte ich und entwand mich endlich Maltes Arm.

»Periodicamente, regelmäßig«, antwortete Carla. »Überall auf dem Berg verteilt sind kleine Krater, aus denen alle paar Jahre Lava fließt, und Rauch steigt eigentlich permanent irgendwo auf.«

»Ich würde gern einen der Naturlehrpfade begehen«, sagte ich. »Aber dafür werden wir wohl kaum Zeit haben.«

»Das wäre doch etwas für unseren letzten Tag. Falls wir vor der Abreise noch etwas Zeit haben«, sagte Malte und trat wieder näher an mich heran. »Wäre doch romantisch, nur wir zwei und ein Picknickkorb voll frischem Obst und Gemüse, was meinst du?«

Oles Blick bei seinen Worten sprach Bände, auch Jakob drehte sich hüstelnd zur Seite. Das ging wirklich nicht so weiter. Ich nahm Malte bei der Hand und zog ihn ein paar Meter weg von den anderen, damit nicht alle unser Gespräch mithörten.

»Malte, was ist bloß los mir dir? Erst bist du tagelang schlecht gelaunt, verfluchst Italien, beschimpfst mich grundlos und sorgst dafür, dass wir uns fast unentwegt streiten. Und nun das! Du ignorierst einfach, dass wir vorgestern ganz eindeutig Schluss gemacht haben. Könntest du bitte ernst nehmen, was ich gesagt habe? Denn was mich betrifft, bleibt es dabei. Ich meine, wir können ja gern befreundet bleiben, und ich finde es auch wichtig, dass wir weiterhin gut zusammenarbeiten …«

»Du willst diese ›Ich brauche dich nicht mehr und trenne mich‹-Nummer also wirklich durchziehen?«, unterbrach er meinen verzweifelten Redefluss.

»Ja, das will ich«, bestätigte ich und hatte aus unerklärlichen Gründen einen Kloß im Hals. »Ich denke, jeder von uns sollte seine eigenen Wege gehen.«

»Okay«, antwortete Malte trocken, und ich war fast ein wenig enttäuscht von seiner sachlichen Reaktion. Das hielt allerdings nur kurz an. »Aber wenn du glaubst, du kannst in Berlin wieder angekrochen kommen, dann hast du dich geschnitten«, fügte er nämlich hinzu. »Wenn es jetzt aus ist, dann für immer.«

»So soll es sein«, druckste ich und fühlte mich, als hätte er mich abserviert, statt umgekehrt.

Malte machte auf dem Absatz kehrt und ging zu Jakob, um ihm beim Einpacken zu helfen. Ich schlich zu Paula, die vom Kaffeeholen zurück war, und trank meinen in einem Zug aus.

Der Rest des Tages rund um den Vulkan verlief ereignislos. Vor der spektakulären Kulisse bekamen wir tolle Bilder, und ich genoss die Arbeit, da sie mich davon abhielt, über das Gespräch mit Malte nachzugrübeln. Im Besucherzentrum erkundigten wir uns ausgiebig nach der landwirtschaftlichen Nutzung des Parco dell'Etna, und am Ende des Tages war Dieter zufrieden. So langsam wurde der Film eine runde Sache, wir hatten reichlich Material gesammelt und konnten auf dieser Basis anfangen, über den Schnitt nachzudenken.

»Agricultura biologica«, erklärte uns der Besitzer einer Orangenplantage, die direkt am Vulkan lag, »heißt für uns nicht nur, die Pflanzen vor unnatürlichen Einflüssen zu schützen, sondern vor allem, die natürlichen Einflüsse und ihre positiven Auswirkungen zu stärken. Das ist eine geradezu wissenschaftliche Herangehensweise, die sich hier entwickelt hat aus dem Bedürfnis der Menschen, die Natur so anzunehmen, wie sie sich uns anbietet. Wenn bei uns eine Olivenart zu oval wird, um in eine vorgegebene Norm zu passen, dann stampfen wir sie nicht zu Paste, nein, wir fördern ihren Wuchs und machen daraus eine speciale.«

Ich hatte noch nie davon gehört, dass Oliven zu oval sein könnten, aber ausschließen konnte man im büro-kratieversessenen Europa ja nichts, also glaubte ich dem Bauern seine Speciale-Story.

Außerdem erklärte er mir noch, dass viele Biobauern auch auf kosmische Einflüsse achteten und ihre Saat nach bestimmten Mondkonstellationen planten. »Unsere Hauptaufgabe ist jedoch, den Erdboden nicht auszulau-gen, sondern seine Fruchtbarkeit zu bewahren.«

Der Ätna-Bauer gehörte einem der Bioverbände an, die einem EU-weiten Kontrollwerk unterstanden. Mir fiel Paolos Kommentar zu den italienischen Kontrollorganen wieder ein. Vielleicht war ein Biosiegel nicht gleich eine Garantie für Qualität, aber es zeugte immerhin von dem guten Willen und den Bemühungen, Lebensmittel auf natürliche und nachhaltige Weise herzustellen.

Am späten Nachmittag verließen wir die Gegend um den Ätna wieder und fuhren zurück nach I Moresani, wo Dieter uns eröffnete, dass wir den Abend frei hatten und am nächsten Morgen ausschlafen könnten, da er erst für Mittag eine Teambesprechung ansetzte. Paula erklärte, die unerwartete Freizeit für einen Saunagang nutzen zu wollen, Ole machte sich zum Joggen auf, und Jakob lud

Carla »als Dank für ihre Unterstützung« zum Essen ins Restaurant unseres Hofes ein. Malte hatte offenbar endlich begriffen, was los war, denn er machte keinerlei Anstalten, mich nach einer gemeinsamen Unternehmung zu fragen. Ich war froh darüber, gleichzeitig war es auch seltsam. Ich war nicht sicher, ob ich Malte verletzt hatte oder ob es ihm mehr oder weniger gleichgültig war, dass es nun aus zwischen uns war. So suchte ich erst mal per Mail Rat bei Charly, und da sie gerade am Computer saß und eine Hausarbeit schrieb, bekam ich postwendend Antwort:

From: charlottedieerste@movieschool-berlin.com
To: alex1986@studio-berlin.com
Date: April 1st, 18:33
Subject: Re: Ungewissheit

Also wirklich Alex, Du spinnst ja. Da wird dir der Traummann schlechthin auf dem Nachbarhof, also quasi auf dem Silbertablett, serviert, und statt Dich mal darum zu kümmern, was mit ihm laufen könnte, beschäftigst Du Dich immer noch mit dem eitlen Körnerfresser. Kümmer Dich mal schön um Deine Gefühle, Malte muss selbst sehen, wie er ohne Dich klarkommt, er hat schließlich auch nichts dafür getan, Dich zu halten. Spätestens in zwei Tagen will ich hören, dass Du mit diesem Sahneschnittchen geknutscht hast, sonst komm ich persönlich nach Sizilien und erledige das für Dich.
Ciao bella, C.

Vielleicht hatte Charly recht, und ich sollte mir lieber Gedanken um mich selbst als um Malte machen. Ich beschloss, auf Charly zu hören und Paolo und Enzo einen Besuch abzustatten. Vielleicht konnte ich unserem Nachbarn wieder bei der Limoncello-Produktion helfen oder einfach nur gemütlich mit ihm reden. Ich lieh mir wieder Simonas Fahrrad, zog die knallgelbe Warnweste über, von der ich gehört hatte, dass sie außerhalb der Ortschaften in Italien Pflicht war, und radelte Richtung di Gioia. Auf halbem Weg kamen mir jedoch Zweifel. Warum zog es mich eigentlich immer wieder zu Paolo? Er hatte mich doch nicht eingeladen. Seit dem Schlangenbiss hatte er sich nicht ein Mal nach meinem Wohl erkundigt. Wenn ich nun zu ihm führe, würde das doch fast aufdringlich wirken.

Nein, aufdringlich wollte ich nun wirklich nicht sein.

Ich wendete und radelte die Landstraße wieder hinunter Richtung I Moresani. Als ich in die Einfahrt einbog, sah ich den vertrauten Jeep neben Micheles Auto stehen. Ich musste grinsen. Da hätte ich schön blöd vor verschlossener Tür gestanden. Ich lehnte das Fahrrad gegen die alte Steinmauer und betrat die Bar. Am Tresen saßen Paolo, Michele, Giuseppe und – Malte. Simona bewirtete sie.

»Lexi, komm her«, rief Malte. »Setz dich zu uns, wir haben gerade von dir gesprochen.«

»Wirklich?«, fragte ich misstrauisch. »Über was denn genau?«

»Paolo hat uns erzählt, wie geschickt du dich beim Limoncellomachen angestellt hast. Ich hab ihm gesagt, dass zu Hause ich eigentlich eher derjenige bin, der kocht, aber Italien scheint bei dir weibliche Talente zu wecken.«

Die Spitzen in seinen Worten waren nicht zu überhören. Und es gefiel mir gar nicht, dass er Paolo gegenüber die Aufgabenverteilung in unserer Beziehung erwähnte. Immerhin waren wir mittlerweile getrennt, und selbst wenn es stimmte, dass er häufiger gekocht hatte als ich, lag das doch nur daran, dass er schon mehr Erfahrung mit vegetarischen Gerichten hatte. Er sollte mich mal eine Weihnachtsgans zubereiten sehen, das war nämlich eine Spezialität im Hause Herzogenaurich gewesen, bevor ich Vegetarierin geworden war.

Ich setzte mich zwischen Malte und Michele auf den einzigen freien Barhocker, und Simona goss mir vom Weißwein ein, den alle tranken.

»Interessant, auf diese Weise zu erfahren, wo sich meine Freundin die letzten Tage so herumgetrieben hat«, zischte Malte mir zu.

»Ich bin nicht mehr deine Freundin«, zischte ich zurück.

»Aber an dem Limoncelloabend warst du es noch. Und was genau ist da denn zwischen dir und dem Olivenbauern gelaufen, hm? Hast du mich etwa wegen dem verlassen?«

»Quatsch«, sagte ich. »Da ist überhaupt nichts gelaufen, ich hab dich verlassen, weil das zwischen uns so nicht weiterging und ich gemerkt habe, dass sich meine Gefühle zu dir verändert haben.« Dann sagte ich entschuldigend in Richtung unserer italienischen Freunde, die ja glücklicherweise kein Wort verstehen konnten: »Che c'è di nuovo?«

»Wir bekommen neue Gäste«, sagte Michele. »Die jetzigen reisen erst in zwei Tagen ab, aber für morgen haben sich bereits drei neue Gäste angemeldet. Wir werden ein zusätzliches Zimmer brauchen für die beiden Nächte.«

»Oje«, meinte ich. »Und was nun? Müssen wir ausziehen oder ein Zimmer abgeben?«

»No, non c'è problema. Simona ist so nett und stellt ihr Zimmer den Gästen zur Verfügung, bis die Polinnen abgereist sind«, antwortete Michele. »Sie schläft so lange bei einem Freund.«

»Dormo da Paolo, ich schlafe bei ihm«, erklärte Simona. »Das habe ich schon oft gemacht.«

Ich zuckte unmerklich zusammen. In Paolos Gesicht war keine Regung zu erkennen, es schien für ihn die normalste Sache der Welt, dass verkündet wurde, dass Simona bei ihm übernachtete. Also hatte ich mit meiner Vermutung vom ersten Tag an richtig gelegen: Paolo und Simona waren offensichtlich ein Paar. Genau das wollte sie mir hier doch unter die Nase reiben mit ihrem »Das habe ich schon oft gemacht«. Sie markierte ihr Revier. Charly hatte mit ihrem Schlangenvergleich gar nicht so verkehrt gelegen. Andererseits: Wenn Simona wirklich Paolos feste Freundin war, dann war ich in ihren Augen wohl eher das Biest, das sich zu viel in seiner Nähe aufhielt. Jedenfalls war es kein Wunder, dass sie meine Besuche bei ihm so argwöhnisch beäugt hatte. Aber warum sah man die beiden nie zusammen? Bislang hatte ich nicht beobachten können, dass sie besonders liebevoll miteinander umgingen. Paolo hatte sie mit keinem Wort erwähnt, als ich bei ihm war. Und in seinem Bad wies überhaupt nichts auf regelmäßigen Frauenbesuch hin.

»Enttäuscht, dass er in festen Händen ist?«, fragte Malte. So ein Aas. »Hätte ich dir gleich erzählen können, Simona hat mir neulich schon von ihm vorgeschwärmt.«

»Wie kommst du denn darauf? Ich finde so eine Hilfe zwischen Nachbarn super«, tat ich, als ginge mich das alles nichts an. Sollte bloß keiner denken, die Neuigkeit mache mir etwas aus. Es konnte mir doch egal sein, wer hier mit wem eine Beziehung hatte. In ein paar Tagen waren unsere Dreharbeiten beendet, und ich würde wieder zurück nach Berlin fliegen, als Single, mit vielen Erfahrungen im Gepäck und bereit für Neues.

Selbst wenn Paolo nicht mehr zu haben war, fand ich es toll, ihn getroffen zu haben. Einen jungen, attraktiven Sizilianer, der den Hof seines Vaters in Ehren hielt und biologisch bewirtschaftete. So jemanden lernte man nicht alle Tage kennen. Doch der Gedanke an seine grünen Augen versetzte mir einen Stich. Umso weniger war mir danach, neben dem Stinkstiefel Malte am Tresen sitzen zu bleiben und den anderen weiter zuzuhören. Ich würde austrinken und mich auf mein Zimmer zurückziehen, um Trost bei Charly zu suchen.

Beim Griff nach meinem Glas blieb ich mit meinem Ärmel an einem Haken am Tresen hängen. Durch den plötzlichen Ruck warf ich mein Weinglas um, und das gute Zeug breitete sich auf dem Tresen aus und tropfte mir auf den Rock. »Oh, mi dispiace!«

»Non fa niente«, sagte Simona in zuckersüßem Ton.

Malte grinste hämisch, und Paolo runzelte erstaunt die Stirn. Das war das Zeichen für mich, zu gehen. Ich half Simona noch beim Aufwischen der Weinlache, dann verabschiedete ich mich und verließ den Ort meiner Niederlage.

Ich versuchte, Charly zu erreichen, doch sie ging nicht ans Telefon, wahrscheinlich war sie wieder einmal unterwegs. Sie machte das richtig: Partys feiern und immer neue Männer kennenlernen, sie tobte sich aus und verknallte sich immer wieder neu, einfach nur, weil ihr danach war.

Ich hingegen war noch nicht mal Mitte zwanzig und hatte schon Probleme, mich von einem Stiesel wie Malte zu trennen, und der Einzige, der ein interessanter Kandidat für Neues gewesen wäre, war schon vergeben.

Das Leben konnte wirklich hart sein.

Kapitel 14: CONFUSIONE

Noch fünf Drehtage hatte Dieter angesetzt. Wenn wir die wie geplant und ohne Pannen durchziehen konnten, würden uns bis zu unserem geplanten Abflug noch zwei weitere Tage bleiben. Da das Umbuchen einiges kosten würde, hatte uns die Produktionsleitung von Studio Berlin angeboten, trotzdem zu bleiben und die Zeit zu unserer freien Verfügung zu nutzen, sofern wir die Hälfte der Unterbringungskosten übernähmen. Ich fand das Angebot trotz meiner geschröpften Kasse großartig und wollte es unbedingt annehmen. Denn auch wenn es noch fast eine Woche bis zur geplanten Rückkehr war, wachte ich heute schon mit einem leisen Abschiedsschmerz auf.

Sizilien zeigte sich von seiner besten Seite: Sonne, neunzehn Grad, zwitschernde Vögel – was will man mehr? Harmonie vielleicht, aber da war nichts zu machen. Seitdem auch Malte begriffen hatte, dass ich nicht mehr seine Freundin war, herrschte Eiszeit zwischen uns. Er fuhr mir ständig über den Mund, zog alles, was ich sagte, ins Lächerliche und genierte sich nicht, offensiv mit Carla zu flirten, die darauf, zum Leidwesen des armen Jakob, nur allzu bereitwillig einging. Ich hingegen ärgerte mich zwar über sein lächerliches Verhalten, es berührte mich jedoch erschreckend wenig. Vielmehr half es mir, letzte Zweifel an der Notwendigkeit unserer Trennung auszuräumen.

Meinen persönlichen Befreiungsflirt hatte ich nach dem gestrigen Abend leider auf die Zeit nach meiner Rückkehr nach Berlin verschieben müssen. Wobei ich mir im Moment noch überhaupt nicht vorstellen mochte, bald wieder im feuchtkalten Grau des Berliner Vorfrühlings zu sitzen. Umso mehr hatte ich vor, die letzten Tage hier zu genießen. Es gab noch so viel zu sehen: die Terrassenseen der Cava Grande del Cassibile zum Beispiel, Palermo oder die Äolischen Inseln. Darüber hatte ich im Internet gelesen, dass die Menschen dort, bedingt durch die Insellage und den begrenzten Raum, umweltfreundliches Alltagsverhalten längst verinnerlicht hatten. Sie trennten ihren Müll und bemühten sich um sparsamen Umgang mit Strom und Wasser. Hier auf Sizilien war man offenbar noch einen Schritt hinterher. Zwar lebten wir bei den de Vivos auf einem Biohof, aber was Recycling anging, sah es schlecht aus. Der Müll wurde als gemischter Hausmüll einmal wöchentlich abgeholt. Altpapiercontainer suchte man vergebens. Ob die berühmte Müllmafia in dieser Gegend aktiv war, wusste ich nicht.

Jedenfalls wollte ich in der letzten Woche noch so viel italienische Biokultur wie möglich kennenlernen. Immerhin war Sizilien berühmt für seine Küche und die vielen Lebensmittel, die nicht industriell produziert wurden. Ich hatte noch längst nicht alles probiert, was die traditionellen Küchenchefs hier anboten. Auf weitere Erfahrungen mit Meeresfrüchten wollte ich jedoch verzichten, ich war auf der Suche nach vegetarischen Spezialitäten. Daher würde ich heute nach den Dreharbeiten meinen ganz persönlichen Ricottakurs bei Nonna Margherita absolvieren. Die hatte nämlich auch zwei Tage nach meiner Trennung von Malte noch das Bedürfnis, mich aufzupäppeln. Ich sparte es mir, sie darüber aufzuklären, dass ich längst meine neue Freiheit genoss.

Auf dem Weg vom Frühstücksraum zu den anderen, die bereits am Bus warteten, rauchte ich noch eine und traf dabei auf Paolo. Er trug eine olivgrüne Arbeitshose und ein Muskelshirt und sah aus, als käme er direkt vom Feld. Super. Dieser Naturburschenlook übte wirklich einen gewissen Reiz auf mich aus, vermutlich auch, weil es das genaue Gegenteil vom spindeldürren, ständig kranken Malte war. Paolo war durch und durch ein Mann. Leider Simonas Mann. Er trug gerade ihr Gepäck hinaus, um es in seinen Jeep zu laden. Sie würde abends nach der Arbeit zu ihm hinüberfahren, und sicher würden die beiden einen romantischen Abend mit Wein und Kerzenschein verbringen.

»Buongiorno Alessandra«, grüßte er.

»Ciao«, grüßte ich bemüht gleichgültig zurück und wollte schnell weitergehen. Aber Paolo blieb stehen, stellte Simonas Koffer in den Wagen, wischte sich seine Hand am Shirt ab und reichte sie mir. Als ich meine Hand in seine legte, deutete er einen Handkuss an. Was sollte denn dieser Italo-Charme plötzlich? Bislang hatte ich ihn doch eher spröde und zurückhaltend erlebt. Verlegen entzog ich ihm meine Hand.

»Passa ancora a trovarmi! Komm doch Enzo und

mich mal wieder besuchen«, lud er ein. »Ich könnte deine Hilfe auf dem Hof gut gebrauchen. Frauenhände sind doch viel geschickter beim Streichen von Zaunlatten.« Er zwinkerte frech.

»Klar, ich komm gern vorbei, aber eher, um den Limoncello zu testen. Arbeit hab ich im Moment genug«, antwortete ich leicht verwirrt. »Aber wäre Simona nicht lieber mit dir allein, ihr seht euch doch so selten?«

»Raramente?«, fragte Paolo. »Ich sehe sie doch beinahe jeden Tag, wenn Giuseppe und ich hier Wein trinken.«

Meine Verwirrtheit nahm zu. Dass die beiden als unverheiratetes Paar noch nicht zusammenlebten, dafür hatte ich mir als Erklärung den Katholizismus der Sizilianer zusammengereimt. Aber dass es ihm ausreichte, sie abends hinterm Tresen stehen zu sehen, und er, wenn er seine Freundin schon einmal ein paar Nächte bei sich haben konnte, eine andere Frau zu Besuch einlud, konnte nur zwei Dinge bedeuten: entweder die beiden führten eine recht lockere Beziehung, oder Malte hatte Mist erzählt. Unter den gegebenen Umständen traute ich ihm das durchaus zu.

»Stasera, heute Abend?«, fragte Paolo.

»Heute kann ich leider nicht, Nonna Margherita zeigt mir, wie man Ricotta macht«, sagte ich. »Aber morgen ginge, wenn wir rechtzeitig vom Drehen zurück sind.«

»Domani?« Paolo überlegte. »Ja, das ginge. Aber nicht vor acht, ich habe morgen noch einen Termin mit … Non importa. Also um acht? Ich koche für dich eine Spezialität des Hauses di Gioia.«

»Va bene«, sagte ich. Dann gesellte ich mich zu den abfahrbereiten Kollegen in den Bus. Wir fuhren noch einmal zu Signor Lapi, dem redseligen Olivenbauern, dessen Hof wir an unserem ersten Tag ausgekundschaftet hatten.

Als wir dort eintrafen, dachte ich zuerst, die holländische Wandergruppe sei immer noch da, aber die Niederländisch sprechenden Gäste, die wir in der Plantage dabei beobachteten, wie sie Bäume stutzten, waren neu eingetroffen. Sie erzählten uns, dass sie zum ersten Mal auf einem Agriturismo logierten und den Hof von Freunden empfohlen bekommen hätten. So langsam begriff ich, wie es kam, dass die einzelnen Höfe sich nach den Nationalitäten ihrer Gäste unterscheiden ließen.

Carla war wieder dabei, obwohl sie sich, wie sie mir beim Frühstück erzählte, langsam zu langweilen begann. So aufregend, wie gedacht, sei die Filmarbeit nun auch wieder nicht, und Jakob und Malte fand sie zwar ganz niedlich, aber es sei ihr doch bewusst geworden, dass ihr deutsche Männer nicht temperamentvoll genug waren. Jakob war ihr offensichtlich eine Nummer zu schüchtern. Und so trieb sie sich verdächtig oft in der Nähe der Oranjes, wie Dieter sie nannte, herum. Gut möglich, dass wir abends ohne Carla nach I Moresani zurückkehren müssten. Mich wunderte bei ihrer Sprunghaftigkeit nichts mehr. Aber selbst damit erinnerte sie mich an meine Freundin in Berlin, von der ich schon wieder seit zwei Tagen nichts gehört hatte. Charly hatte lediglich ihren Status bei Facebook zu »Auf Reisen« geändert. Via iPhone. Vermutlich besichtigte sie gerade den Big Ben an der Seite ihres Londoner Consulting-Typen, während ich mir von einer achtzigjährigen italienischen Großmutter zeigen ließ, wie man Käse machte.

Dennoch war ich zufrieden. Es fühlte sich gut an, hier zu sein, an der Seite dieser nicht eben redseligen, aber warmherzigen Sizilianer, die ich mehr und mehr ins Herz schloss. Ich war eben ein Mensch, der in den einfachen Dingen des Lebens sein Glück finden konnte, wie in dem Mittagessen bei Signor Lapi: Er verwöhnte uns mit Bruschetta, Antipasti, Spaghetti mit getrockneten Tomaten und Oliven, einem Stück gegrillten Fisch, das ich ausließ, vino bianco und ein bisschen Sonnenschein. Was konnte es Schöneres geben? Paula und Jakob waren gutgelaunt, Ole sowieso, sogar Dieter war bester Dinge – nur Malte, der Griesgram, suchte nach etwas, womit er uns anderen die Laune verderben konnte.

»Da ist ein Haar im Olivenschälchen. Hier achtet wirklich niemand auf Hygiene«, sagte er beispielsweise, und: »Wenn es noch zwei Grad wärmer wird, werden wir zu spüren bekommen, dass im Bus die Klimaanlage ausgefallen ist.«

»Dann machen wir eben die Fenster auf«, konterte ich.

»Dann bekommen alle Zug und einen steifen Nacken.«

»Dann lassen wir uns im Spa in Messina massieren.«

»Damit uns wieder das Auto geklaut wird?«

Ich gab auf. Wenn er schlechte Laune haben wollte, sollte er doch. Ich beschloss, seine Nörgelei einfach auszublenden und ihn zu ignorieren.

Zurück auf I Moresani gab es eine Überraschung: An der Rezeption standen drei Männer Mitte dreißig und eine junge Frau, die sich mit Händen und Füßen zu verständigen versuchte. Das konnte doch nicht wahr sein! Sollte das etwa meine Charly sein?

»Jiiihaa!«, stieß ich einen Freudenschrei aus, und die Frau drehte sich prompt zu mir um: Es war Charly!

»Ciao bella!«, rief sie mir freudestrahlend entgegen und fügte an Michele gewandt hinzu: »Va bene.«

Dann liefen wir mit ausgebreiteten Armen aufeinander zu und fielen uns freudestrahlend um den Hals.

»Das gibt's doch gar nicht, was machst du denn hier?«, fragte ich.

»Dich besuchen!«, erklärte Charly.

»Moment mal, du glaubst aber nicht, dass ich dich in den Film einschleusen kann, oder etwa doch?«, fragte ich alarmiert.

»Ach was, was soll eine Vollblutschauspielerin, wie ich es bin, in einer öden Doku über Körnerfresser?«, rief sie frech. »Marc und ich hatten nur Lust auf einen spontanen Ausflug, und da ich ihm die pictures gezeigt habe, die du gepostet hast, war er war total begeistert von der Idee, sich den Ätna live anzusehen.«

»Marc?«, fragte ich. »Aus England? Hört sich zumindest so an, so wie du sprichst.«

Charly nickte. »Ich hab dir doch von ihm erzählt, oder nicht?« Sie wies auf die drei Männer, die noch bei Michele standen und sich ihre Zimmerschlüssel geben ließen.

»Welcher von denen ist er?«

»Der Hübscheste natürlich. Die anderen beiden sind Kollegen von ihm.«

Ich tippte auf den großen Blonden in der Mitte und ging mit ausgestreckter Hand auf ihn zu: »Hi Marc, I'm Alex, nice to meet you.«

Der Blonde schüttelte grinsend den Kopf: »Hi, I'm Greg, this is Marc and this is John.« Charly und ich hatten immer schon unterschiedliche Definitionen davon, was gutaussehend bedeutete.

»Dann seid ihr also die unerwarteten Gäste, deretwegen Simona ihr Zimmer zur Verfügung stellen und bei Paolo übernachten muss«, tadelte ich, aber Michele, der das gehört hatte, wehrte ab: »Nicht doch, das macht meine Tochter gern.« Ich glaubte ihm aufs Wort.

»Und wie lange könnt ihr bleiben?«, fragte ich.

»Die Jungs müssen in zwei Tagen wieder zurück, aber ich wollte eigentlich mit dir noch ein paar Tage dranhängen und die Insel unsicher machen«, sagte Charly.

»Ach, das ist eine tolle Idee. Allerdings hat Dieter unsere Rückflüge schon gebucht, und ich weiß nicht, ob wir dich da noch mit auf die Passagierliste bekommen.«

»Das lass mal meine Sorge sein, ich komm schon irgendwie zurück. So, und nun erzähl mal, was hast du heute Abend vor? Bist du vergeben oder können wir was unternehmen?«

»Ich wollte mir von Nonna Margherita zeigen lassen, wie man Ricotta macht«, sagte ich. »Aber das ist sicher nichts für die Jungs.«

»Keine Sorge, so wie ich die kenne, werden die heute Abend erst einmal ausgiebig den Hauswein testen und dann ins Bett fallen. Wenn's dich nicht stört, mach ich gern mit beim Käsemachen.«

Ich war begeistert: endlich eine vertraute Seele, jemand zum Reden, zum Spaßhaben! Nichts gegen Paula, aber sie war eben nur eine Kollegin und nicht in meinem Alter. Charly bot ihr an, die Zimmer zu tauschen, und da sie versprach, den Aufpreis für das Einzelzimmer zu übernehmen, schlug Paula begeistert ein. So teilten Charly und ich uns ein Zimmer wie früher auf Klassenfahrt.

Während Charly auspackte, half ich Paula, ihre Sachen in das Einzelzimmer hinüberzutragen. Die Tür zu Jakobs Zimmer stand einen Spaltbreit offen. Im Vorbeigehen hörte ich meinen Namen und hielt inne. Das war doch Maltes Stimme!

Interessiert trat ich näher an die Tür und lauschte. Was hatte er denn mit Jakob über mich zu bereden?

»Na klar, die kommt wieder angekrochen, spätestens in Berlin, wirst sehen! Die kann doch gar nicht ohne mich!«

Sprach er wirklich von mir? Ich traute meinen Ohren kaum. Jetzt spinnt er total, dachte ich, und horchte gespannt weiter.

»An Selbstbewusstsein mangelt es dir jedenfalls nicht«, meinte Jakob. »Kratzt es dich denn gar nicht, dass sie dich vor uns allen abgeschossen hat? Also, wenn eine Frau so mit mir Schluss machen würde – ich hätte die Nase voll von der und würde ihr keine Träne nachweinen. So toll sieht sie nun auch wieder nicht aus mit dem Rote-Zora-Look.«

Sehr nett, jetzt zeigte also Jakob auch mal sein wahres

Gesicht! Ich war kurz davor, das Zimmer zu stürmen und Jakob meine Rote-Zora-Meinung zu geigen. Doch meine Neugier, wie diese Schmierenkomödie weiterginge, war zu groß. Ich entschied mich fürs Weiterlauschen, was sehr aufschlussreich war.

»Ich wette mit dir«, hörte ich Malte sagen. »Keine drei Wochen, dann kommt sie wieder an. Aber dann werd ich sie schön schmoren lassen, bis ich mich ihrer erbarme.«

»Wenn du dich da mal nicht täuschst«, brummte der andere. »Im Moment sieht es nämlich eher danach aus, dass da ein ganz anderer Typ bei unserer Lexi angesagt ist.«

»Du meinst den Bauern von nebenan? Das hab ich geklärt. Hast du nicht ihr Gesicht gesehen, als ich behauptet habe, der wäre mit Simona zusammen? Damit ist er außer Konkurrenz, denn Lexi würde nie versuchen, einer anderen den Kerl auszuspannen, dafür ist sie viel zu korrekt.«

»Im Gegensatz zu dir«, meinte Jakob. »Und, wie ist nun dein Plan zur Wiedereroberung? Oh, Moment, ich schließ mal lieber die Tür.«

Ich konnte gerade noch weghuschen, bevor Jakob die Tür schloss. Nun konnte ich dem Gespräch nicht mehr folgen, aber was ich gehört hatte, reichte mir vollkommen. Wie hatte ich Malte nur so falsch einschätzen können! Was war er nur für ein Schuft. Der schöne Schein hatte seit unserer Ankunft auf Sizilien stetig an Glanz verloren, aber nun blieb wirklich gar nichts mehr übrig von dem, was ich an meinem Exfreund gemocht hatte. Fehlte nur, dass er in Wahrheit gar kein Vegetarier und Umweltschützer war.

Aber immerhin, wenigstens war jetzt die Wahrheit

über Paolos Beziehungsstatus raus: Er war alles andere als vergeben. Und ich hatte morgen eine Verabredung mit ihm. Dieser Lauschangriff hatte sich gelohnt.

Ich beschloss, mir später zu überlegen, was ich mit meinen Informationen anfangen würde, und lud Paulas restliche Garderobe in ihrem neuen Zimmer ab, dann holte ich rasch Charly ab, und wir machten uns auf zu Nonna Margherita.

»Ricotta infornata alla de Vivo!«, schwärmte Nonna und stellte uns die Basiskäsemolke vor die eifrigen Hände. Dann begann die Rührarbeit. Charly und ich bissen die Zähne zusammen und rührten, was das Zeug hielt, bis Nonna erhitzte Milch hinzugab und die Masse zu gerinnen begann.

Die Ricottaflocken, die sich hierbei bildeten, wurden anschließend abgeschöpft, um die Flüssigkeit auszulassen, und mit Salz gewürzt. »Quasi pronta. Nun noch in geeignete Gefäße füllen und abkühlen lassen«, erklärte Nonna.

»Und dann ist er fertig?«, fragte Charly.

»Nicht ganz! Ordentlich gewürzt, kommt die Käsemasse erst noch einmal in kleinen Gefäßen in den Ofen, um auszureifen. Am Ende sollte er dann so schmecken«, sagte unsere Zauberköchin, und schon bekam jede von uns einen Löffel Ricotta in den Mund. »Man kann auch Büffelmilch verwenden«, erklärte sie, »dann schmeckt er so« – wieder wurden die Löffel in unsere neugierigen Münder geschoben – »oder die Hitze bei der Herstellung oder die zugefügten Gewürze variieren. Jeder Käse schmeckt anders, wenn man ihn selbst macht.«

Ich war begeistert. Charly nutzte derweil die Gelegenheit, Nonna Margherita in unbeholfenem Englisch nach dem örtlichen *Who ♥ Who* auszufragen. Ich lauschte gespannt, ob sie auch etwas über die Familiengeheimnisse der de Vivos preisgeben würde. Doch der Verbleib der Mamma Lucia blieb ein Geheimnis – mehr als das, was ich schon wusste, nämlich dass sie Michele wegen eines anderen verlassen hatte, bekam auch Charly nicht aus der Großmutter heraus. Dafür bestätigte sie uns in dem Verdacht, dass Simona und Paolo einst ein Paar gewesen waren.

»È storia vecchia. Das liegt nun schon viele Jahre zurück«, erklärte Nonna. »Keiner weiß so recht, weshalb sie sich dann getrennt haben. Aber Simona ist ein gutes Mädchen, sie wird eines Tages einen Mann finden und mir reichlich Enkel schenken.«

Ich war zufrieden mit dieser Auskunft. Offenbar belegte hier niemand den attraktiven Nachbarn mit gültigen Besitzansprüchen.

»Ci piacerebbe vedere il film. Wenn eure Dreharbeiten abgeschlossen sind, würden wir uns freuen, uns das Ergebnis auch einmal ansehen zu können«, sagte Nonna Margherita. »Man will ja schließlich wissen, wie einen die Zuschauer im Ausland zu sehen bekommen.«

»Nur positiv!«, versicherte ich. »Wir berichten über die harte Arbeit bei der Olivenernte auf den verschiedenen Höfen, die Verarbeitung des Öls in der Ölmühle, die Wege der Obst- und Gemüsesorten durch eine Lebensmittelfabrik und zum Händler. Und wir zeigen auch die Kreativität einzelner Biobauern, wenn es darum geht, ihre

Höfe trotz wechselnder Lebensumstände wirtschaftlich zu betreiben, so wie es zum Beispiel Signora Forchielli auf ihrem Hof gelungen ist.«

Puh, was für ein Satz – jede zweite Vokabel musste ich während des Sprechens in meinem Hilfe-für-unterwegs-Dizionario nachschlagen, und vielleicht hatte ich doch etwas vertauscht, denn Nonna Margheritas Blick verdüsterte sich merklich.

»Ist etwas nicht in Ordnung?«, fragte Charly, während ich noch einen Löffel Ricotta verdrückte.

»Sagtest du Signora Forchielli?«, fragte Nonna.

»Ja, kennst du sie? Sie ist eine reizende Frau, so positiv, lässt sich nicht unterkriegen, obwohl ihr Mann sie wegen einer anderen mit Hof und Kindern sitzengelassen hat.«

»Der Mann führt ein negozio di alimentari in Palermo?«, fragte Nonna weiter.

Ich war verblüfft. Wie klein die Welt doch war, Nonna schien Signor Forchielli zu kennen.

»Genau! Sie verkauft ihm sogar noch ihre Ware. Ich könnte das nicht, ich wäre viel zu verletzt.«

»Der hat sie mit sechs Kindern sitzengelassen?«, fragte Charly. »So ein Schuft! Und wie mies von der anderen Frau, einer anderen nicht nur den Ehemann, sondern einen Familienvater auszuspannen. Als ob es nicht genug Männer gäbe, die noch zu haben sind. Wie selbstsüchtig!«

»Ti presento mia nuora. Diese andere Frau, die ihr den Mann weggenommen hat«, sagte Nonna Margherita, »ist meine Schwiegertochter Lucia.«

Nun war es also doch noch herausgekommen, das große Rätsel um die de Vivos. Wer hätte auch geahnt, dass meine tapfere Entenbäuerin aus Taormina das Pendant zum verlassenen Michele war. Der Abend endete mit zwei Flaschen Vino an der Bar, es war das erste Mal, dass ich die Großmutter dort erlebte. »Il bar è per gli uomini«, erklärte sie. »Wir Frauen sitzen abends lieber in der Küche zusammen, um unter uns etwas zu trinken.«

An diesem Abend aber brauchte sie ganz offensichtlich einen echten Tresen, an dem sie sich festhalten konnte, denn nun wollte sie alles über Signora Forchielli und ihre zahlreichen Bambini wissen. Die Vorstellung, dass es der Familie des Mannes, der ihr die Schwiegertochter genommen hatte, noch schlechter ging als ihrer eigenen, schien Nonna Margherita zu versöhnen. Sie fragte mich nach der Adresse von Signora Forchielli und sagte, sie würde ihr und den Kindern einen Besuch abstatten – wie alt die Kinder denn seien und was man ihnen für Geschenke mitbringen könnte. Ich war nicht sicher, ob die Entenmama sich über solch einen Besuch freuen würde, doch bis dahin waren wir ja längst wieder in Deutschland und aus der Schusslinie.

Charly war am Ende des Tages restlos begeistert. »Das war die beste Idee seit langem, dich hier zu besuchen!«, erklärte sie, als wir noch einen Abendspaziergang durch den Olivenhain machten, damit ich meine Nikotinsucht befriedigen konnte. »Diese Menschen sind so lebendig, egal ob es um Freude oder Leid geht, sie sind immer leidenschaftlich. Ich bin schon mächtig gespannt auf diesen Paolo, wann stellst du ihn mir vor?«

»Ich weiß nicht«, meinte ich. »Morgen bin ich erst mal allein mit ihm verabredet, er will mir ein typisch sizilianisches Gericht kochen.«

»Dann will er was von dir«, behauptete Charly. »Ganz klar. Wenn sich ein Mann so ins Zeug legt, hat er Pläne.«

»Die Sizilianer sind so stolz auf ihre Küche, vielleicht hat das gar nichts zu bedeuten. Denn warum sollte er seine Meinung plötzlich geändert haben?«, zweifelte ich. »Erst war er total abweisend mir gegenüber, dann ziemlich spöttisch, bei allem, was ich gesagt oder getan hatte, und nun soll er plötzlich romantisch werden? Von einem Tag auf den anderen?«

»Vielleicht hat er mitbekommen, dass du nicht mehr mit der Schnarchnase zusammen bist?«

Das war natürlich ein Argument. Vielleicht war Paolo ebenso korrekt veranlagt wie ich und würde nie versuchen, einem anderen die Frau auszuspannen?

Ich war gespannt auf den nächsten Tag.

Zuerst einmal verabschiedeten wir meine Lebensretterin, worüber ich sehr froh war. Carla erklärte uns beim Frühstück, dass sie sich Hals über Kopf in einen der Holländer bei Signor Lapi verliebt habe und uns heute noch verlassen werde, um mit ihm auf eine Wanderung rund um Sizilien zu gehen. Ich war mir sicher, dass es ihr spätestens fünf Kilometer hinter Catania zu langweilig werden würde, zumal sie in ihren Designerklamotten und auf ihren Highheels wirklich nicht wie die geborene Wanderin wirkte. Aber ihr Weggang bedeutete, dass ein Zimmer frei würde und die gute Simona wieder zurückkehren müsste – es gab keinen Grund mehr, eine weitere Nacht in Paolos Haus zu verbringen.

Jakob war die Enttäuschung über Carlas Abschied anzusehen, Ole hingegen freute sich, Simona für die letzten Tage wieder in seiner Nähe zu haben. Dass beide Männer vergeblich auf ihre Chance bei den Italienerinnen gehofft hatten, tat hierbei nichts zur Sache. Das Thema Amore in Italien spielte sich für die Deutschen offensichtlich zu einem nicht geringen Teil in ihrer Phantasie ab.

Charly schüttelte nur den Kopf über meinen Vergleich zwischen ihr und Carla. »Allein schon diese Haare!«, meinte sie. »Warum hat sie bloß niemand davon abgehalten, sie rot zu färben? Das sieht ja grausam aus!«

Ich verschwieg, dass Carla sich für die Frisur meinen Haarschopf zum Vorbild genommen hatte. Und ich war froh, die Original-Charly bei mir zu haben, auch wenn sie den Tag mit Marc beim Vulkan verbringen würde, während ich mit Malte & Co. Außenaufnahmen eines Agriturismo bei Messina machen würde. Auch den Abend würden wir getrennt verbringen, denn ich hatte ja mein Date mit Paolo, das mir einen unruhigen Magen bescherte.

Viel zu früh erreichte ich das große Zufahrtstor mit dem ersten der unzähligen Verbotsschilder. Sicher war Paolo noch nicht da, er hatte ja ausdrücklich gesagt, dass er erst ab acht Uhr abends Zeit habe. Ich stellte das Rad ab, öffnete das Tor und schaute mich nach Enzo um, doch auch der Hund war nirgends zu sehen. Stattdessen erkannte ich den silbernen Maserati vor dem Haus. Mich schauderte. Also war der unangenehme Typ, dieser Mafioso, mit dem Paolo offenbar Ärger hatte, schon wieder da.

Tatsächlich traten Paolo und er gerade durch die Tür, als ich ums Haus herum kam. Enzo wich seinem Herrchen nicht von der Seite, und beide Männer hatten versteinerte Mienen. Worum es wohl bei ihren seltsamen Treffen ging?

»Guarda chi si rivede! Aha, die deutsche Freizeitbäuerin«, sagte der Mann, als er mich sah, und lächelte spöttisch. »Ich wusste doch, jeder hat einen wunden Punkt!«

»Was meint er damit?«, fragte ich Paolo, als der Mann ins Auto stieg und davonfuhr.

»Niente, der redet Schwachsinn«, antwortete Paolo schroff. »Ich hab doch gesagt nicht vor acht.«

»Entschuldige, ich hatte Rückenwind«, sagte ich, und Paolos Miene wurde wieder etwas freundlicher. Er küsste mich rechts und links auf die Wange zur Begrüßung, und Enzo stellte das Knurren ein und schleckte mir die Hand.

»Wer ist dieser Mann?«, fragte ich. »Hast du Probleme mit ihm?«

»Ma no«, wehrte Paolo ab. »Das ist nur einer, der sich wichtig machen will.«

»Vom Bauamt?«, fragte ich.

Paolo sah mich erstaunt an. »Wie kommst du denn darauf?«

»Ich hab euch damals gesehen, als ihr vor dem Amt in Messina gestritten habt, du und ein paar andere Männer. Das sah ziemlich bedrohlich aus.«

»Sieh mal einer an, du bist ja eine kleine investigatrice«, grinste Paolo. »Non farti troppi pensieri, mach dir nicht zu viele Gedanken, ich habe nur eine kleine Meinungsverschiedenheit mit diesen Leuten, und am Ende werden wir sehen, wer den längeren Atem hat. So, nun komm herein, wir wollen doch einen schönen Abend haben.«

Und den hatten wir. Ich vergaß den Zwischenfall mit dem düsteren Typen und genoss die Aufmerksamkeit, die ich nun von Paolo bekam. Von Minute zu Minute wurde die Atmosphäre entspannter. Ich half Paolo beim Zubereiten der Speisen und bewies damit, dass deutsche Frauen das Kochen keinesfalls verlernt hatten, wie er anfangs noch witzelte.

Bislang war er immer etwas unnahbar gewesen, so dass er dem Klischeebild des verführerischen Italieners in keiner Weise entsprochen hatte. Heute war alles anders. Er war alles, was man sich wünschen konnte, charmant, witzig, aufmerksam, und wenn sich unsere Hände wie zufällig berührten, hielt er einen Moment inne und betrachtete mich, als sähe er mich das erste Mal. Seine grünen Augen leuchteten dabei auf eine ganz neue Weise, die einfach unwiderstehlich war. Immer wieder erwischte ich mich dabei, wie auch mein Blick an ihm hängenblieb. Ich versuchte, mich zusammenzureißen, und ihn nicht allzu offensichtlich anzuschmachten, doch das fiel schwer.

Wir begannen mit Carciofi alla Messinese, Artischocken, als Antipasto. Als primo piatto gab es Tagliolini al limone, für das secondo hatte Paolo eigentlich frischen Thunfisch geplant gehabt, aber als er hörte, dass ich mich vegetarisch ernährte, disponierte er kurzfristig um und zauberte aus dem Tiefkühlfach Miesmuscheln hervor. Muscheln zählten nicht, davon war ich mittlerweile überzeugt. Es war etwas anderes, als einer kleinen Garnele Kopf und Schwanz abzureißen, und eine Muschel hatte auch keine kleinen schwarzen Punktaugen, mit denen sie mich vorwurfsvoll anschauen konnte.

»Bastano pochi ingredienti, ein Italiener braucht nicht viele Zutaten, um gut zu kochen«, bestätigte Paolo Nonna Margheritas Meinung. »Frisches Gemüse wie Tomaten, Gewürze und dann eben Meeresfrüchte oder Fleisch – così è perfetto.«

Ich hobelte Parmesan und stückelte Tomaten für Bruschetta, während Paolo die Tagliolini und die Muscheln zubereitete. Zum Nachtisch hatte er Frutta di Martorana, die berühmten sizilianischen Marzipanfrüchte, besorgt. Dazu gab es natürlich köstlichen sizilianischen Weißwein und zum dolce den unerlässlichen Espresso.

Ich war pappsatt, als wir alles aufgegessen hatten. Statt den Abwasch zu machen, nahm Paolo die offene Flasche Wein und schlug einen Spaziergang vor. Es konnte nicht schaden, sich etwas zu bewegen, und die laue Frühlingsluft war herrlich. Wir gingen durch den Gemüsegarten in die Olivenplantage und schauten von einer Anhöhe aus Richtung Tyrrhenisches Meer.

»Che bello il mare. Das Meer ist Siziliens großer Vorratsschrank, hier fangen wir die Fischsorten und Meeresfrüchte, die unsere Küche so berühmt gemacht haben. Selbst wenn wir bei den Oliven mehrere Missernten in Folge hätten, blieben uns immer noch die Meere, die uns umgeben. Außer ein paar tunesischen Fischern sind hier fast nur italienische Boote unterwegs. Und du magst wirklich keinen Fisch?«

»Ich mag ihn schon«, sagte ich. »Aber ich möchte nicht, dass für meine Ernährung Tiere getötet werden, und ich finde es schrecklich, dass die Meere leergefischt werden, damit die Menschen ihr Lachsfilet essen können.«

»Non ti capisco, ich verstehe euch Vegetarier nicht«, seufzte Paolo.

»Stört es dich denn gar nicht, wenn du deine Wachteln am Ende des Jahres schlachten lässt?«

»Come? Wieso schlachten lassen? Ich mache das selbst. Ich esse sie ja auch selbst, wobei ich natürlich einen Teil an meine Nachbarn verkaufe oder gegen Brot oder Käse tausche. Das hat schon mein Vater so gemacht. Wenn wir nicht vorhätten, sie zu essen, würden wir sie gar nicht erst halten und züchten. Für uns sind es Nutztiere.«

»Ich finde es schrecklich, wenn man sich anschaut, wie mancherorts mit den sogenannten Nutztieren umgegangen wird«, sagte ich. »Ich wünschte, jeder würde sie so halten wie du.«

»Aha«, Paolo lächelte wieder spöttisch.

»Was soll das heißen, ›aha‹?«

»No, niente, ich finde es toll, dass du so überzeugt für deine Ideale eintrittst, und ich respektiere es, dass du keine Tiere essen willst. Massentierhaltung gefällt hier niemandem, deshalb gibt es so viele Agriturismi – so können die Leute nicht nur mit der Landwirtschaft, sondern auch mit dem Tourismus Geld verdienen, die Region wird gestärkt, und gleichzeitig weiß hier jeder, woher kommt, was man isst. Aber leider ist es nicht allen Menschen möglich, so zu leben.«

Damit hatte er nicht unrecht. Ich beschloss, mich auf keine endlosen Diskussionen über das Vegetariertum einzulassen – das brachte ohnehin nichts, und Debatten dieser Art würde ich zukünftig Rechthabern wie Malte überlassen. Stattdessen würde ich den Abend an der Seite dieses Mannes genießen, der sich mehr und mehr als echter Traummann entpuppte. »Das stimmt natürlich«, meinte ich und hielt ihm mein leeres Weinglas entgegen, damit er uns nachschenken und das Thema wechseln würde.

Paolo lächelte mich an und griff nach der Weinflasche. Wie gebannt blickte ich auf das silbern schimmernde Meer – oder wie er es nannte: Siziliens Vorratsschrank. Ich nippte an meinem Wein, bis ich zu frösteln begann. Nachts war es doch noch recht frisch.

»Fa freschetto«, erkannte auch Paolo und legte mir seine Jacke um die Schultern. Dabei ließ er seinen Arm praktischerweise gleich liegen. Eigentlich wäre das der ideale Zeitpunkt gewesen, sich etwas näherzukommen, doch der nächste Drehtag sollte um sechs Uhr früh beginnen. Ich musste zurück nach I Moresani, wenn ich Dieter nicht als verkatertes Wrack unter die Augen treten wollte. Außerdem … ich war mir unsicher, ob das hier einfach ablaufen sollte wie ein klassischer Urlaubsflirt. Kurz und intensiv und dann Abschied für immer, das war doch die Regel für Bekanntschaften diese Art. Irgendetwas hielt mich davon ab, es zuzulassen, dass dieser Abend so endete, wie ich es mir eigentlich wünschte, dass er endete. Himmel, warum musste es bei mir immer so kompliziert sein?

»Wir sollten zurückgehen«, hörte ich mich sagen. Mein Gott, war ich schüchtern oder vernünftig?

»D'accordo«, sagte Paolo. Im selben Moment bereute ich natürlich diesen pflichtbewussten Aufbruch.

Er begleitete mich bis zu meinem Fahrrad, und ich spürte seinen Blick noch sehr lange in meinem Rücken. Er sieht mir nach, dachte ich glücklich, als ich in die Pedale trat, um dem leichten Gegenwind etwas entgegenzusetzen. Das hatte er beim letzten Mal nicht getan.

Seltsamerweise ließ mich dieses Gefühl, beobachtet zu werden, den ganzen Rückweg über nicht los. Ich blickte mich mehrfach um, und meinte, in der Ferne ein Auto zu hören. Sehen konnte ich trotz des hellen Mondlichts nichts.

Ich beschleunigte meinen Tritt und war froh, als ich in die Einfahrt zu I Moresani einbog. Als ich das Fahrrad an die Hauswand lehnte, warf ich einen Blick zur Landstraße. Ein silberner Wagen fuhr vorbei. Es war der Maserati.

Kapitel 15: FIDUCIA

»Charly«, flüsterte ich, »Charly, wach auf!«

Meine Freundin schlummerte bereits seelenruhig, als ich von meinem Essen bei Paolo zurückkam. Offenbar hatte sie nach den Tagen mit Marc und der spontanen Reise Schlaf nachzuholen. Aber darauf konnte ich jetzt keine Rücksicht nehmen. Ich rüttelte sie sanft.

»Hm? Was ist? Wie spät ist es?«

»Kurz vor eins«, sagte ich.

»Und da weckst du mich?«, protestierte Charly und drehte sich zur Wand, um weiterzuschlafen.

»Ich muss dir was erzählen«, sagte ich und zog an ihrer Bettdecke.

»Hat das nicht Zeit bis morgen?«, murmelte sie in die Kissen.

»Nein!« Ich war entschlossen, sie an meinem Problem teilhaben zu lassen, ich konnte jetzt sowieso nicht einschlafen.

»Also gut«, seufzte Charly, setzte sich auf und fasste zusammen, was sie vermutete: »Ihr habt euch wunderbar verstanden, Paolo ist ein Traummann, kann super kochen und hat dich geküsst, dass dir die Sinne geschwunden sind, aber dann bist du nach Hause gefahren, damit er dich nicht für ein Flittchen hält, wenn du bei ihm übernachtest, obwohl euch nur noch wenige Nächte bleiben, um das Obligatorische miteinander zu tun, bevor du wieder aus dem süßen sizilianischen Traum in das trübe Berlin zurückkehrst. Ist es das?« Sie gähnte.

»So nüchtern will ich das gar nicht betrachten, vielleicht bleibe ich ja auch hier, breche mein Studium ab und heirate ihn«, sagte ich.

Da wurde Charly nun doch wach: »Du tickst doch nicht richtig«, setzte sie zum Protest an, aber ich unterbrach sie:

»Wir haben uns noch nicht einmal geküsst, ich wollte dir was ganz anderes erzählen.«

»Ihr habt euch nicht geküsst? MannMannMann, Alex, worauf wartest du eigentlich?«

»Dieser Mafia-Typ aus Messina war wieder bei ihm, als ich ankam. Ich war zu früh, und er hat mich gesehen, bevor er weggefahren ist, und zu Paolo etwas ganz Seltsames gesagt, nach dem Motto, jeder habe einen wunden Punkt oder so was.«

»Und du denkst, er meinte damit dich? Dass du Paolos wunder Punkt bist?«

»Könnte doch sein.«

»Schon ein bisschen weit hergeholt, findest du nicht? Ihr kennt euch doch erst seit ein paar Tagen, woher soll der Mafioso das denn wissen?«

»Er hat mich doch neulich schon bei Paolo gesehen.«

»Trotzdem unwahrscheinlich.«

»Da ist noch etwas«, fügte ich hinzu und senkte meine Stimme. »Ich glaube, dass der Mann mich auf dem Rückweg verfolgt hat.«

»Wie kommst du darauf?«

»Ich hatte das Gefühl, beobachtet zu werden, und als ich hier angekommen bin, hab ich den silbernen Maserati ohne Licht vorüberfahren sehen.«

»Und du bist sicher, dass es der Typ war?« Charly war jetzt hellwach.

»Wie viele Leute in dieser Gegend fahren schon einen silbernen Maserati?«

Das leuchtete selbst meiner misstrauischen Freundin ein.

»Was hat Paolo denn gesagt, wer der Typ ist?«

»Nur jemand, mit dem er eine Meinungsverschiedenheit hat. Aber ich bin mir sicher, dass mehr dahintersteckt. Der Typ ist bestimmt gefährlich, und jetzt denkt er, ich bin Paolos Freundin, und will mich vielleicht entführen oder umbringen oder so.«

Charly dachte nach. »Ich glaube nicht, dass er dich gleich umbringen wird«, sagte sie. »Sicher wollte er nur wissen, woher du kommst und in was für einem Verhältnis du zu Paolo stehst.«

Das beruhigte mich wenig. »Was soll ich denn jetzt machen? Paolo und ich sind für heute Abend wieder verabredet, wir wollten einen Ausflug nach Messina machen, weil er mir die schönsten Ecken der Stadt zeigen will. Meinst du, dass es gefährlich sein könnte?«

»Na also, entwickelt sich doch noch ein Flirt – hab ich doch schon die ganze Zeit gesagt. Sieh zu, dass er dich endlich küsst!«

»Charly!«

»Was?«

»Was soll ich wegen dieses Mannes unternehmen, der mich verfolgt hat?«

»Solange dein starker Olivenbauer bei dir ist, brauchst du dir keine Sorgen zu machen, der nimmt es sicher mit einer ganzen Horde von Mafiosi auf. Aber erzählen solltest du es ihm auf jeden Fall, vielleicht rückt er dann damit raus, was dahintersteckt. Und nun geh schlafen, du musst morgen arbeiten.«

Sie hatte natürlich recht, dennoch lag ich noch lange wach und dachte abwechselnd an den wohligen Schauer, der mich überlaufen hatte, als Paolo seinen Arm um meine Schultern gelegt hatte, und das gruselige Gefühl, als mir der Mann gefolgt war.

Der nächste Tag verging wie im Flug. Unser Team war mittlerweile so eingespielt und routiniert, dass die Dreharbeiten fast wie von selbst liefen, Ole und ich filmten die Arbeiten auf den Agriturismi und verschiedene Landschaftsansichten, Paula und Jakob kümmerten sich um den Ton und Malte und Dieter um die Interviews. Wir besuchten eine Orangenplantage und den Hof des Limoncello-Meisters Gaetano Galimi in Calatabiano. Da ich mich dank Paolo mit der Herstellung dieser klebrig-süßen Köstlichkeit auskannte, fachsimpelte ich mit Signor Galimi.

Dieter war beeindruckt: »Alex hat sich als Einzige wirklich mit der sizilianischen Kultur auseinandergesetzt, sie nimmt eine Menge Erfahrungen mit nach Hause. Daran solltet ihr euch mal ein Beispiel nehmen«, lobte er.

»Kann ja nicht jeder von uns eine Affäre mit einem aus dem Dorf anfangen«, murrte Jakob und tuschelte mit

Malte. Paula runzelte die Stirn, und Ole meinte, er habe immerhin sein Italienisch verbessert. Das stimmte. Mittlerweile konnte er in flüssigem Italienisch antworten, wenn er sich wieder mal einen Korb von Simona abholte.

»Mit Neid und Missgunst müssen die Glücklichen dieser Welt rechnen«, hatte meine Mutter früher immer gesagt, wenn mir meine Felix-Brotbox im Kindergarten gestohlen wurde oder Mitschüler meine nigelnagelneuen Pferde-Scout-Ranzen mit Eddings beschmierten. Klar, dass mir die in ihrer Eitelkeit verletzten Jungs meinen Flirt mit Paolo nicht gönnten. Malte ließ immer noch hin und wieder boshafte Bemerkungen fallen. Dafür, dass er Jakob ja prophezeit hatte, wie schnell ich ihm in Berlin wieder hinterherlaufen würde, tat er doch ziemlich wenig, um bei mir zu punkten.

Mir konnte es egal sein, ich freute mich auf den heutigen Abend mit meinem »sizilianischen Kerl«, wie Charly ihn nannte. Auf jeden Fall müsste ich ihn fragen, was es mit diesem Maserati-Fahrer auf sich hatte, ich würde mich nicht wieder abspeisen lassen.

Paolo und ich wollten uns auf dem Marktplatz in Messina treffen, da er vorher noch in der Stadt zu tun hatte. Da Charly und Marc ihren letzten gemeinsamen Abend ebenfalls für einen Ausflug nutzen wollten, würden sie mich mit ihrem Mietwagen mitnehmen und in der Stadt absetzen.

In Vorfreude auf den Abend wählte ich ein kurzes dunkelgrünes Etuikleid, das wunderbar mit meinen Augen und meinem roten Haar harmonierte. »Du musst lernen, deine Nachteile zu deinen Vorzügen zu machen«, hatte

Charly behauptet, als wir das Kleid im Geschäft einer noch unbekannten jungen Designerin entdeckt hatten, ich jedoch erst zögerte, ob ich mich in so einem schicken Fummel auch angemessen bewegen könne. Obwohl ich es eigentlich für romantische Abende besorgt hatte, hatte ich es dann nie getragen, weil Malte fand, dass es »zu elegant für einen kleinen Tollpatsch« wie mich wäre.

Es war mir also eine große Genugtuung, es heute anzuziehen. Und trotz des ungewohnt engen Schnitts fühlte ich mich damit gleich ein bisschen freier, als sei das Kleid für mich gemacht und habe nur auf mich gewartet. Außerdem hatte ich mich zum ersten Mal seit langem geschminkt.

Messina zeigte sich heute von seiner besten Seite. Die Abendsonne tauchte den Marktplatz, auf dem sich viele bunte Menschen tummelten, in ein sanftes goldenes Licht: Liebespaare, Geschäftsleute mit gelockerten Krawatten, Studenten und Touristen saßen um den Brunnen herum, und ich stand mittendrin und ließ die Szenerie auf mich wirken, die Digicam fest in der Hand und den Finger am Auslöser.

Unglaublich, wie schnell die Wochen hier vergangen waren. Und ich hatte mich außer durch ein paar SMS nicht ein einziges Mal richtig bei meinen Eltern gemeldet. Ein schlechtes Gewissen hatte ich deswegen schon, immerhin waren sie meine Eltern und sorgten sich hin und wieder um mich, auch wenn sie es nicht immer zeigten. Zudem war ich der Meinung, dass sie sich mehr Sorgen um sich selbst und ihre Gesundheit machen sollten, bei all den Champagnerbrunches und Canapés, die sie so verdrückten. Doch seit der Trennung von Malte hatte ich immer wieder darüber nachgedacht, wie sehr ich mich in der letzten Zeit von meinen Eltern distanziert hatte. Obwohl meine Vorwürfe gegen ihre verschwenderische Lebensart mehr als berechtigt waren, fragte ich mich, ob diese Diskussion nicht ein wenig ausgeartet war und, vor allem von meiner Seite, viel zu ideologisch geführt wurde. Immerhin waren wir eine Familie und gehörten – trotz aller Unterschiede – zusammen. Gerade das Zusammengehörigkeitsgefühl der sizilianischen Familien, ihre Fähigkeit, Krisen gemeinsam zu überwinden, hatte mich ja so beeindruckt. Davon wollte ich etwas zurück mit nach Deutschland nehmen.

Derart versöhnlich gestimmt, schoss ich ein Foto mit dem Brunnen im Hintergrund und schickte es meinem Vater mit einem kurzen Gruß als MMS. Dann ging ich zur Tabaccheria hinüber und kaufte eine Postkarte samt Briefmarke, auf der ich ihnen ein paar nette Zeilen schreiben wollte. Darüber würden sie sich sicher freuen, und ich hatte noch Zeit bis zum Treffen mit Paolo.

Ich setzte mich wieder in das Café der abergläubischen Eisverkäuferin, bestellte einen doppelten Espresso und schrieb die Karte. Kurzzeitig überlegte ich, auch Malte eine zu schreiben, um ihm so den Termin mitzuteilen, an dem ich gedachte, meine Habseligkeiten aus seiner Wohnung abzuholen. Das erschien mir dann aber doch etwas zynisch. Sicher würden wir es hinbekommen, uns bei den letzten Schritten dieser Trennung wie Erwachsene zu verhalten. Ich würde ihm einfach seine Sachen zurückbringen und im Gegenzug mein Lieblings-T-Shirt, meine

CDs und die Schokoladen- und Kaffeevorräte, die ich bei ihm gebunkert hatte, weil er nie etwas Süßes dahatte und immer nur Tee trank, zurückverlangen.

Als ich ausgetrunken hatte, klebte ich noch die Marke auf, ließ Trinkgeld neben der leeren Tasse liegen und suchte nach einem blauen Briefkasten für die Posta prioritaria.

Dann kehrte ich zum Marktplatz zurück, wo Paolo und Enzo bereits am Brunnen auf mich warteten. Als ich auf die beiden zuging, wurde mir noch einmal bewusst, wie toll er aussah, so maskulin. Sein Anblick verursachte mir ein Kribbeln im Bauch. Enzo blickte erwartungsvoll zu mir auf, bis ich seinem Herrchen ein Küsschen rechts und links gab, und wedelte freudig mit dem Schwanz.

»So, jetzt bin ich gespannt auf die Geheimnisse von Messina«, sagte ich, und Paolo nahm wie selbstverständlich meine Hand. Der Abend stand unter seinem Kommando, und ich verließ mich voll und ganz auf ihn. Wir starteten am Theater, zogen durch die Gassen Richtung Hafen, spazierten eine Weile eine Promenade mit Blick auf die Stiefelspitze entlang und aßen zu Abend in einem Restaurant, das – was auch sonst – auf Meeresfrüchte spezialisiert war. Nachdem ich erfahren hatte, dass auch in den arancini, die ich für einfache Reisklöße hielt, Fisch steckte, entschied ich mich wieder für Spaghetti und Miesmuscheln.

Paolo schüttelte den Kopf über meine seltsame Art, mir Ausnahmen von meinem Fisch- und Fleischverzicht zu genehmigen, aber ich erklärte noch einmal die Sache mit den Augen, so dass er aus Solidarität schließlich auch Muscheln aß. Zum Nachtisch gab es Cassata.

»Ihr Italiener wisst einfach zu leben«, lobte ich, als ich mir genüsslich Löffel für Löffel das Biskuit in den Mund schob und bedauernd feststellte, dass mein Teller leer war.

»Non proprio. Eigentlich betäuben wir uns nur regelmäßig mit Wein, um unser Elend nicht zu erkennen«, antwortete Paolo augenzwinkernd.

Ausgelassen alberten wir mit Enzo herum, den wir draußen vor dem Fenster hatten anbinden müssen und der uns die traurigsten Grimassen zuwarf, bis wir ihn schließlich erlösten und eine Weile mit ihm auf einem alten Platz spielen gingen. Der Hund holte unermüdlich die Bälle, die wir für ihn warfen, und genoss es sichtlich.

»Di solito è fuori, er ist zwar den ganzen Tag draußen«, sagte Paolo. »Aber es ist auch für ihn ein Unterschied, wenn ich nicht arbeiten muss, sondern mal einfach nur mit ihm spielen kann.« Er kraulte Enzo die Ohren und bekam dafür einen nassen Unterarm.

Paolo war so sorglos und gut gelaunt, dass ich fast vergaß, dass noch eine unangenehme Frage im Raum stand: Wurde er tatsächlich von einem Mafioso unter Druck gesetzt, oder sah ich Gespenster? Ich fasste mir ein Herz und fragte: »Paolo, der Mann, der gestern bei dir war, als ich ankam – was will der von dir? Da muss doch mehr sein, als nur eine harmlose Meinungsverschiedenheit.«

»Perché ti interessa, wieso interessiert dich das so sehr?«

»Weil er mich gestern Abend auf dem Rückweg nach I Moresani verfolgt hat.«

Paolo runzelte die Stirn. »Sicura?«

»Ich hab den Wagen erkannt.«

»Un caso, das war bestimmt nur Zufall. Ich weiß, dass er noch einen Bekannten in der Gegend besuchen wollte. Wahrscheinlich hatte er zufällig denselben Weg.«

Entweder er glaubte mir nicht, oder er verbarg etwas.

»Willst du mir nicht sagen, was für eine Meinungsverschiedenheit ihr miteinander habt? Vielleicht kann ich sogar helfen«, versuchte ich es auf einem anderen Weg.

»Sei gentile, wirklich sehr nett von dir, Alessandra, aber das räume ich schon selbst aus dem Weg.«

»Du würdest mir doch sagen, wenn du in großen Schwierigkeiten steckst, oder?«, fragte ich.

»No, assolutamente«, sagte Paolo. »Bestimmt nicht. Wir kennen uns doch kaum.«

Ich starrte ihn entgeistert an.

Paolo lachte. »Das war ein Scherz. Es ist nichts Schlimmes, wirklich nicht«, sagte er. »Der Typ ist ein Immobilienhai, ein fieser Kapitalist, der meinen Hof kaufen, das Haus abreißen und das Gelände an einen Industriebetrieb verkaufen will, der sich hier ansiedeln will. Und das will natürlich niemand – die Leute aus dem Dorf wollen es nicht, weil sie von der schönen Natur und den Touristen, die deswegen herkommen, leben, und ich will es nicht, weil der Hof mein Zuhause ist. Also habe ich dankend abgelehnt, aber wie diese Leute so sind, bleibt er hartnäckig und fragt immer wieder nach, ob ich meine Meinung geändert habe. Manchmal versucht er, mir zu drohen, aber er hat ja nichts gegen mich in der Hand, und so versucht er es abwechselnd mit Stalking und höheren Angeboten. Alles ganz harmlos.«

Ich atmete erleichtert auf. Das war ja nun wirklich

weitaus weniger schlimm, als gedacht. Ein Immobilien-hai, kein Mafioso. Im Grunde so etwas wie ein Vertreter: lästig, aber wie Paolo schon sagte: harmlos.

»Wie kommt er darauf, dass du deine Meinung ändern könntest?«, fragte ich. »Wer würde schon so einen tollen Hof aufgeben, an dem so viele Erinnerungen hängen?«

»Però, ich dachte mir, dass du das verstehst«, sagte Paolo, und damit war das Thema »böser Mafioso« zu den Akten gelegt.

Paolo, Enzo und ich verließen Messina und fuhren über Barcellona Pozzo di Gotto zurück Richtung Castroreale. Wir unterhielten uns über Gott und die Welt, über seinen Alltag mit Landwirtschaft und Tierzucht, was ich sehr spannend fand, über die Unterschiede zwischen unseren Heimatländern, vor allem was die Bedeutung der Familie, Liebe und Treue anbelangt.

»Italienische Männer und Treue – ich hab immer gedacht, das schließe sich gegenseitig aus«, neckte ich ihn. »Jemand wie du hat doch bestimmt an jeder Hand mehrere Frauen, eine in Castroreale, eine in Messina, eine auf dem Festland …«

»Come no! Natürlich«, scherzte Paolo zurück. »Und die brauche ich auch alle: Mit einer gehe ich ins Theater, mit der nächsten koche ich, eine hilft mir bei der Ernte …«

»Vielleicht sollte ich mir das von dir abschauen«, sagte ich. »Bislang dachte ich immer, dass es irgendwo auf der Welt einen Mann geben würde, mit dem für mich all das zusammen schön sein kann.«

»Va così. Dieser Filmfritze war es offenbar nicht, oder?«, fragte Paolo. »Wie ich gehört habe, fand eure Trennung recht öffentlich statt.«

»Ja«, gab ich zu. »Das lief nicht optimal. Aber ich bin froh über diese Entscheidung. Wir waren nicht die Richtigen füreinander.«

Paolo schwieg, aber ich meinte, ein leichtes Lächeln um seinen Mund zu sehen.

»Warum hat es zwischen dir und Simona nicht geklappt? Warum habt ihr euch getrennt?«, fragte ich.

»Questi tedeschi! Ach, Alessandra, ihr Deutschen braucht immer einen Grund für alles. Das ist bei uns Italienern anders: Wenn etwas vorbei ist, ist es vorbei, warum noch darüber reden. Man muss doch die Vergangenheit ruhen lassen, die Gegenwart ist meistens viel interessanter«, sagte er und zwinkerte mir zu.

Zwar war nun die Sache mit dem Maserati-Mann geklärt, aber um seine Vergangenheit mit Simona machte er noch immer ein Geheimnis. Warum bloß?

»Komm schon, es würde mich wirklich interessieren, woran es bei euch gelegen hat. Ich meine, es ist ja offensichtlich, dass ihr eine gemeinsame Vergangenheit habt, und ich glaube, Simona hängt noch sehr an dir.«

»Vuoi sapere tutto! Du möchtest immer alles ganz genau wissen, hm?«, stellte Paolo fest.

»Ja, wenn es möglich ist.«

»Una storia lunga: Simona und ich waren viele Jahre zusammen, seit wir Schulkinder waren. Es war eine Freundschaft, die zu Liebe wurde, und nach einer Weile stellten wir fest, dass die Freundschaft stärker war als die

Liebe. Wir hatten zu unterschiedliche Vorstellungen von der Zukunft. Simona liebt diese Gegend, unsere Heimat, sie möchte hier leben und sterben.«

»Aber du liebst deine Heimat doch auch?«, fragte ich.

Paolo lächelte. »Certo, ich liebe meine Heimat, aber ich trage sie in meinem Herzen, wo immer mich das Leben hintreibt.«

»Und wohin hat es dich bisher getrieben?«

Paolo schwieg einen Augenblick. Dann erklärte er: »Dall'altra parte del mondo. Neuseeland war der Grund.«

»Bitte?«

»La fine della nostra storia. Der Grund für unsere Trennung vor zwei Jahren. Ich war oft unterwegs mit einer Geologengruppe – das ist ja mein eigentlicher Beruf: Geologe. Meist waren es nur ein, zwei Wochen, die wir unterwegs waren. Aber vor zwei Jahren war ich für drei Monate in Neuseeland. Giuseppe und Michele haben sich in der Zeit um meinen Hof gekümmert. Ich hatte Simona gebeten, mit mir zu reisen, aber sie wollte nicht. Als ich zurückkam, haben wir uns dann getrennt, denn sie wusste, dass sie es nicht ertragen würde, wenn ich noch einmal so lange fort wäre. Sie wollte Sicherheit, ich wollte Freiheit. Wir sind aber immer noch sehr gut befreundet und achten beinahe eifersüchtig darauf, mit wem der jeweils andere sich einlässt.«

»Ach, deshalb warst du Ole gegenüber anfangs so unfreundlich?«, fragte ich. »Du wolltest erst mal sehen, was das für ein Typ ist, der sich für Simona interessiert?«

»Proprio così. Und deshalb ist Simona manchmal etwas unfreundlich zu dir«, resümierte Paolo.

»Ich glaube, du hast recht, Paolo: Manchmal denke ich zu viel nach. Bitte verzeih, dass ich dich so ausgefragt habe.«

»Va bene«, antwortete Paolo. »Ich habe ja keine Geheimnisse erzählt.«

Das stimmte, und das fand ich auch ganz angenehm. Er war diskret. Überhaupt war Paolo nicht so, wie man sich italienische Männer laut Klischee vorstellte. Er konnte charmant sein, war es jedoch nur, wenn er es wirklich wollte. Phrasen wie »Bella Signorina« waren von ihm nicht zu hören, er ließ Taten sprechen. Zum Beispiel fuhr er mich heute Abend bis vor die Haustür, so dass sich im Haus einige neugierige Silhouetten hinter den Fenstern bewegten. Als der Jeep zum Stehen kam, verspürte ich wieder diesen leichten Abschiedsschmerz vom Morgen. Nur noch wenige Tage, dann würde ich Paolo vielleicht nie mehr wiedersehen. Vielleicht war es nicht so klug, mich für diese Zeit noch in emotionale Verwirrungen zu stürzen, vielleicht sollte ich lieber aussteigen, statt auf dem Beifahrersitz zu hocken und erwartungsvoll in Paolos Augen zu schauen. Aber Vernunft – die war so deutsch, und ich war in Italien.

»Un bacio? Darf ich dich küssen, Alessandra?«, flüsterte er und neigte seinen Mund zu mir herab.

Ich schmolz dahin, allein die Art, wie er meinen Namen aussprach, bereitete mir ein unwiderstehliches Kribbeln in der Magengegend. Meine Lippen fühlten sich unaufhaltsam von seinen angezogen, ich konnte noch »Okay« hauchen, und dann besiegelte ein unvergesslicher Kuss den Beginn unserer Romanze, die doch ohnehin keine Zukunft hätte.

Schöner Mist, dachte ich, als ich ihm beim Aussteigen zuwinkte. Mein Countdown lief.

Diesmal war Charly noch wach, als ich heimkam. Sie saß mit Marc und seinen Kollegen bei Michele am Tresen und trank Grappa.

Ich gesellte mich dazu, entschied mich aber angesichts der Aufgaben, die morgen auf mich warteten, für ein Glas Wein.

»Warum hast du deinen Olivenbauern nicht mitgebracht?«, fragte meine Freundin.

»Weil so ein Abschiedskuss im Auto viel romantischer ist als vor Zuschauern.«

Charly verschluckte sich fast. »Na endlich«, sagte sie, »also doch ein Urlaubsflirt! Du machst dich. Dann ist der Langweiler ja Gott sei Dank endgültig passé.«

»Malte? Natürlich, die Sache ist aus und vorbei, Schnee von gestern.«

»Tja, er erzählt immer noch rum, dass das nur eine Eskapade von dir ist und er davon ausgeht, dass du in Berlin wieder bei ihm landest.«

»Soll er.« Ich zuckte mit den Schultern. »Darum mache ich mir keinen Kopf mehr, ich lasse die Vergangenheit hinter mir. Und was ist mit euch beiden«, fragte ich an Marc gewandt. »Kommst du wieder nach Berlin, oder lädst du uns nach London ein?«

»Sowohl als auch«, meinte Charly. »Ich will nach Ostern rüberfliegen, du kannst gern mitkommen.«

»Mal sehen, wie es bis dahin mit meinen Finanzen aussieht«, sagte ich.

»Oder willst du lieber alle zwei Wochen nach Sizilien fliegen?«

»Wer weiß. Erst mal gilt es, den Moment zu genießen.«

»Donnerwetter, ich erkenn meine grübelnde Alex gar nicht wieder.«

»Tja«, sagte ich, »der Dolce Vita kann sich selbst ein Vernunftmensch wie ich nicht entziehen.«

»Auf die Dolce Vita!«, prostete Charly, und wir erhoben unsere Gläser. Es war ein schöner, aber auch trauriger Augenblick, da der Abschied nahte. Selbst Michele wirkte ein wenig gerührt, als ich ihm erklärte, dass wir die familiäre Atmosphäre seines Hauses sehr vermissen würden.

Melancholie gepaart mit Alkohol weckte bei mir immer die Sucht nach Nikotin, und so verabschiedete ich mich für eine Zigarette nach draußen. Charly folgte mir, weniger zum Frischluftschnappen als zum Reden.

»Jetzt erzähl mal, wie ist es mit Paolo gelaufen? Ich wollte vor dem Wirt nicht so genau nachfragen, weil der sich dann sicher denken kann, dass wir über den Freund seiner Tochter sprechen.«

Ich zog an meiner Zigarette und pustete nachdenklich den Rauch in die Nachtluft. »Simona und er sind schon lange nicht mehr zusammen. Er lässt sich nicht alle Einzelheiten aus der Nase ziehen, aber es ist definitiv vorbei«, meinte ich.

»Weil er dich geküsst hat?«

»Auch.«

»Und hast du herausgefunden, wer dieser böse Typ ist, der dich verfolgt hat?«

»Ich glaube, da hab ich ein wenig überreagiert, es war sicher nur Zufall, dass der Wagen gestern hinter mir war. Paolo hat mir erklärt, dass der Typ nur ein Immobilienmakler ist, der an seinem Hof interessiert ist. Harmlos.«

»Aber das erklärt noch nicht den Spruch mit Paolos wundem Punkt«, gab Charly zu bedenken. »Wer weiß, nachher denkt der Typ, dass du Paolos Freundin bist, und will dich irgendwie als Druckmittel gegen ihn einsetzen.«

»Ja, das habe ich zuerst auch so verstanden, aber mittlerweile glaube ich fast, dass ich mich verhört und Gespenster gesehen habe. Sicher, der Typ war unangenehm, und er taucht immer wieder ungefragt bei Paolo auf. Aber außer Drohgebärden ist da nichts zu befürchten.«

»Ich hoffe, du irrst dich nicht«, mahnte meine Freundin.

»Was willst du damit sagen? Wieso bist denn du jetzt plötzlich so misstrauisch, das war doch vorher mein Part?«

»Ich will damit sagen, dass ich den silbernen Maserati hier ganz in der Nähe auf einem Feldweg gesehen habe. Und wahrscheinlich steht er da immer noch.«

Plötzlich fand ich es im Dunkeln vor dem Haus nicht mehr so idyllisch. Ich drückte meine Zigarette aus.

»Lass uns schlafen gehen.«

Kapitel 16: FINE

Am nächsten Morgen sah alles wieder ganz friedlich aus auf I Moresani. Den frischen Cannolli und Cappuccino zum Frühstück folgten vierzehn Stunden Dreharbeiten. Auf dem heutigen Agriturismo ging dank verrücktspielender Technik und eines typisch sizilianischen Hausherrn, der so verschlossen war, dass das Interview mit ihm zur Zerreißprobe für alle Beteiligten wurde, so viel schief, dass Dieter beschloss, auch den folgenden Tag dort zu drehen. Was bedeutete, dass ich Paolo nicht sehen könnte. Und angesichts des Arbeitspensums, was noch zu erledigen war, sah es auch für den nächsten Tag schlecht aus mit einem Date. Dafür erwartete mich, als ich müde in unser Zimmer schlurfte, ein freudig mit dem Schwanz wedelnder Enzo.

»Ja, was machst du denn hier?«, fragte ich den Hund, der es sicher selbst nicht wusste und mir schon gar nicht antworten konnte.

»Den hat dein Paolo hergebracht«, rief Charly aus dem Bad. »Er bittet dich, auf Enzo aufzupassen, weil er so lange mit etwas anderem beschäftigt ist. Toller Typ, übrigens.«

»So?«, wunderte ich mich. »Hat er auch gesagt, womit?«

»Nein, aber es klang wichtig.«

»Aber ich kann Enzo doch nicht mit ans Set nehmen, wie stellt er sich das vor? Hätte nicht Giuseppe auf ihn aufpassen können?«

Enzo schaute mich beleidigt an, als hätte er jedes Wort verstanden. »Nichts gegen dich, Großer«, entschuldigte ich mich und tätschelte seinen Kopf. Der Hund schnaubte zufrieden und legte sich dann ganz selbstverständlich vor mein Bett.

»Keine Sorge«, erklärte Charly und kam mit einer seltsamen pinkfarbenen Gesichtsmaske aus dem Bad. »Ich kann ihn ruhig tagsüber mit an den Strand nehmen, dann bin ich nicht so allein. Aber abends musst du dich um ihn kümmern, das habe ich Paolo versprochen.«

Nun, das bedeutete dann wohl, dass wir uns zumindest heute nicht sehen würden. Blieben nur noch wenige Tage übrig, bevor ich wieder abflog. Und wenn die Dreharbeiten weiter so schleppend vorangingen, wären die sicher auch mit Arbeit gefüllt. Charly hingegen verbrachte ihre Zeit, wie es sich für einen anständigen Italienurlaub gehörte: mit vino und gelato am Meer. Ich beneidete sie und spielte mit dem Gedanken, selbst noch ein paar Urlaubstage anzuhängen. Bei Schnitt und Tonbearbeitung im Studio hätte ich den anderen zwar über die Schulter gucken und sicher einiges lernen können, aber allein die Vorstellung, ganze Tage mit Malte in einem engen, dunklen Raum zu verbringen, ließ mich zurückschrecken und hielt meinen Ehrgeiz ausnahmsweise im Zaum. Seine Sprüche waren mittlerweile kaum noch zu ertragen, und ich wollte unbedingt für Abstand zwischen uns sorgen.

Insofern zog mich im Moment nichts zurück nach Berlin, außer dem schlechten Gewissen gegenüber meinen Pflanzen, deren Babysitterin ja im Moment in sizilianischer Sonne faulenzte. Und dann war da noch dieser unbenutzte Bikini, der sein Recht einforderte.

Zwei Tage vor der geplanten Rückreise entschied Dieter kurzerhand, dass Paula und ich nicht mehr zu den Dreharbeiten mitkommen, sondern andere Aufgaben übernehmen sollten. »Im Grunde brauchen wir euch Frauen heute nicht, wichtiger wäre es, das bisherige Material zu ordnen und für den Schnitt vorzubereiten.« Das war mal eine Ansage: Nachdem ich das Signor-Lapi-Interview in seinen Augen genau richtig gekürzt und bearbeitet hatte, sollte ich mich deshalb nun der Geschichte von Signora Forchielli und ihrem Hof bei Taormina annehmen. Paula sollte den zerstückelten Bericht über die Lebensmittelfabrik bearbeiten. Das war eigentlich Arbeit für mehrere Tage, aber Dieter wollte noch am Abend Ergebnisse sehen. So klemmten wir uns an die Tastaturen, schrieben, kürzten, untertitelten, was das Zeug hielt, und unterbrachen nur für eine kurze Kaffee- oder Zigarettenpause. So langsam gingen mir die langen Tage und kurzen Nächte an die Kondition, ich hatte schon ein erstes Fältchen unter meinem linken Auge entdeckt. Charly bot mir ihre pinkfarbene Maske an, aber so weit war ich dann doch noch nicht.

Eine SMS von meiner Mutter erinnerte mich kurz daran, dass es bald gälte, mein Leben in Berlin wieder aufzunehmen:

Danke für karte, heute angekommen. Freuen uns
auf baldiges wiedersehen. Kuss, Mama

Auch wenn ich ihr das glaubte und längst keinen Groll
mehr gegen meine Eltern hegte, weil sie gegen die Reise
nach Sizilien waren, war mein Drang, zurückzufliegen,
noch nicht allzu groß. Ich fühlte mich bei den de Vivos
und vor allem bei Paolo sehr wohl. Diese Menschen hier
lebten in Einklang mit der Natur. Sie waren vielleicht anfangs etwas rauer und distanzierter als in anderen Teilen
Italiens, aber mittlerweile hatten wir eine herzliche Beziehung zu unserer Gastfamilie aufgebaut. Nur zwischen
Simona und mir war noch der Wurm drin. Vielleicht war
in ihren Augen die Geschichte zwischen Paolo und ihr
doch noch nicht beendet und sie nahm mich deswegen
als Störfaktor wahr? Doch das tat meiner Begeisterung
für Sizilien keinen Abbruch, das geprägt war vom Vulka-
nismus und vom Meer, von Offenheit und Inseltum
gleichzeitig. Jedes Volk, das diese Insel in ihrer langen Geschichte erobert hatte, hatte etwas hiergelassen, und wenn
es nur Reisbällchen oder Olivenbäume waren. Ich hingegen würde so viel Erfahrung und Gefühl von hier mitnehmen, jedoch nichts zurücklassen. Das bedauerte ich.

Es war später Nachmittag, als meine melancholischen
Gedanken, in die ich während der Arbeit immer wieder
versank, von einer aufgeregten Charly unterbrochen wurden: »Du musst sofort mitkommen, ich glaube, jetzt passiert was!«, rief sie.

»Was passiert?«, fragte ich und speicherte schnell meine

Datei ab, bevor Charly den Computer zu Boden reißen und alles vernichten würde.

»Ich glaube, Paolo und dieser Immobilienmafioso treffen sich zum Showdown.«

»Wie kommst du denn darauf, ich denke, Paolo ist überhaupt nicht da?«

»Ja, das habe ich auch gedacht, aber dann habe ich sein Auto in Richtung Autobahn vorbeifahren sehen, und kurz darauf folgte der silberne Maserati. Und da fiel es mir wie Schuppen von den Augen!«

»Was?«

»Warum er dir den Hund hier gelassen hat.«

»Enzo?«

»Nein, Pumuckl«, flapste Charly und fasste sich an die Stirn. »Mensch, Alex, der hat dir den Hund zum Schutz hiergelassen, damit dir der Maserati-Typ nicht zu nahe kommt! Bestimmt hat Paolo gesehen, dass der hier war und das Haus beobachtet hat.«

Jetzt schnappte sie vollends über. »Charly, hast du mir nicht noch erklärt, dass ich zu viel Aufhebens um den Typen mache? Und jetzt meinst du plötzlich selbst, ich sei in Gefahr?«

»Du nicht, du hast ja jetzt Enzo! Aber Paolo sitzt ahnungslos in seinem Auto und wird von einem Verbrecher verfolgt! Wir müssen sofort hinterher und sehen, wohin die beiden fahren, und vielleicht müssen wir auch die Polizei rufen.«

Ich war mir nicht sicher, ob ich Charlys plötzlichem Verfolgungswahn trauen sollte. Andererseits, was wäre, wenn sie recht hätte? Dann wäre Paolo tatsächlich in großer Gefahr. »Also gut«, sagte ich. »Auf geht's, wir folgen ihnen. Aber auf deine Verantwortung.«

Ich eilte mit Charly und Enzo zu ihrem Mietwagen, den Marc freundlicherweise für die komplette Woche gemietet hatte. Charly gab so viel Gas, dass das Auto einen Satz nach vorn machte, dann brausten wir los. Wir waren in null Komma nichts auf der Landstraße zur A20. Kurz vor der Autobahnauffahrt sahen wir plötzlich etwas Silbernes vor uns aufblitzen.

»Da!«, rief Charly. »Der Maserati des Grauens ist genau vor uns! Dann kann Paolo nicht weit sein.«

Meine Freundin drosselte das Tempo, und wir folgten dem Wagen so unauffällig wie möglich. Er führte uns über die Landstraße an die Küste zurück, bis zu einem alten Hafengelände, auf dem zwei riesige Lagerhallen standen. Wir parkten mit großzügigem Abstand hinter einer Kurve und beobachteten, wie der Mann ausstieg und in die Halle mit der Aufschrift »d. G. olive« ging. Im Film wurde in so einer Halle meist eine Leiche gefunden oder das Gebäude am Ende in die Luft gejagt. Beides wäre Grund genug, dem Mann nicht zu folgen, aber da Paolos Jeep ebenfalls vor der Halle stand, war ich mir nun auch sicher, dass er in größeren Schwierigkeiten steckte, als er zugegeben hatte.

Charly und ich stiegen aus, und ich hielt Enzo sicherheitshalber am Halsband. Er fing leise an zu knurren, als wir an dem silbernen Wagen vorbei zum Eingang der Halle schlichen. Sicher witterte er die Gefahr.

»Sollen wir nicht besser gleich die Polizei rufen?«, fragte ich ängstlich.

»Quatsch, wir müssen doch erst mal gucken, was die da drin treiben. Vielleicht ist dein Paolo ja in irgendeine illegale Geschichte verwickelt, und dann willst du ihn doch nicht der Polizei ausliefern, oder?«

Ich hätte für Paolo meine Hand ins Feuer gelegt, folgte Charly jedoch durch die offene Tür in die Lagerhalle. Sie presste ihren Finger auf die Lippen, und selbst Enzo schien zu begreifen, dass er still sein sollte. Mit aufgestelltem Nackenfell verharrte er angespannt, aber lautlos neben mir. Mitten in der leeren Halle sahen wir Paolo und den anderen Kerl voreinander stehen. Sie unterhielten sich wild gestikulierend. Ich konnte nicht verstehen, was sie sagten, dafür waren sie zu weit weg, aber ich sah etwas in der Hand des Mafioso aufblitzen, das mich angst und bange werden ließ: ein Messer! Der Typ bedrohte meinen Paolo mit einem Messer!

Ich zögerte nicht lange: »Mani in alto! Hands up! Hände hoch!«, rief ich in einem wüsten Sprachmix, marschierte, flankiert von Charly und Enzo, auf die beiden zu und hoffte, dass der Verbrecher mir erstens gehorchte und zweitens nicht prüfte, ob ich eine Waffe besaß.

»Und nicht umdrehen«, fügte Charly sicherheitshalber auf Englisch hinzu.

»Che vuol dire, was hat das zu bedeuten? Ist das ein schlechter Scherz, di Gioia?«, fragte der Verbrecher.

Paolo stand verblüfft da und brachte keinen Ton heraus.

Ich wiederholte: »Hände hoch und Messer fallenlassen, sonst hetze ich den Hund auf Sie.«

Der Mann gehorchte. Mit einem Klirren fiel das

Schweizer Taschenmesser zu Boden, mit einem dumpfen Ploppen die Kiwi, die er sich damit gerade zu schälen begonnen hatte. Charly, die soeben in Position gegangen war, um ihn von hinten anzufallen, blieb stehen. Ich ließ vor Schreck Enzo los, der ausgelassen auf Paolo zulief, um sich streicheln zu lassen. Dann sprang er auf den vermeintlich bösen Mann zu, umkreiste ihn neugierig und begann, an seiner Jacke zu knabbern.

»Schon wieder dieser Hund! Nimm den sofort weg«, protestierte der Mann mit erhobenen Händen. »Paolo, was soll das, du weißt, dass ich den nicht vertrage, ich bin allergisch!«

Paolo stand immer noch völlig perplex da und starrte Charly und mich an. Der Anblick, wie wir zwei Mädchen todesmutig auf seinen vermeintlichen Angreifer zugeschritten waren, um ihm mit meinem Gürtel, den ich in aller Eile aus meiner Hose gerissen hatte, die Arme hinterm Kreuz zu fesseln, hatte ihm offenbar die Sprache verschlagen.

»Vieni, Enzo, zurück«, rief Paolo. Dann entschuldigte er sich bei dem Mann, der schrecklich zu niesen begann. Offenbar hatte er eine Hundehaarallergie. »Ich hatte Enzo extra heute woanders untergebracht, damit wir uns in Ruhe die Immobilie ansehen können, aber du siehst ja ...«

Er deutete auf Charly und mich, die wir, bereit, uns auf ihn zu stürzen, hinter dem Mann standen. In meiner einen Hand baumelte mein Gürtel, mit dem ich ihn zu fesseln gedacht hatte, mit der anderen Hand hielt ich meine rutschende Hose fest. Charly hatte sich mit ihrer

Handtasche gewappnet und sie wie einen Schild vor sich gestreckt. Das musste schon ein komisches Bild abgeben.

»Ancora! Sie schon wieder!«, sagte der Maserati-Fahrer und nahm die Hände herunter. »Ich darf doch wohl annehmen, dass dies ein Witz ist? Paolo, wärst du so nett, deiner kleinen Freundin klarzumachen, dass ich mich nicht fesseln lassen werde? Ich bin Vitantonio Serra, einer der bedeutendsten Geschäftsmänner Siziliens, und hergekommen, ein Geschäft abzuschließen mit Signor di Gioia. Offenbar haben Sie hier etwas gründlich missverstanden, meine Damen.« Charly konnte er damit nicht beeindrucken, zumal sie kaum ein Wort verstand. Ich jedoch spürte, wie mein Gesicht sich tomatenrot färbte.

»Che ci fate qui? Was zum Teufel macht ihr denn hier?«, fragte Paolo, der seine Sprache wiedergefunden hatte. Er bückte sich nach dem Taschenmesser, klappte es zusammen und reichte es dem Maserati-Mann.

»Paolo, ist das wahr? Bist du mit dem Mann verabredet?«, fragte ich.

»Naturalmente. Ich habe doch gesagt, ich lasse Enzo bei euch, weil ich etwas zu erledigen habe.«

»Wir dachten, der Typ will dich erpressen, damit du ihm seinen Hof verkaufst«, druckste ich. »Er war uns so verdächtig, weil er auch mich schon verfolgt hatte, und als Charly vorhin sah, dass er dir folgte …«

Paolo hatte sein Lachen wiedergefunden. »Che roba! Für deutsche Frauen habt ihr reichlich Phantasie, ich glaube, ich muss da bald mal was an meinen Vorurteilen ändern. Wirklich, sehr kreativ, eure Einfälle.«

Der Fremde fing nun auch an zu lachen. »Oddio! Die

haben gedacht, ich wäre von der Mafia? Sehr schlau. Und dann kommen sie mit was? Mit einer Handtasche und einem Gürtel?« Paolo und der Mann lachten um die Wette, während Charly langsam unseren Fehler begriff.

»Wir hatten auch einen Hund dabei«, sagte sie zu unserer Ehrenrettung, aber es war zu spät, wir hatten uns komplett lächerlich gemacht.

Ich verstand immer noch nicht, warum Paolo sich mit ihm getroffen hatte: »Aber was will er denn noch von dir, du hast doch schon gesagt, dass du deinen Hof nicht verkaufen willst!«, fragte ich, während Enzo sich über die Kiwi am Boden hermachte und sie als Ball benutzte, den er Charly auffordernd vor die Füße legte.

»Insomma! Ich hab dir doch gesagt, dass er Immobilienmakler ist. Nachdem er endlich eingesehen hat, dass ich meinen Hof nicht verkaufen werde, ist mir eingefallen, dass ich ihm dieses Hafengrundstück anbieten könnte, das ich von meinem Vater geerbt habe. Da ich nicht mehr so viele Oliven anbaue und verkaufe wie er damals, benötige ich die Lagerhallen nicht mehr. Sie werden schon so lange nicht mehr genutzt, dass ich sie ganz vergessen hatte. Aber jetzt wollte Signor Serra sich das Grundstück einmal ansehen, um zu prüfen, ob es das Richtige für seinen Klienten wäre. Wir waren gerade dabei, das Finanzielle zu besprechen, da kam euer Überfall.«

Charly kickte die Kiwi mit Schwung durch die Halle und reichte dem Maserati-Mann zur Entschuldigung die Hand. »Da haben wir wohl Gespenster gesehen, bitte entschuldigen Sie«, meinte sie. Auch mir tat es leid, aber noch mehr war es mir peinlich. Ich war dem Vorurteil aufgesessen, dass auf Sizilien an jeder Ecke die Mafia lauerte, und hatte Charlys Verschwörungstheorie nur allzu bereitwillig geglaubt. In dieser Sekunde schwor ich, meiner Blauäugigkeit ein Ende zu machen. Nie wieder würde ich mich mit meiner Naivität blamieren, so viel stand fest!

»Caspita! Du hast dir wohl mächtig Sorgen um mich gemacht, wenn du einen vermeintlichen Schwerverbrecher völlig unbewaffnet attackierst«, stellte Paolo fest und sah mir dabei in die Augen. »Ich wusste ja gar nicht, dass ich dir so viel bedeute, dass du dein Leben für mich riskieren würdest. Che bello!«, er lächelte mich an.

»Ich hatte ja Enzo an meiner Seite«, sagte ich beschämt. Der Hund stand mit der halb zerquetschten Kiwi im Maul vor Charly und bettelte, dass sie mit ihm zu spielen anfing. Doch Charly zog den Maserati-Mann mit sich nach draußen und ließ Paolo und mich allein.

Er kam ein paar Schritte auf mich zu, nahm mein Gesicht in seine Hände und küsste mich, wie einen nur der Eine küssen kann. Nun war alles gut. Von mir aus hätte die Zeit stehenbleiben können.

Als er meine Lippen wieder freigab, flüsterte ich: »Ich werde wohl meinen Flug umbuchen müssen.«

»Assolutamente! Unbedingt!«, bestätigte Paolo. »Am besten du verschiebst ihn auf Weihnachten.«

Leseprobe aus

LUZIE BRONDER

Roman

Broschur
299 Seiten
Euro 8,95

»Flugangst?«, fragte Markus mit mitleidigem Blick.

Ich quälte mir ein Lächeln heraus. Mir war speiübel.

»Quatsch. Mir ist nur ein wenig flau. Hab wohl was Falsches gegessen.«

Ich habe keine Flugangst. Vielleicht bin ich etwas besorgter als die anderen Passagiere, die um mich herum fröhlich plaudernd ihr Gepäck verstauten und versuchten, es sich in den furchtbar schmalen Sitzen bequem zu machen. Ich konnte ihre Sorglosigkeit nicht nachvollziehen. Der stetig zunehmende Luftverkehr würde über kurz oder lang zu verringerten Sicherheitsabständen zwischen den Fliegern und nicht zuletzt zu gegenseitiger Beeinträchtigung durch Emissionsausstoß führen. Schon allein deshalb bevorzugte ich das Reisen auf dem Erdboden, und zwar so, wie die Natur es für uns Menschen vorgesehen hatte: mit dem Auto! Zumal die weltbewegenden Orte, an denen ich bislang meiner Arbeit als Restaurantkritikerin nachgegangen war, sowieso keine Flughafenanbindung hatten.

Rom hatte dummerweise einen Flughafen. Und deshalb saß ich nun in diesem grässlichen Flugzeug mit diesem noch grässlicheren Fotografen Markus Semgart, der mir und meiner Freundin Hanna für unser gemeinsames Projekt zugeteilt worden war. Eigentlich kannte ich ihn kaum, ich wusste nur, dass er ungefähr dreißig Jahre alt war, im selben Verlag arbeitete wie Hanna und ich und sein Kunstgeschichtsstudium wohl niemals abschließen würde, weil er viel zu sehr mit Fotografieren und Quatschen beschäftigt war. Wobei er leider meistens nur Phrasen und alberne Sprüche von sich gab.

»Keine Sorge«, meinte er gerade wie zum Beweis, »das Gefährlichste am Fliegen ist der Weg mit dem Auto zum Flughafen.«

Er war sich tatsächlich für keine Floskel zu schade.

»Du wirst sehen«, kicherte er weiter, »die Zeit vergeht wie im Flug!«

Ich würde bei Gelegenheit wohl ein Loch in seine Rettungsschwimmweste piksen müssen. Mit einem verächtlichen Blick bedachte ich sein fröhliches Grinsen. Stilistisch gesehen war er eine Zumutung. Seine spindeldürren langen Beine steckten in ausgefransten 501, die schon vor zehn Jahren out waren und ohnehin nur Männern mit wohlgeformtem Po standen. Dazu trug er eines dieser peinlichen Sprüche-T-Shirts mit einem kleinen Teufelchen vorne drauf. Darüber stand »God is busy« und darunter »May I help you?«. Sein ungebürstetes dunkelbraunes Haar zottelte sich um seine Ohren und hatte wohl seit Jahren keinen Friseur mehr gesehen. Ein Mann geschaffen, um ignoriert zu werden.

Seufzend sann ich darüber nach, wie viele wirklich coole Fotografen beim Jakobi-Verlag arbeiteten, wahre Künstler, feinsinnige, attraktive Männer, die leider alle mit einem anderen Team unterwegs waren, während wir diese Nervensäge mit nach Rom nehmen mussten. Da schwang sich Hanna auf den freien Platz zwischen uns. Stylish wie immer in ihren schmalen schwarzen Steghosen und dem rubinroten Top. Ihre schulterlangen hellblonden Haare hatte sie zu einem lockeren Knoten aufgesteckt. Dagegen war Markus' Äußeres ein Kulturschock.

»Na, alles klar?«, fragte Hanna gutgelaunt.

»Bei mir schon, aber Maria sieht aus, als würde sie gleich rückwärts essen«, antwortete Markus.

Prüfend schaute Hanna mich an. »Stimmt«, meinte sie dann, »du siehst wirklich nicht sehr glücklich aus.«

»Ich hab eben einen empfindlichen Magen«, rechtfertigte ich meine immer blasser werdende Nase.

Darauf fing Markus schallend an zu lachen.

Ich spürte, wie leichte Aggressionen in mir hochkochten. Wütend funkelte ich ihn an: »Was ist denn daran bitte so komisch?«

»Nichts«, gluckste er und bemühte sich, ein ernsthaftes Gesicht aufzusetzen. »Ich denk nur, dass dein Job dann wohl genau das Richtige für dich ist.«

Darauf konnte ich leider nichts Gescheites erwidern. Ich tat so, als sei ich mit meinem Sicherheitsgurt beschäftigt. Das fing ja gut an. Mit diesem Mann sollte ich also die nächsten vier Monate unter einem Dach leben. Besten Dank.

Die Maschine rollte auf die Startbahn zu, und unbewusst krallte ich meine Fingernägel tief in die gepolsterten Armlehnen. Hanna strich mir beruhigend über die Hand.

»Das ist mal was Neues«, raunte sie mir zu. »Wir machen es uns schön, du wirst schon sehen.«

Ich hatte da noch meine Zweifel. Natürlich, Hanna und ich, wir waren seit Jahren ein super Team. Wir kannten uns schon aus Schulzeiten, hatten zusammen in Kiel studiert und in den Semesterferien zahlreiche gemeinsame Reisen unternommen. Vor allem unsere Trips nach Paris waren legendär: Einkaufsbummel auf den Champs-Élysées, Champagner in dem kleinen Bistro am Montmartre und viele nette Bekanntschaften, die uns zu Jazzkonzerten in die tollsten Lokale der Stadt führten.

Aber diesmal war es anders. Wir befanden uns nicht auf einer fröhlichen Urlaubsreise. Diesmal lag richtig viel Arbeit vor uns – und das ausgerechnet in Rom, einer Stadt, die ich im Gegensatz zu den meisten Deutschen als ungefähr so reizvoll wie ein Bad in Kakerlaken empfand. Das hatte den schlichten Grund, dass Rom in Italien lag. Und mit Italien hatte ich so meine Probleme.

Seit die Chefredaktion von *Climax* im Dezember in Kooperation mit dem Musiksender Viva das Projekt Capital Trends ins Leben gerufen hatte, wurde beim Jakobi-Verlag, wo ich seit geraumer Zeit arbeitete, von nichts anderem mehr gesprochen. Diese Städteführerreihe stand nun in den Startlöchern, und so wurden die drei- bis vierköpfigen Reporterteams von Jakobi in alle Himmelsrichtungen geschickt, um Lifestyle und Trends in den europäischen Metropolen zu ergründen und jungen Reisewilligen nahezubringen.

Hanna und ich hatten uns mit Begeisterung für diese Auslandsarbeit beworben. Die Aussicht, von April bis Juli zusammen in einer aufregenden Hauptstadt wie Paris oder London verbringen zu können, mit der Aufgabe, die Geheimtipps und Szeneläden auszukundschaften, klang mehr als reizvoll. Einen besseren Job konnte ich mir eigentlich gar nicht vorstellen. Es sei denn, man erwischte ausgerechnet die Stadt mit dem geringsten Sexappeal – Rom. Während andere bei der bloßen Erwähnung der italienischen Hauptstadt ins Schwärmen gerieten, löste sie bei mir völlig andere Assoziationen aus. Die Ewige Stadt war in meinen Augen nichts anderes als die Heimat von Horden von Schnulzensängern, wo die Mafiosi unter der Aufsicht des Papstes ihren dunklen Machenschaften nachgingen, kurz: eine konservative und von Kirche und Historie überladene italienische Einöde, mit der wir uns dank Georg nun auseinanderzusetzen hatten.

Georg.

Was hatte er sich nur dabei gedacht, mich nach Rom zu schicken? Ich sah ihn noch genau vor meinem geistigen Auge, wie er mir sanft über die Wange strich und mit seiner tiefen, fast autoritären Stimme die Entscheidung aussprach: »Du wirst mit Hanna eine der besonderen Hauptstädte Europas unter die Lupe nehmen: Rom!« Wie erwartungsfroh er mich dabei angesehen hatte – als glaubte er, mir einen Herzenswunsch zu erfüllen.